村歌嘹亮

罗尔豪 著

河南文艺出版社
·郑州·

图书在版编目（CIP）数据

村歌嘹亮/罗尔豪著. —郑州:河南文艺出版社,
2020.7（2022 .5重印）
（文鼎中原）
ISBN 978-7-5559-1013-8

Ⅰ.①村⋯　Ⅱ.①罗⋯　Ⅲ.①中篇小说-小说集-
中国-当代　Ⅳ.①I247.5

中国版本图书馆 CIP 数据核字(2020)第 097386 号

出版发行	河南文艺出版社
本社地址	郑州市郑东新区祥盛街 27 号 C 座 5 楼
邮政编码	450018
承印单位	河南龙华印务有限公司
经销单位	新华书店
纸张规格	890 毫米×1240 毫米　1/32
印　　张	10.25
字　　数	209 000
版　　次	2020 年 7 月第 1 版
印　　次	2022 年 5 月第 2 次印刷
定　　价	50.00 元

编委会

为什么写作

为什么要写作？

说实话，就是想改变自己的处境。

当年大学毕业我进了一家高污染的企业，做莫名其妙的事，拿少得不能再少的工资，日子一天天过去，感觉人生已经走到了尽头，惶惑，烦闷，几乎要发疯。想要离开，但没钱没关系，只能在这个污水池子里沤着，看着自己慢慢发臭。我开始寻找逃出去的路子。在小县城里，不靠关系改变处境的路只有一条，就是"耍笔杆子"——搞文秘工作或写通讯报道等。单位领导都喜欢这方面的人，可以帮他们把自己不能说的话说出去，把真真假假的工作成绩宣扬出去，为晋升热身。从上世纪九十年代末我就开始为单位写些通讯稿件，也写小说，但那时只能算作练笔。一年多过去，在搞好文秘工作和通讯报道的同时，我的第一篇小说发在了市文联的杂志上。这不重要，重要的是，人们似乎知道了有个叫某某的家伙，不但能写通讯报道，还能写小说。命运果然为我开启了一扇门，我依靠文字专长进了一家金融机构，仍然从事新闻宣传工作，身份是临时工。又干了几年，同样依靠这个专长进了现在的单位，工作稳定了下来。回头看这二十年，虽然兜兜转转磕磕绊绊还是在小县城，但也算是芝麻开花节节高。不但文秘宣传工作得到了领导的认可，还相继在市级、省级、国家级刊物上发表中短篇小说百余万字，加入了中国作协，多少也算取得了一点成绩。

可以说，"势利"写作改变了我的人生。

我并不觉得势利写作虚伪。如果你含着金钥匙出生，自然可以站在道德的制高点对此评头论足，但是对于头低在尘埃里求生的人，不偷不抢，当然没有问题。不单是卑微如蝼蚁的我，很多大作家也是这般操作，如著名作家阎连科，最初写作是想调到北京；诺贝尔文学奖获得者莫言写作的初心是为了每顿能吃上饺子；另一著名作家余华则是想通过写作调进文化馆。这样看来，作家也就是一帮势利之徒。再如美国著名经济学家、博弈论的创立者约翰·纳什，曾患精神分裂症，最后真正治好他的精神病的，不是他过人的智力和意志力，而是荣誉。纳什发疯之时，自视甚高的他正苦苦追求数学界最高荣誉的菲尔兹奖而不得。1994 年他夺得诺贝尔经济学奖后，一夜间开朗了许多，简直变了个人，也不疯了。地位那么高的学者，身外的荣誉和头衔对他还是那么重要，芸芸众生，"势利"一下也无可厚非？

但我纯粹是为改变自己的处境而写作吗？仔细想想，似乎也不全是。

回忆了下，我似乎从小就对文字感兴趣，因为看闲书多次挨打，用压岁钱买了几十本"小人书"，还把三块钱学费偷偷拿去订了一本当地文学杂志，这在当时需要很大的勇气。上初中时，县里组织了一次作文大赛，我得了第一名，村里的初中生把镇上、县上的学生都比了下去，反响很大，那段时间我的语文老师走路头都抬得比平时高。可惜时间长了，作文内容忘了，不过应该是很牛的故事和文字。上了高中，学习成绩不怎么样，原因是上课看闲书，尤其是武打小说，梁羽生、温瑞安、古龙等，也看文学期刊。有一个小故事可讲，班里有个学生条件优渥，他老爹在邮局工作，每天都能拿来新杂志，他并不看，不过是拿来显摆，但于我就不一样了，那些新杂志就像勾魂美女，弄得我心神不安，求借，偷偷拿来看，受人家白眼，总之低三下四的，把自尊心都弄没了。后来，用生活费订了本杂志，整整吃了两个月的咸菜疙瘩。等到杂志寄来，我摩挲着那还带着墨香的杂志，憋屈的心情早没有了。这样做的后果是，上课不专心，偷看闲书被老师提溜起来罚站，乃至杂志也被撕掉扔到门外，心疼得我几乎要跟老师干架。到了大学，专业书读不进去，便窝在寝室里看金庸的《鹿鼎记》《天龙八部》《射雕英雄传》《笑傲江湖》《书剑恩仇录》《神雕侠侣》等，半个月都没出寝室门。最终把自己看烦了，又开始泡图书馆，主要看文学杂志，如《人民文学》《芙蓉》《百花洲》《清明》等老牌杂志，还看文学书籍，主要是日本文学，如川端康成、村上春树的作品，看得多了，就想着写点什么，小偷一样偷偷摸摸地写点文字，开始也胆肥，《人民文学》都敢投（也可能是只知道《人民文学》的地址），结果自然是石沉大海。也不气馁，还是装模作样地写，偷偷摸摸地投，然后是石沉大海，就这样。

再然后，就到企业上班了，无所事事了一年，感觉自己这样下去就废了，又把文字捡起来，主要是写通讯报道之类的速朽文字，也写小说。直到第一篇小说在本地市级刊物上发表，算是一个开端，接着在省级刊物《莽原》发表了第一篇中篇小说，多少算是打开了点局面，以后的事就如前文说的，不再赘述。

由此看，自己写作的缘由，除了势利外，还有喜爱在里面，这也是我坚持下来的原因。势利写作并不一定是坏事，喜爱是一种动力，势利也可以视作一种动力。

写得久了，认知就发生了变化，譬如现在，写作的功利性已经很小，更多的是为思想找个出口，让灵魂有个附着。

自知不能成为大作家，甚至连小作家都称不上，也写不出辉煌巨著，但仍然会写下去，直到写不动为止。

关键是我在扎实地做一件事情，这就够了。

最后要感谢省文联、省作协提供这样一个机会，使我零碎发表的东西得以结集出版。于我而言，回头看看，也是一个再总结和提升的机会。

2020 年 3 月 18 日

目　录

村歌嘹亮 ……………………………………1

野猪林 …………………………………………62

造房记 …………………………………………121

约巴马的尖叫 …………………………………192

新生活 …………………………………………253

后记 …………………………………………317

村歌嘹亮

1

郑义从村部出来，见方馆长正蹲在会议室门前弄蚂蚁，敞开的会议室里传来女人们嘎嘎的笑声。郑义走到方馆长面前，说，歌都教会了？方馆长站起来，说，没法儿教，都不正经学。郑义说，咋不正经学？方馆长说，教了不听，还扯东扯西的。郑义看着方馆长的脸，似乎明白了，说，走，我跟她们说。

进了会议室，二十多个女人或坐或站，几个正头对着头说悄悄话，其他的不是在玩手机，就是在织毛衣。郑义咳了一声，说，都把手里的东西收起来，说事。女人们见了郑义，闹声更大了。一个叫秀芹的说，主任，麦地里的草都荒了，再不锄都要掩住麦苗了，我男人回来要打死我的。边上的美兰说，是你地里的草荒了吧？庆山刚回来，让庆山给你锄吧。秀芹追着美兰打，差点把郑义撞倒。郑义大声说，不要闹了，叫大家来是学歌的，还专门给你们请了老师，这样咋行？屋子里安静下来，大家都看着郑义。郑义接着说，不都跟大家说过了吗？这事很重要的，专门把你们挑出来，是给咱桃源村长脸的，这样咋行？美兰说，这不怪我们，是先生不认真教，不信你问她们。大家都点头。郑义看着方馆长，方馆长结结巴巴地说，我咋不认真教你们了？美兰说，唱到"喔"字时，你让我们努嘴闭眼，可等我们睁开眼，你却不见了。方馆长说，叫你们努嘴闭眼，可是你们不要往我这边来啊，吃人似的。美兰说，你不是唐僧肉吗？大家都想尝尝。女人们又笑起来。郑义跺了下脚，说，别闹了，大家不要把这当儿戏，村里花了钱，又给大家请了老师，当不得儿戏的。秀芹说，这么大的事，还是得找年轻姑娘，要我们这样三四十岁的老女人干啥？郑义说，年轻姑娘不是不在家吗？再说三四十岁正当年。美兰说，三十如狼四十如虎吗？郑义说，你们这帮娘儿们，啥都能扯到谷子地里去。不过，还是拜托大家好好听先生教，到时候拍了MV（音乐短片），你们就出名了。美兰说，啥是MV？秀芹说，就是拍电影，唱歌的电影。美兰说，真的？我们也能当明星了？郑义说，可不是，所以大家才要好好跟方馆长学。

郑义刚走出门就和一个人撞了个满怀，仔细一看，是村民吴太平。吴太平嗑着牙花子，穿着件像是几年都没有洗过的油渍麻花的袄子，跋拉个烂鞋，脚指头露在外面，头顶明亮发光，仅剩的头发荒草一样向四周匍匐。吴太平上来就抓住郑义的手，说，书记，给支烟抽。郑义给了吴太平一支烟。吴太平狠狠吸一口，然后说，我那事办得咋样了？郑义假装糊涂，说，啥事？吴太平说，你们干部就是不把老百姓的事放在心上。郑义看着吴太平，皱了皱眉头，说，你就不会把你那袄子换了，弄得你好像多可怜似的。吴太平说，我就是可怜，可怜得连饭都吃不上了，哪儿有钱买袄子。郑义说，不用买，捐给你的袄子呢？吴太平说，我没见。郑义说，前些天对口募捐，你一下子拿回去两件崭新的羽绒袄，还说没衣服。吴太平说，咱不说衣服，我的贫困户你得给办了。你看看村里谁比我更可怜，老婆残疾，儿子跑出去十几年没音信，不知是死是活，还有个女儿在上学，房子破得都要倒了，"扶贫牛"也被偷了。现在连外省的人都欺负到我头上了，修个围墙人家都要来扒，这日子还咋过？不如死了算了。吴太平捂着脸呜呜哭起来，又不时张开两个手指头看郑义。郑义说，你不要说得恁悲情，你修围墙占了人家的宅基地，你还冤枉呢？吴太平说，不说房子的事，我贫困户的事办得咋样了？郑义说，跟你说过多少次了，你家办贫困户够条件，但你得先把你媳妇菊花的户口迁过来，其他事村里帮你办。吴太平说，这迁户口的事我也不知道咋办。郑义说，吃饭你咋不找人帮忙呢？

　　郑义说着往厕所的方向走去，吴太平一步不落地跟在后面。郑义说，我上个厕所你跟着我干啥？吴太平说，我也尿尿。吴太平站在边上，郑义半天没尿出来，说，你站在边上我尿不出来。我又不是婆娘。吴太平站得远一些说，村里不给办我就上访，让上边给我办，我还要告你驻村书记不作为。郑义看着吴太平，吴太平把身子靠在树上，眯着眼睛，看着天上的半个太阳，一只麻雀从头顶飞过，一坨东西掉在吴太平的脑袋上，吴太平抓一把，龇牙咧嘴地甩手。

郑义想了想，说，上访耽误时间还花钱，也不一定能解决问题，等这几天事情忙过去了我跟你跑一趟，看能不能把菊花的户口迁过来。吴太平的眼睛亮了，说，那好，我就等书记这句话呢。说着顺手把郑义放在墙台上的烟装进口袋，摇晃着身子走了。

郑义看着吴太平的背影摇了摇头。

2

郑义是自告奋勇到桃源村担任第一书记的。

当初，镇上商定各村第一书记人选，桃源村没有人愿意来，别的村的第一书记都到任个把月了，桃源村的第一书记还空着。不是干部们拈轻怕重，桃源村的情况确实特殊——地处三省交界处，村子悬在邻省那边，距离邻县县城只有十几公里，离管辖县城却有六七十公里。就像自家院子树上结的桃子，伸到人家院子里去了。在这里，干啥都不方便，村里小孩上学只能在邻县的学校上，免不了一大堆的手续。村民们看电视，只能收到邻县的节目，想了解下管辖县的情况都了解不到。村民或者村干部随便到镇、县政府盖个章、开个会啥的都得跑远路。更要命的是，山南的桃源村和松江的溪渡村在一个集镇上。集镇被一条南北走向的主干道分开，东边是溪渡村，西边是桃源村。但在街边就分不了那么清了，不小心就出了界。这边的羊跑到那边偷吃了麦苗，那边盖房子一不小心盖到这边，就成了省际纠纷，解决起来麻烦得很。所以知道情况的都不愿意来这里当书记。

郑义来桃源村，村主任吴天明很兴奋。当天晚上在吴天明家吃饭，原本吴天明是要叫村里的干部都来的，可被郑义制止了。郑义说，村干部都在你家吃不合规矩。吴天明知道郑义的意思，说，不能用上面的框子框下面，吃个饭不能算违反纪律，再说我也是要给你汇报工作的。但在郑义的坚持下，还是没叫其他人，只炒了四个菜，也没有酒。吴天明有些过意不去。郑义说，我不沾酒的。两人边吃边说，吴天明说，你来了就好了，我总算有个主心骨了。郑义说，谁不知道你吴天明，十几年镇守边关，镇上、县上的领导多次提到你，邻县的人都伸大拇指。吴天明说，你就不要夸我了，这些年可把我难死了，一堆一堆的事，没一样是好弄的。郑义说，我知道，咱这地方特殊，情况复杂，弄不好就可能出事。吴天明说，可不是，出的还是大事，放个屁就弄成省际纠纷了，麻烦得很。不过，你来了就好了，我这把老骨头也该歇歇了。

郑义接手的第一件事就是处理吴太平修围墙引发的两省

宅基地纠纷。吴太平这人郑义有印象，上班第一天，他在村里走访，看见一个人站在路边跟人说话，这人长相奇特，陀螺一样的脑袋上稀疏地贴着几根黄发，嘴巴阔大，露出里面黑黄的牙齿。看见郑义过来，就笑着说，习主席派你上山下乡来了？欢迎欢迎，我代表全村一千口子欢迎。说着伸出一双黑黑的手，往郑义的手上摸去，把郑义吓了一跳，边上站着的几个人都跟着笑起来。

郑义走出很远，还忍不住回头看，那人也在看他，他问文书吴良民那人是谁。吴良民说，他叫吴太平，桃源村大名鼎鼎的人物，难缠户、上访专业户，在镇上、县上都挂了号的。在桃源村只要吴太平的问题解决了，全村乃至全镇的信访维稳问题就都解决了。你看他鬼鬼祟祟的样子，恐怕又在计划啥阴谋了。郑义哦了一声。

就是这个吴太平，把围墙修出了省，修到了松江那边，占了邻居的宅基地，结下了纠纷。现在剑拔弩张的，弄不好就会出大事。两边都做了些工作，暂时稳下来了，但根本问题还没解决。这边更复杂，吴太平认定是村里给指定的位置，就一个劲地找村委，找镇上、县上。镇上、县上要村里解决，村委也没有办法，正巧郑义来了，村委就把这事交给郑义了。

郑义知道这是个烫手山芋，拿不起、甩不掉，是村委里没人愿意接的活儿。可第一书记来就是给村民解决问题的，更何况这一段儿维稳工作抓得紧，一点问题也不能出。郑义了解了事情的经过，又到现场看了看，如果按界碑来看，吴太平的围墙确实跑到人家那边了。可问题是宅基地是当年村里给批下的，当时这界碑还没竖起来，等界碑竖起来，才发现吴太平的宅基地伸出去一米多，占了那边蔡家的宅基地。人家要吴太平把围墙扒掉，吴太平说啥也不扒，扯来扯去都是一肚子的气，吴天明咋捂也捂不住。现在可行的办法，就是两边都做做工作，先稳住，尽量不要把事情闹大，遇着合适的机会再解决。

郑义站在李老幺的茶馆前。茶馆的边上，是个小小的教堂，只有两间房子，成群的老太太，还有年轻妇女围在那里，不时有老人从里面挤出来，手里拎着几个鸡蛋。有的鸡蛋被挤破了，黄黄的蛋液染了一身，那人嘴巴里骂骂咧咧，又往里面挤去。

吴天明走到郑义面前，嘴里还在嘟哝，说，竖这块界碑弄啥，惹多少麻烦，一会儿山南，一会儿松江，抬一下脚就到了人家的地界，母鸡把蛋撂到人家柴垛里，羊拱了人家的庄稼，就成了省际纠纷，真麻烦。

郑义没有顺着吴天明的话说，他的目光紧盯着聚集的那些老太太。吴天明说，咋了？郑义说，你看她们在干啥？吴天明看一眼，说，几个老太太，闲着没事干，信主呢。郑义说，信主还发东西？吴天明又看了几眼，说，是啊，发鸡蛋呢。这是干啥的，还要发东西，拉人头呢？郑义说，都变味了，咱们去看看。说着两人走过去。大门口坐着两个人，不是本地的，年纪不算大，正在给围在边上的老人发印着耶稣受难像的小本本，领本本的同时能领五个鸡蛋。领了东西的人大都坐在边上，听一个老人讲经，然后一起唱歌。郑义站了一会儿，看见秋桐也在里面，就说，那不是秋桐吗，她咋会在这儿？吴天明说，秋桐命苦，男人死得早，自己拉扯两个孩子，和婆婆还不和，可能是心里苦，想找个安慰。郑义说，那是精神麻醉。吴天明说，一帮老太太有个事干也好，免得惹是生非。郑义说，她们这样整不行，是违犯法律的。说着就要往里面去，被吴天明拉住了。吴天明小声说，这事不能急，国家有政策的。再说，这教堂不在咱村管辖地，人家是溪渡村的，跨省了，咱不能过界。

吴天明说得有道理，这事得从长计议。两人往回走，吴天明说，你刚才在那边干啥呢？郑义说，我去找了那边的姚书记和村主任，商量咋解决吴太平的宅基地纠纷。吴天明说，那边咋说？郑义说，都同意协商解决，可两家都不让步，这事还真不好弄。吴天明说，那咋整？这吴太平正没处孵蛆呢，弄不好又要上访。郑义说，估计暂时他也不会上访，我跟姚书记他们商量了，过些天不是要开三边联席会嘛，到时候再商量咋解决。吴天明说，看来只能这样了。

天阴得很，小北风吹得骨头缝里往外冒冷气，感觉像是要下雪了。吴天明说，咱这是站在大街上晾蛋呢？说着进了李老幺的茶馆。李老幺是个光棍，腿脚不灵便，村里把村部靠街的一间房子免费给李老幺用，帮他在街上开了个茶馆，日子勉强过得下去。中午，茶馆里几乎没有人，老幺的手脚就格外利索，半残的身子跟陀螺似的转得特别快，茶壶几乎就没有离过手。

郑义喝了口茶，感觉身上暖和了些，说，唱村歌的事跟书记汇报了？吴天明刚从镇上开会回来，说，汇报了，专门汇报的。书记咋说？郑义问。书记只是点下头。那镇长呢？吴天明说，我也跟镇长说了，可镇长说，这省市就要来进行扶贫验收了，哪有时间扯那闲事。郑义说，只要书记点头就行。吴天明说，不过我觉得镇长说得也有道理。郑义说，咱这事不是闲事，是实实在在的好事。咱不能老把眼光盯在农民多收一点上，要看远些。农民生活好了，有钱了，整天就是吃喝嫖赌，或者是信主信神，精神气都散了，有啥用？吴天明说，农村人就这样，白天干活，晚上睡觉搂老婆，哪能跟城里人一样！郑义说，我就是想让大家换个活法，有钱了，为啥还要活得像个鸡婆，就不能活出个凤凰样？吴天明笑了，说，凤凰？你看哪个像凤凰？草鸡还能变凤凰？郑义说，你不要小看这些婆姨，是你没给她们条件，几身好衣服一穿，台上一站，都跟模特似的。我就想咱桃源村的人活出点风采来，你不反对吧？吴天明闷了一会儿，说，你弄的那些我也不太懂，但我看得出来你是为大家好，为大家好的事我都支持。

3

唱村歌的事一开始吴天明和村委都不太支持。

郑义在村里待了两年，各项工作都走上了轨道，但郑义总感觉有些地方还差得远，主要是农村文化阵地建设这块儿一直是个短板，就想着把这一块儿也抓一下，可一时不知道从哪儿着手。这年春天，县上组织第一书记到沿海的农村参观，那些村子的文化环境引起了郑义的浓厚兴趣，每个村子都建了文化广场、文化礼堂、图书室，搞了"光亮工程"。闲暇季节，村民们在广场里听听音乐、跳跳舞，或者在文化礼堂里唱歌、下棋，比县城里的人过得都舒坦。郑义的心里一下子敞亮了。他利用参观团休息的时间走访了几个村子，问人家唱的都是啥歌。村民们说，是我们的村歌。郑义说，你们还有村歌？村民们说，我们这儿村有村歌、镇有镇歌、县有县歌。郑义问，没事大家都来唱啊？村民们说，都来玩。遇到节日，还有唱歌比赛，唱戏的、玩狮子的，热闹得很。回来后，郑义就村文化建设写了份考察报告，建议县委、县政府在各村建设文化广场和文化礼堂、图书室，解决村民文化生活匮乏的问题。郑义的报告得到县委、县政府的高度重视，纳入了县政府全年十大实事之一。没多久，各村的文化广场和文化礼堂相继建起来了，路灯也亮了，村民们终于能像城里人一样吃过饭到广场上健身散步，一些年轻人开始学跳广场舞，农村的晚上再也不是死气沉沉的了。

郑义的目标不仅仅是建设文化广场和文化礼堂，他说桃源村要有自己的村歌。第一次提出这个说法把大家都给弄愣了，当时在开会研究"扶贫牛"的事，安排得差不多了，就在大家准备散会时，郑义把自己的想法说出来了。他说，咱这儿文化广场有了，文化礼堂也有了，"光亮工程"也建起来了，咱还得有自己的村歌。村歌？大家愣愣地看着郑义，吴良民磕磕巴巴地说，啥叫村歌？郑义说，就是代表咱村里的歌，国家有国歌，咱村也要有村歌。吴良民说，国歌我知道，可那是代表国家的啊！郑义说，对啊，村歌就是代表咱村里的。一直没说话的吴天明说，咱一个小村子要啥村歌，说出去人家笑话。郑义说，笑话啥？你没去人家沿海那边的村子看看，物质文明搞得好，精神文明也搞得好，每个村都有自己的村歌，遇到活动，把村歌唱起来，腰杆子也直了，脸上也有光彩。吴天明说，那是人家沿海，咱咋能跟人家比。郑义说，咋不能跟他们比？不就是比咱多那几千块钱的收入吗？再有两年，咱也不输他们。吴天明顿了一会儿，说，可总觉得心里不踏实。

虽然村委都不太支持，但郑义还是把这事做了。他找了镇文化馆的老同学方馆长，可方馆长说他写个歌词没问题，但谱曲有些难。郑义说，那就先把歌词写出来。方馆长是个很认真的人，在桃源村住了十多天，又到周边村里跑了几天，又到县上查资料。回来跟郑义说，咱这村歌有搞头。郑义说，啥搞头？方馆长说，地理位置啊，文化传承啊，这些别的村子都没有。郑义说，那你就好好搞，搞出咱自己的特色，一张嘴就让人知道咱桃源村的与众不同。方馆长回去半个月就把歌词弄出来了，叫《飞地村歌》。拿给郑义看，郑义说歌名取得好。念了几遍，连说不错，提了几点小建议，就定下来了。

谱曲时遇到点波折。开始方馆长找了县上会谱曲的朋友，试谱了几次，郑义都不满意。就把歌词发到一个家乡论坛上，意思是让从家乡出去的音乐人或者对桃源村熟悉的人帮助谱下曲，没想到引起了论坛的极大关注。很快就有省音乐学院的一个声乐教授跟郑义和方馆长联系，说他外婆家就是桃源村的，他从小在外婆家长大，对村里很熟，很有感情，也渴望能给村里做点事。经过多次磨合修改，《飞地村歌》定稿，教授又找了省内的一个青年歌唱家试唱，并录了音。大家听了都说好，比那些流行歌曲都好听。看大家高兴的样子，吴天明也不好说啥了。

村歌弄就弄了，可还要搞啥村歌大合唱，还要弄啥MV，吴天明就有了些想法。桃源村是个村子，不是音乐学院，弄那些花里胡哨的东西干啥。再说，现在的扶贫任务很重，这两年虽然做了些工作，但有些工作只是刚起步，像三地联合筹办的休闲旅游园，还有村里一大堆的事，吴太平惹出来的省际纠纷、秋桐等几家陷入的集资纠纷、村里的一段路要拓宽等，弄那劳什子要耽误多少时间、耗费多少精力？重要的是还不能当饭吃、当钱花。吴天明把自己的想法跟郑义说了。郑义说，我们种庄稼，不但施肥，还要浇水，缺水庄稼就要旱死。文化这东西，就像水，像血液，是长远的东西。吴天明听不进去。郑义只好说，这块儿工作我业余时间来做，不会耽误其他工作，你不反对吧？郑义这样说了，吴天明也没啥好说的了。

中午煮了点面条，就着点拌面酱吃了，郑义又转到街上，看见秋桐卖烤红薯的车停在李老幺的茶馆旁，车上一个小电喇叭不知疲倦地吆喝。秋桐在跟一个卖土豆的讨价还价，两人讨价了很长时间秋桐才拎着一兜土豆和几根大葱转过来。郑义打声招呼，说，还不回家？秋桐看了眼郑义，说，这就回。她把手里的东西放到推车上，手放在嘴边哈了哈。郑义拿了个红薯，边剥皮边说，天冷，街上没啥人，生意不太好吧？秋桐说，小集镇啥时候都这样。郑义的目光在街上扫了几眼，说，干脆租个门面，弄个固定摊位，免得跑来跑去受罪。秋桐把结在头发上的霜弄掉，把凌乱的头发往后束了束，看了眼郑义，没好气地说，租个门面得多少钱？一个烤红薯摊一天能赚几个钱？郑义说，我看你平时的生意不错，一些外来的人都喜欢买你的红薯吃，有几次那些人还问我你到哪儿去了。我问了很多外地人，都说咱这儿的红薯口感好，别的地方的红薯都没有咱这个味道。秋桐看了眼郑义，开始收拾车子上的东西。郑义把十元钱递给秋桐，秋桐没接，郑义就把钱放在车子上，说，收摊了你等我一下，我也过去，看一下伯母。

两人往街外走，天色灰白，昨晚的霜还没化，几只麻雀在地上跳来跳去，寻找食物，看见有人过来，就呼啦一下飞走了。郑义看了眼天，说，你可以考虑一下，房子我给你找，有门面了还可以卖点别的东西。说着话，已到了家，郑义把药放在桌子上，老人眼睛不好使，歪着头说，是小郑吗？郑义说是我。老人摸到了药，说，又麻烦你了。说着要去拿钱，郑义按住老人哆嗦的手，说等下次再包了一并给。老人说，柱子没交错你这个朋友，可柱子命不好。郑义说，过去的事就不要提了，秋桐现在一个人撑着家，不容易。老人说，都是我这老不死的，戳在这儿碍人眼。秋桐正在洗菜，甩了甩手上的水说，我知道你想说啥，不就是说我找野男人吗？你不就是想让全世界的人都知道我不守妇道，是个泼妇淫妇吗？老人说，我咋就不死呢？我死了就好了，就不会碍事了。秋桐抬起头，说，这和你死不死没关系，我想去哪儿拔脚就走，谁也别想拦着我。老人哭了，说，你看看我过的啥日子，儿子死了，媳妇要我死，我活着还有啥劲啊！

郑义把老人搀到里屋，说，秋桐风里来雨里去撑个家不容易，就不要跟她吵了，一个锅里搅饭勺，吵来吵去就把心给吵散了。老人说，总有野狗上门，你叫我这老脸往哪儿搁？我都出不去门了。还有人给寄钱，说不定也是脏钱。郑义说，一个女人撑个家不容易，找人帮忙也是正常的。老人鼻子里哼一声，说，帮忙？帮着帮着就不走了，住到家里了！

村里谁不知道？村里人指头都戳到我脸上了！

戳也是戳在我脸上，不关你事。秋桐站在门口，撕着手里的菜叶子。郑义把秋桐拉到院子里，秋桐说，你看，这就是我过的日子，外面喝一天风沫子，回家就跟我吵架，心都凉透了，我真的不想回这个家了。郑义说，老人岁数大了，不要那样跟她说话。秋桐的手在脸上抹了把，说，她一天到晚就是脏我，认识不认识的都跟人家说我的坏处，我一个女人家，遇到难事找人帮个忙，哪点错了？她这样糟践我。郑义说，回头我也跟伯母说说。不过，郑义看了眼秋桐，说，注意点也是对的，舌头底下压死人。秋桐看着郑义，目光有些冷，说，你也信那些说法？郑义没有说话。秋桐冷冷地说，你以后也少往这儿来，我一个寡妇家，免得人家说三道四，坏了你的名声。郑义说，你知道我不是那意思。秋桐说，寡妇咋了？就低人一等了？就不能找人帮忙了？找个男人帮忙就是跟男人有事了？我是个女人，我学会了耕地、开拖拉机，可总有些活儿我干不了，干不了找个人帮忙都不行，都要有人说三道四。有时候我真想屁股一拍走了算了，哪儿养活不了自己？可我下不去这个狠心。郑义说，你这样想就对了，伯母那儿我会去劝，没有过不去的火焰山，日子都是越过越好的。秋桐抹把脸，说，我知道你心里想的啥，你也不用这样可怜我，柱子死了那是他的命，怪不得别人。郑义说，也是也不是，村里的每个人我都牵挂，说大了是责任，说小了是我欠的。郑义说着站了起来，还有个事跟你说一下，村里设了几个公益岗位，我给你争取了一个。钱不多，不过也算是个补贴，没意见下个星期就去上班吧，就是打扫村部卫生、清扫街道，不影响你做生意的。

走到外面，郑义摇摇头，本来还想跟秋桐说让她也参加村歌合唱队的，可最终也没说出口。

4

吴太平家的"扶贫牛"一个月前丢了。

吴太平住在村东头，紧靠溪渡村，三省的界碑就竖在他门前。郑义过来时吴太平正跟几个人打麻将，桌上放着几块钱的零票子。看见郑义进门，吴太平说，欢迎郑书记参观我的豪宅。吴太平的房子还是过去的砖包墙，一边山墙已经鼓起来了，屋里阴暗潮湿，散发出一股霉味。吴太平又说，无事不登三宝殿，郑书记是给我送贫困户指标，还是把我丢的"扶贫牛"找回来了？郑义说，你放心，你的牛快找到了。吴太平狐疑地看着郑义，说，真的？你们在哪儿找到的？谁把我的牛偷走了？郑义说，老张正在查，很快就有结果了。老张还说，那个偷牛贼捉住了起码要判个三五年。吴太平手里捏着的牌掉了下来，说，真的？郑义说，那还有假？偷牛，还是"扶贫牛"，罪加一等，三五年都少了，七八年也说不定。吴太平收起麻将，说，不玩了，今天手臭死了。

"扶贫牛"是桃源村针对贫困户推出的一个致富产品，

由县乡协调信用社贷款，国家财政贴息，给贫困户买牛或羊饲养，贷款三年后归还。一开始贫困户并不热情，主要是养牛不保险。过去桃源村就养过牛，可一场口蹄疫让农民血本无归。了解情况后，县上又跟保险公司合作，给牛等大型牲畜买了保险，牛生病死亡或者被偷由保险公司赔付，养殖户不用承担损失。这样，贫困户才陆续把牛羊买回去。吴太平贷了三万元钱买了两头牛，可养了没俩月牛就丢了。

"扶贫牛"丢了可是大事。郑义和吴天明匆匆赶到吴太平家，吴太平蹲在院子里，像霜打的茄子。郑义问，牛咋丢了？吴太平说，昨天晚上还好好的，我还跟双喜商量到年底是杀了还是卖了，早上起来喂牛，发现牛不见了。四下里找，就发现后墙被掏了一个洞。贼一定是从那里钻进来，打开院子门把牛牵走的。郑义看了看那个洞，钻一个人没有问题，就说，你报案了没有？吴太平摇头。郑义打了个电话，一个小时不到，派出所的老张就到了，又是拍照，又是看现场。前天晚上下了一场小雨，地皮湿漉漉的，勉强能看清地上的脚印。老张攥着凌乱的脚印，就到了界边，老张往那边看了看，把跨出去的脚收回来，摊了下手，说，这一出界就麻烦了，得向县局汇报，县里再向市局汇报。郑义说，这样折腾恐怕连牛骨头都没有了。张所长说，没办法，得按程序办事。郑义说，又不是杀人放火，能不能先跟那边的所长联系一下，让他们帮助查查。张所长说，这倒没问题。

张所长有事先走了，临走时小声对郑义说，这事还得你们操心，我那儿事多，所里人又少，忙不过来，这又出了省，格外麻烦。郑义说，那我就先当回编外警察，有消息了给你汇报。张所长说，要逮人了跟我说，我带人和枪过来。郑义说，到时候再说吧。

吴太平站在边上看两人说话，等张所长走了，他才问郑义，你们刚才说了些啥？郑义说咋了？吴天平说，张所长那眼光有些怪，一个劲地看我。郑义说，你是大闺女，不能让人家看？吴太平说，张所长眼里有针，刺得人不舒服。郑义说，不干亏心事，还怕人家看？吴太平身子扭了几下，说，那是。

郑义还在四下看，吴太平说，郑书记你看我这可咋办？两头牛三万多，我这日子还咋过！郑义说，你放心，牛肯定会给你找回来的。吴太平说，要是找不回来呢？我哪儿有钱还贷款。郑义看了眼吴太平，吴太平接着说，牛让贼偷了是不是就不用还贷款了？郑义说，如果真是破不了案，村委、派出所出个手续，保险公司会还这个钱的。吴太平按着胸口，说，这样我就放心。吴天明说，真是奇了怪了，昨晚上弄恁大动静，就没把你惊醒？吴太平说，昨天晚上喝了点酒，睡得沉了。吴天明说，你的狗也喝醉了，附近的狗都喝醉了？吴太平说，我咋知道！

两人跑了附近的几家，问了昨晚上的情况，都说没听见啥动静。和吴太平有纠纷的蔡家说，我们打麻将打到凌晨两点多，连声狗叫都没听到。郑义站在路边看，一个隐藏在电线杆上的摄像头引起了他的注意，他看了下角度，心里有了底。

菊花拐着腿从外面进来，看见桌子上的牌，气就不打一处来，说，你个死秃子，也不去干点活儿，就知道在屋里打牌。说着就要打，吴太平忙躲过身子，说，这大冬天的有啥活儿干。菊花说，那你去工地上干哪，一天也能有一百块钱。吴太平鼻子里发出嗤的一声响，说，我才不去呢。说着看了眼郑义，直起腰杆，说，你个死婆娘，没看见书记来了，还不去倒茶，在这儿叨叨啥！菊花这才看见站在一边的郑义，忙说，书记来了，我这就去倒茶。郑义忙拦住菊花，说，跟太平说几句话，说完就走。

郑义先问了宅子出界的事，问蔡家那边又找了没有。吴太平说，他们敢找！我还要找他们哩！我在我的宅基地上建围墙，关他们啥事，再来我就不客气。郑义说，你还嫌事闹得不够大？你不要再火上浇油了。吴太平说，那你叫蔡家不要再来烦我，再烦我我就不客气了，解决不好我就上访。郑义说，你就不能安生点干点正事？吴太平翻翻眼珠，我这咋不是正事？我受人欺负了申冤不是正事？我的牛被偷了找你们不是正事？你们解决不了我就是要上访，让上边的领导给我解决。郑义说，我来就是为了跟你说牛被偷的事。

郑义说着带吴太平走到院子外面，吴太平夹着肩膀说，冷死了，蛋子都抽进去了。郑义说，你说你的牛可能是谁偷的？吴太平说，说不定是蔡家偷的。郑义说，你们这一片有没有监控设施？吴太平说，啥是监控设施？郑义说，就是摄像头之类的东西，对着一个地方照，啥情况都能看得清楚。吴太平四下里看，说，我还真没留意。郑义转了几圈，像突然发现似的指着对面杆子上的摄像头说，有了，看那儿。吴太平往郑义手指的方向看，果然有个摄像头，直直对着这边。郑义说，你看看它的方位，是不是正好对着你家牛圈？吴太平看了看，有些磕巴地说，对……对着吧。郑义拍了下手说，这下好了，把录像调出来就能看到是谁偷你的牛了。吴太平的声音有些嘶哑，说，真能看得见？郑义说，这东西专门逮贼的，我这就去找老张，让他调录像，把偷牛贼找出来，然后判他个三五年。吴太平的肩膀夹得更紧了，头上冒着热气，脸也有些绿。郑义说，老吴你咋了？吴太平嘴角不住抽动，半天才说，我再找找看，说不定就把牛给找着了。郑义想了下，说，那也好，你再找找看，可是这样一来恐怕要耽误你上访了。吴太平哭丧着脸，说，找牛要紧，找牛要紧……

　　总算是把吴太平稳住了，郑义舒了口气，却看见吴良民骑着摩托往这边跑，离老远就喊，郑书记快点回村部，规划院的老师们来了。郑义说，给溪渡村的姚书记、芳村的马书记联系了没有？吴良民说，吴主任正在联系。郑义说，那咱们快点回去。

　　到了村部，县政府办的刘主任说，郑书记你跑哪儿去了？规划院的老师们都等你半个小时了。郑义忙道歉，说在村上跑呢，电话也忘记带了。刘主任说，规划院吴院长我给你请来了，你看咋整？郑义说，我给镇上、县上打的报告给老师们看了吗？吴院长说，报告我看了，很有想法，你们这个地方也很特殊，我也很感兴趣，今天顺路就先过来看看。郑义说，那今天就这样安排，咱们先到附近看看，我和溪渡村的姚书记、芳村的马书记也联系了，然后咱们再开个座谈会，咋样？吴院长说好。

溪渡村的姚书记和村主任也来了。一行人先到了溪渡水库，吴天明说，溪渡水库是目前亚洲最大的水库，桃源村成了飞地，也是因为溪渡水电站。20世纪80年代末，因建设溪渡水电站，桃源村被列入征地范围。为了支持电站建设，全村118户600多人往后靠，安置的地是松江划出来的，桃源村就成了"飞地村"。郑义说，现在溪渡水电站已经成了一个旅游景点，周边环境好，主要是咱这儿地势特殊，夏天来歇暑的人很多。姚书记说，咱这儿还有一个奇特之处，咱这儿水库里的鱼会打人。吴院长饶有兴趣地看着姚书记。姚书记说，水库里有种鱼叫飞鱼，人到河里洗澡，受惊动的鱼会飞起来，在你脸上身上打得噼啪直响，按摩一样。郑义说，这几年我们三个地方协调限制捕捞，准备把这个特色打造成一个旅游亮点。吴院长不住点头。

然后到了街上，郑义说，这条街就是界线，街东是溪渡村，街西是桃源村，街中间有一块石碑，棱角分别对着三个省，我们这叫"一脚踏三省"。吴院长踏出一只脚，说，我这就到松江了。姚书记说，欢迎吴院长来松江做客。几个人都笑起来。又到了桃源村的千亩林果基地，郑义说，这是村里这两年搞的一个项目，既是经济林，又是观赏林，搞林下养殖，先有效益，再谋长远。可惜季节不对，再过几个月，果树开花，花海一样，边上是水库，花海泛舟，渔舟唱晚，真的不错。

接下来开了个座谈会，吴院长又问了交通情况、人流情况以及周边的景点情况，郑义一一汇报了。吴院长很赞许，说，基础工作做得很扎实，数据很准确，分析也很到位，如果按照这个思路走，前景可期。尤其是你提到的搞"三省大舞台"的想法，挖掘当地文化资源，开展文艺会演，很有意思。郑义说，在这儿待了两年，感觉指望农民从二亩地上致富很难，得给村民找个长久的饭碗。吴院长说，项目前景都很不错，关键是操作的层面低，建议你们把操作的层面提升，最起码是县级层面的，而且是三省联手，搞个旅游休闲度假区，到时候农民不想发财都不行。如果提升操作层面有难度，你们三个村子也可以先行先试，先从小的项目做起，譬如千亩林果基地就不错，既能为农民提收益，又能为以后打基础。等到你们做得差不多了，就会引起上面的重视，那时候再提升操作层面就容易多了。

吴院长走后，郑义还站在路边发愣。吴天明说，他们说的真行吗？郑义仿佛突然醒过来，说，行！咋不行？

5

三边联席会议在桃源村会议室召开。这个会议制度也是郑义过来后建立起来的，缘由是郑义来的第二天，村里突然多了几个痴呆傻子，看着郑义一个劲地傻笑。郑义有些奇怪，问吴天明这些人是从哪儿来的。吴天明看了这些傻子一眼，说，还能从哪儿过来，肯定是从邻县过来的，就对吴良民说，晚上你找俩人，把他们送回去。郑义有些奇怪，说，送哪儿去？吴天明说，哪儿来的送哪儿去。又说，郑书记可能不了解，这周边县城或镇上遇到重大节日，或者领导调研，当地派出所都会把这些智障人弄走，咱这儿处在三省交界处，就成了接受智障人的极佳地点。郑义皱着眉头说，这咋行！

郑义琢磨了很长时间，这期间又出现了两个村子的小纠纷，都跨了省，无法协调，小事最终闹成了大纠纷。郑义就提出建立三边联席会议的想法，开始是村级的，一年后就变成了镇级的。据说县上正在对这项制度进行研究，很快就会变成县级层面的会议。会议一般是一个季度开一次，但年前事多，上访维稳压力也大，就加了一次。会议地点是三个村委轮流，今年轮到了桃源村。

会议开始前，镇上刘书记站在小礼堂前看村民们唱歌，说，唱得怪好听的，你们村搞的？郑义说，是的，快过年了，把大家凑起来，唱唱歌，提提士气，或许能减少点赌博打架的事。刘书记说，我听吴主任说了，这个想法不错，现在一些人，手里有钱了，魂却没了，钱多了反而会多干坏事。站在边上的溪渡村姚书记说，刘书记说得有道理。扭头对郑义说，你这一个村子唱歌也不热闹，干脆我回去也组织一下，再跟芳村的马书记说一下，咱们搞个村歌大赛。郑义看着刘书记，刘书记说，这个提议不错，你们好好商量一下，拿个方案出来。我回去跟县上汇报一下，咱把这个事搞起来，搞红火，搞成亮点。

会上说到吴太平宅基地出界的事，郑义说，这事有些复杂，现在主要是做吴太平的工作，村里想给他重新划一片宅基地，但吴太平人执拗，不同意，现在双方都僵着。刘书记说，听说吴太平的"扶贫牛"被偷了？张所长说，可不是，都是他的事！吴太平怀疑是邻居蔡家因为围墙出界的事找他的麻烦，但这只是他的一面之词，目前案情还没有多大进展。刘书记对郑义说，吴太平的事我也了解一些，解决他的问题一定要细致，要掌握方法，现在他的事已经变成两省之间的纠纷了，一定要慎重，要和镇领导多汇报，和兄弟村多沟通。然后，郑义和姚书记、马书记重点汇报了规划院老师的调查，提出建立"三省生态旅游休闲度假区"的想法，三边的书记镇长听了都很振奋，同意回去后好好研究，各向上级部门汇报，提升参与层面，争取以周边三县为主体开展合作，打造三省交界旅游休闲度假区。

会议结束时郑义提到了信主群众送礼品发展信徒的事，把前些天见到的情况跟大家汇报了。书记们说，这肯定不允许，共产党不干预民众信仰，但也不允许以不正当的宣传甚至利诱来招徕信徒。群众的信仰是自由的、自发的，用诱惑来招徕信徒性质已经变了，都这样搞还不乱了套了。这是基层工作中出现的新特点，属地政府和执法部门要严密关注，做好宣传，对执意不改的要坚决取缔，违法的要坚决惩处。

　　散会时已经一点多了，领导和周边的村主任都走了，村干部也回去吃饭了。村部只剩下郑义一个人，郑义想把卫生打扫一下，却看见秋桐拿着扫帚站在门前，他愣了下。秋桐说，我今天来上班了。郑义忙说，好，想了下又说，事也不多，就是村部、小广场和街道上的卫生，不耽误你做生意的。秋桐不说话，三下两下就把会议室打扫了，又用拖把拖了一遍，窗玻璃上的污垢也擦干净了，会议室一下子明亮起来。郑义想搭把手，可没等他伸手，活儿已经干得差不多了。郑义挖挲着两手，说，还是跟过去一样利索。秋桐说，几张口吃饭呢，死鬼自己屁股一拍走了，把我留下受艰难。郑义说，现在娃儿都长大了，老人家你就忍让着她点，日子会好起来的。对了，听说闺女靓靓得了今年省民歌大赛第一名？秋桐脸上浮出一抹笑容，说，第二名，妮子心里想得大。郑义说，想得大是好事，孩子志向高，将来就走得远。秋桐说，就咱这家庭，她能走到哪儿去！郑义说，话可不能这样说，富贵人家多出败家子，这样的事多了。秋桐看了郑义一眼。郑义说，我倒想起一件事，今年咱村组织的村歌大赛让闺女参加吧，也给咱这村歌大赛提提档次，咋样？秋桐犹豫了下说，我跟她说说。

走到外面，郑义指着靠街的一间房子，说，我跟村委商量一下，把这间房子租给你，免得你风里来雨里去的，正好你工作的范围也在附近，方便。秋桐看看房子，没有说话。郑义接着说，咱们这个年纪你该记得以前蒸的那种霜煞的小红薯，笼屉里一蒸，又软又甜，味道好得很。如果能把这个东西做出来，人们一定喜欢吃。秋桐说，没有人种红薯了，更别说那么小的红薯。郑义说，大一点也不碍事，关键是吃那个口味。如果能做出来，吃的人一定多。秋桐说，我回去试试。

晚上，郑义到了小礼堂，人似乎比以前多了，闹哄哄的。郑义问方馆长合唱进展咋样？方馆长皱着眉头说，还能咋样？各唱各的调。郑义说，农村人，没有弄过这个，得有点耐心。方馆长说，没有耐心我早跑了。郑义说，我看大家的积极性倒是不低，人也比之前多了。方馆长点下头，应该能凑四十人。郑义说，还得跟你说点事，你得操下心。刚才不是开会了吗，溪渡村的姚书记和芳村马书记说他们村也都要参加村歌大赛，刘书记的意思是干脆搞成个"三省村歌大赛"。我想着这样也好，要放咱就放个大爆竹，动静大点，让大家都参与，都乐和乐和。方馆长吓了一跳，说，这事就复杂了，定节目，定场地，定参加的人，还要邀请领导评奖啥的，麻烦得很。郑义说，可不是，所以就先来跟你商量。我想着这节目上的事你给担着，其他的事我来协调，你看咋样？方馆长说，这么大的事我一个人恐怕做不来。郑义说，这个我想过了，再给你找个专业人士，给你跑跑腿，大事你掌着。方馆长嘟哝说，这山芋还真烫着手了！

6

吴太平正在李老幺的茶馆打麻将，可能是刚赢了一把，兴奋得脸上放光，看见郑义，欠了下屁股，说了句书记来了，眼睛又盯到麻将上，手心里夹张牌，挪来挪去，猛然把牌推倒，说，和了。一个麻友眼尖，一把抓住吴太平要插进去的那张牌，大声说，吴太平，你他妈的偷牌。吴太平说，啥偷牌，我是看书记来了，不玩了。说着起身收拾牌桌。几个人骂着吴太平，嘟哝着走了。

郑义看脚下的街道，吴太平负责的这块儿跟他的大棉袄一样油渍麻花，垃圾遍地。对面溪渡村管辖的街道干干净净，一个上了年纪的老人还在街道上清扫。郑义转了几圈，对吴太平说，你这样弄谁也帮不了你，公益岗位不是你打打牌就能领工资的，大家眼里都有一杆秤。吴天明朝吴太平的屁股上踹了一脚，说，跟他说恁多干啥，烂泥糊不上墙，真把我气死了。吴太平头低着不说话。吴天明说，挺尸哪？还不快点回去收拾收拾，给你媳妇办户口去。

吴太平的媳妇菊花中风栓住了一条腿，一个孩子还有轻度残疾，按理说应该评为贫困户，可村里把吴太平报上去后，却发现菊花没有户口，没有户口啥东西都办不成。吴太平懒，除了找村委，他自己啥心也不操。郑义看今天没啥事，决定带着吴太平跑一趟，看能不能把菊花的户口迁过来，把贫困户给办了，然后按政策把房子给修了。吴太平的房子已经是危房，郑义心里一直牵挂着。

　　帮着把菊花弄上车，吴太平还有些不相信，说，今儿我们真是去媳妇娘家迁户口？边上的吴天明说，你以为是带你去兜风呢！自己的事自己不操心，就知道打个麻将斗个地主，还要郑书记亲自去给你办。吴太平缩着身子说，谢谢郑书记。郑义说，我们快点走吧，回来还有很多事。

　　菊花所在的村子叫陈庄，距离桃源村一百多里。菊花说，自从生病后，十几年都没回过老家了。父母去得早，家里除一个哥哥外也没啥亲人了，这些年日子过成这样也没脸回去。郑义看了眼吴太平，吴太平低着头不说话。

　　到了村上，郑义把情况跟村主任说了，村主任说，菊花是我们村的，可她不是嫁到临县槐树沟村了吗？户口应该是迁到那边去了，你们到那边去找找吧。

　　出了村，郑义说，咱们不能瞎跑，先去派出所查一下户口，然后再看咋办手续。三个人到了当地镇派出所，管户籍的查了户口，说，菊花的户籍已经销了。菊花说，咋销了？户籍警说，那得回去问你家里。郑义说，是不是你原来的丈夫把你的户口给销了？菊花低着头不吭声。郑义说，到底是咋回事，你得说清楚才好办事。菊花抽噎着说，当年我嫁过去以后，发现他好赌成性，他没钱就打我，我受不了，就丢下两个孩子跑到咱那儿，遇到吴太平，就生活到一起了。郑义看着户籍警，把菊花的情况说了。户籍警说，也不是办不成，如果是她原来的丈夫把她的户口销了，需要她丈夫提出恢复户口申请，派出所据实调查，这样就能把户口恢复了，然后再迁去你们那儿。

出了派出所已经十二点多了，郑义买了两样东西，吴太平要掏钱，可郑义已经把账结了。郑义说，你在这儿等着。吴太平说，也是，老将对脸，弄不好要打我。郑义说，打你是小事，弄不好事情就更麻烦了。槐树沟村不远，一会儿就到了，郑义先去了村主任家，把情况说了，村主任看了眼菊花，说，你不是菊花吗？咋成这样了？菊花说，一条腿栓住了。主任说，事情恐怕不好办，当初你也是，一句话不说就走了，留下不大不小两个娃，疙瘩这些年的日子也是黄连水里泡出来的，恐怕难说成。郑义说，主任帮着劝劝，毕竟夫妻一场，菊花现在又成这样了，还有啥仇忘不了的。主任说，我试试吧，疙瘩脾气倔，我怕他转不过弯儿来。

主任领着，连拐了几个弯，到了一个没有院子的人家。一个老汉缩着肩膀蹲在门前，看着车上下来的几个人。主任说，疙瘩，这个你认识吧？说着指了下菊花。老汉看了几眼，一下子站起来，喊着说，你还有脸回来？你回来做啥？主任把疙瘩摁住，说，吵啥？回来看你还吵人家，一辈子还没吵够？疙瘩说，当年她拍拍屁股走人了，我这些年是咋熬过来的你不知道？主任说，你当年好赌的事你咋不说？菊花当年跟你过的啥日子？人家好歹给你留了两个娃，你给人家留的啥？你还有啥好叫屈的？疙瘩喘着气不说话。主任说，咋说你也不该把菊花的户口给销了，弄得她现在啥都办不成，这事从你这儿出的，你得给人家解决了。疙瘩说，她离家几十年没见人影，也没个音信，不是失踪是啥？主任说，以前的事不说，菊花现在遇上难事了，念在你们夫妻一场，念在菊花给你吕家留了后，你也该给菊花帮个忙。忘了告诉你，这是那边的郑书记，人家为帮菊花的忙，开着车跑这么远，咱自己的事不帮说不过去。疙瘩说，我帮不了，我不认识她。

　　说了半天，疙瘩就是不松口。其间，菊花的儿女也过来了，菊花哭得跟泪人似的，可儿女就是不沾边，还冷言冷语的。郑义知道这事恐怕难办成，就退了出来。村主任说，这事急不得，你们先回去，我再说说疙瘩和俩孩子。你们把电话留下，有结果了我通知你们。郑义想了想，也只能先这样了。

　　把吴太平两人送回家，菊花一定要留郑义吃晚饭，郑义推辞不过，就留下来吃了顿晚饭。饭后，郑义经过小广场，广场上灯火明亮。美兰、秀芹带着十几个女子在跳广场舞，几个老人在边上散步，小孩子在广场上跑来跑去。郑义来了兴致，跟着节奏跳起来。跳了一会儿，却发现身边的人都停下看着他。郑义有些纳闷，对身边的美兰说，咋了？美兰说，没想到书记跳得这样好。郑义笑了下，说，在城里晚上没事就去跳，在这儿比较忙就跳得少了，这以后还真得天天跳，跳跳舒服多了。秀芹说，跟书记的舞姿比，我们都是蛤蟆跳。郑义说，主要是跳得少，多了就熟练了。如果大家有兴趣，我教大家，实不相瞒，跳交谊舞、广场舞我还获过市里的大奖呢。

说了一会儿，郑义说，干脆把曲子换成村歌，到时候既有大合唱，又有广场舞，咋样？大家都说好。郑义说，美兰和秀芹你们操下心，设计几个广场舞动作，到时候串一下就成了。美兰说，我们行吗？郑义说，咋不行？跟其他广场舞一样，把咱农村的特色动作加进去就行。以后每天晚上我们都在这儿练村歌和广场舞，行不行？大家拍手赞成。

小广场上的人越聚越多，哈出的热气打湿了灯光，光线变得朦胧起来。女子们笑嘻嘻地看着，郑义向她们伸出手，她们哗地向后退去。但没过多久，就有年轻女子迟疑着进了场子，学着前面人的样子，身子扭动起来。

郑义出来接了个电话，看见秋桐站在边上，就说，去跳啊，换换心情！秋桐摇摇头，转身要走。郑义突然想起一件事，对秋桐说，小鹏的学校找好了，县一初中，过了年就可以转过去。秋桐停下脚步，看着郑义。郑义说，啥事想开些，不要把自己封闭起来，活着不容易，但也不是想象的那样难，问题村委都在想办法解决，你放在钱大头那儿的集资款正想办法给你要。秋桐的身子顿了下，似乎想说句什么，最后还是走了。

往村部回的路上正好碰见吴天明，郑义说，我正想跟你商量个事。吴天明说，你看见我第一句话就是商量个事，就不会说老吴给你说个好事，真烦！郑义笑了下，这句话我记着，以后再跟你说的保准都是好事。吴天明问是啥事，郑义说，我合计着把村里几家的集资款要回来，都是村民的血汗钱。我问了，秋桐、吴太平等七八家共十几万，都集在钱大头那儿。我有个想法，村里有一段路不是要重新铺吗？算下来有近百万的工程，钱大头就是做工程的，我想着把这个工程给钱大头做，让他把村民的钱透出来。吴天明说，工程的事咱做不了主的。郑义说，这个我考虑了，也私下把想法跟主管部门的领导汇报了，他们说可以考虑。我就想着先跟你商量商量，如果上边同意咱也得早些着手准备。吴天明说，那钱大头精得像猴子，他会同意？郑义说，所以得想个办法。我私下给他透了口信，如果不还款，村民就要报案，我们得把他往这条路上逼。工程我大致也算了，除了把村民的集资款透出来，他多少还能赚点，他没理由不同意。吴天明说，咋逼？郑义说，我下个星期去县上汇报工作，把集资的事一并汇报了。经侦队我有个朋友，专门管经济案件的，让他出面吓唬吓唬钱大头。你再把村里研究修路的信息透出去，让钱大头自己上门来，然后咱们再跟他谈条件。吴天明说，没想到在这方面你也是高手。郑义说，对付这些混子是

32 村歌嘹亮

得想些办法。

　　两人说着话往前走，前面传来狂野的音乐声，转过两个墙角，看见一辆舞台车停在空场上，大冷天的，几个女孩穿着比基尼在热辣劲舞，电声乐器震耳欲聋。台前围了一圈男人，不住地指指点点，嗤嗤地笑。郑义说，这是干啥呢？吴天明说，今天是六福家老爷子过世三周年，请了外地的歌舞团凑个热闹。郑义看了几眼，说，这哪里是追思先人，简直是侮辱先人。吴天明说，是有些不合时宜，也不知道是哪一年传过来的，现在都兴这个，不这么做反而会被村里人看不起。郑义说，这些恶风恶俗得变变，你说这样的场合，叫孩子们看见了啥影响，不是教唆孩子犯罪吗？吴天明说，是不合适，我去叫六福停了吧。郑义摆手，那不是打人脸吗？咱们回去商量个办法，把婚丧嫁娶、卫生、村容村貌、信仰等融到一起，起草一个《乡村文明管理办法》，引导村民移风易俗。吴天明说，村民们都是一根筋，不一定会听的。郑义说，咱建立奖励制度，遵守的给予适度奖励，一定能把风气扭过来的。吴天明说，那好，也该定个规矩了，不能想干啥就干啥，没王的蜂一样。郑义想了下又说，所以我让大家唱村歌，就是想让大家多接触好的东西，慢慢地大家习惯了、接受了，那些坏风气就没有市场了。

7

天贼冷，街道像是被冻住了，房檐下的冰凌条越长越长，几乎要挨着地面了。狗从草窝里探出半个脑袋，看他们一眼，又把头缩了回去。几只鸟站在电线上，像是被冻住了，一动不动。街上静悄悄的，只有李老幺的茶馆还开着门，热气从半掩的门内溢出，让人感觉到一丝温暖。

礼堂里很暖和，几十个女人聚在一起，叽叽喳喳，几乎要把房顶给掀开了。郑义递给方馆长一根烟，说，咋样？方馆长说，跟狼嚎似的。郑义说，能唱出来就不错，一群撸锄把的一下子让唱歌，肯定不容易，你要多下下力。方馆长说，这哪是我下力就能成的事啊。郑义笑了，说，你把劲都使出来，这事只能成功，不许失败。情况你都知道了，已经不是咱村热闹一下子的事了，三省村歌大联赛，咱是主办方，弄砸了，面子可就丢大了。方馆长哭丧着脸说，早知道不揽你这活儿了。郑义说，你现在说啥都晚了，正上坡呢，出溜下去可要摔坏人呢！几个女人看他们说笑，就围过来，说，有啥好笑的事，我们也听听。郑义说，你们唱歌的事。美兰说，咋了？郑义说，方馆长说，再好好练，说不定将来有一天你们也能上《星光大道》。秀芹说，啥是《星光大道》？美兰说，我知道，中央台的造星节目。郑义说，就是！"大衣哥"知道不？阿宝知道不？"草帽姐"知道不？开始都跟咱一样，撸锄把的，可人家练得多、唱得好，一下子就唱到中央电视台，名扬全国了。美兰说，人家那叫有潜质。郑义说，你们咋知道自己没潜质？你们没尝试，得试了才知道。方馆长加了一句，还有一条是你们没有认真练，那个"大衣哥"，人家一天到晚没事就唱，干活累了就唱上几句，乏也解了，歌也练了。你们回去没事了就唱，先把村歌唱好，再到中央电视台去。郑义还想再说点啥，电话响了，是吴良民打来的。吴良民在电话里说，吴太平和人家吵得都要打起来了，书记你快点过来！

郑义急忙赶到吴太平家，吴太平和蔡家男人正在吵架，家伙都拿到手上了。郑义把两人分开，听了一会儿，大致明白了事情的经过，吴太平竟然把界碑给挪了！

早上，蔡文清过来找吴太平理论围墙出界的事，吴太平坚持说围墙就修在自家的宅基地上，蔡文清说不行咱们就去按界碑丈量，看围墙到底出没出界。吴太平一副成竹在胸的样子，丈量就丈量，谁怕谁！到了界碑处，蔡文清对着界碑比画了一阵，连说，奇怪，这界碑咋不在原地方了呢？长了腿了，会自己跑？这一细看，还真看出问题了。埋界碑的泥土都是新的，明显是才埋上不久，蔡文清明白了，说，吴太平，你可真胆大，竟然敢私挪界碑。吴太平自然不承认，说，谁挪界碑了？蔡文清说，这泥土明显是新的。这事严重了，你不给个说法我就去报案，让派出所来解决。

郑义到埋界碑的地方看了看，确实是挪过的，这一挪吴太平的围墙就在界碑内了。蔡文清跟在后面，说，这私挪界碑是违法的，我看过法律书，上面写得明明白白，要判刑的。你们不给个说法咱们就上派出所说去。郑义去看吴太平，吴太平仍梗着脖子，可明显底气不足。吴太平说，那界碑本来就在现在这个位置的，我不过是把错误纠正了而已。

蔡文清说，那你承认私挪界碑了？又说，你承认了就好。你说，下一步咋办？我要去报案，让派出所来解决这个事！

吴太平突然说，这事我不管了，反正我是按村里指定的位置修的院墙，有啥事你跟村里说。

等他们都说得差不多了，郑义才说，这事也不必搞得恁复杂，即使派出所来，也就是一个民事纠纷，还是得由我们自己协商解决，何苦呢？我有两个想法，一个是吴太平私挪界碑，肯定是不对的，让他认个错，把界碑按原样栽好。其二，出了这样的事村委也有责任，村委给吴太平指定地方盖房子，那地方是村里原来的规划用地，不知咋就出界了。出界就出界了，这不能全怪吴太平，村里应承担一部分责任，村里正在研究解决办法，会给你一个满意的答复的，你看咋样？

这样说还差不多。蔡文清说着回头看了一眼吴太平。吴太平瞪着眼，说，看我干啥？噎得蔡文清脖子一伸一伸的，说，宁跟明白人打一架，不跟糊涂人说句话。既然你们领导这样说了，我就不追究了。不过你们得快点解决，年前解决不了我只能强扒围墙了。

蔡家人走后不久吴天明也来了，听郑义把情况说了，吴天明指着吴太平的鼻子就骂，吴太平，我不管你有多浑，我告诉你，这挪界碑可是犯法的事，如果人家报案，你就完了。看你平时精得不行，其实你就是一个猪脑子。你要是听我一句劝，就按郑书记说的，抓紧把界碑挪回原处，越快越好，听见没有？

吴太平嘟囔着出去了。

人群散去，只剩下吴天明和郑义，吴天明看着郑义，说，这个事你准备咋办？郑义说，再给我点时间，事儿就快解决了。吴天明怀疑地看着郑义，说，真的？郑义笑了笑，说，真的！

8

秋桐拿着一张汇款单，对郑义说，汇款单是你的吧？郑义把中药包放在茶几上，看了眼汇款单，摇摇头。秋桐说，你就不要骗我了，这些年我一直在找这个人，那天我一看见你就知道了，这些年给我汇钱的就是你，以前我咋就没想到呢？郑义说，你一定是弄错了。秋桐说，我看见的，前些天我去溪渡镇办事，看见你在邮局，我就想起这几年汇款单写的就是这个镇的邮局。你走后，我去问，开始人家不说，我说了很多好话，人家才把底联给我看。郑义想了下说，你知道了也好，我也不知道该咋帮你，就是想补偿一下。秋桐说，其实你不用内疚的，这都是命，怨不得别人的。郑义说，柱子去了，这些年你受苦了。秋桐捂住脸，很久才说，柱子去了我认命，我也想把日子过下去的，可婆婆就是不信我，村里人也不信我，日子再苦我都能忍，可心苦我忍不下，真是死的心都有了，不是这俩娃子，我真早死了！郑义递过去一张纸巾，秋桐把眼泪擦了，说，我信主，可主也帮不了我。郑义说，你要往前看，看两个娃子多喜人，靓靓有唱歌天赋，一定会有好前途。没有过不去的坎，好日子都在后头呢。

从秋桐家出来，经过小教堂，看见四阿婆站在门口盯着他看。四阿婆是溪渡村的孤婆子，吃住在教堂，快八十岁了，身子骨硬朗得很。四阿婆逢人就说，是主保佑她身体健康，没病没灾。很多人信她的话，随她信了主。有的人信得都迷了，陷进去了，一天到晚啥都不干，就是祷告。邻村就有一个老太太，信得自己钻进棺材里，让一家人好找，几天后从棺材里找出来，只剩下一口气了。前些天又出了信主送鸡蛋的事，当地政府和派出所介入后教堂安生了很多，去的人也少了，四阿婆把这都记在郑义身上。

四阿婆堵住郑义的路，哑着声音说，郑书记你管得宽呀，桃源的管到我们溪渡，兔子吃过界了！郑义说，外边冷，阿婆进屋说。四阿婆不动，手里的棍子在地上敲得咚咚响，说，主会惩罚你的！郑义说，我们干的都是积德行善的事。

四阿婆说，主会罚你下十八层地狱。站在门口的李老幺听不下去了，说，四阿婆，主可不会说诅咒人的话。信主你就信你的，也没人管你，可你送啥鸡蛋，你这不是拉拢人吗？这不是找事吗？这能怪书记吗？四阿婆看了李老幺一眼，恨恨地说，都是要下地狱的。说着回了屋。

郑义进了李老幺的茶馆，端杯茶暖手，说，这老太太火气真大。李老幺说，你差点把人家老窝都给戳了，人家能不生气？郑义说，不会吧？李老幺说，咋不会？派出所的人来整顿一下子，那些人就都散了。有些信主的妇女去唱村歌了，这里一下子就冷清了，四阿婆难免要生气。郑义说，只要不过分，政府是不干涉的。李老幺说，四阿婆其实也不是真信主，就是一个人孤单，有人陪陪她，说说唱唱，这日子就过下去了。人老了就是怕单着，比死了还难受。

说了会儿话，吴天明来了，头发丝上还结着一层霜，他搓着双手，说，真冷，十来年都没这么冷过了。说着话，看着郑义，啥事？郑义说，我刚才去了秋桐家，跟老人好好说了说，她答应以后不再跟秋桐闹事，好好过日子。吴天明说，俩人没一个省心的，秋桐被人风言风语地传，她婆婆倒好，不但不护着，反而是见人就说儿媳妇的坏，恨不得人人都知道自己儿媳妇的事。郑义说，主要是日子难，日子一难啥事都出来了。吴天明说，秋桐也是命苦，好好一个女子，刚来桃源村时水灵灵的，自从柱子死后，这日子就变了，人也变了。郑义说，就是遇到了一些难事，难事解决了，日子好过了，人还会变回来的。秋桐家的事，我有个想法，秋桐不是卖烤红薯吗，又要打扫村部、街道，不方便，咱村部面朝街不是有间房一直空着吗，我想着干脆租给秋桐，免得她整天跑来跑去。吴天明愣了下，说，那间房很多人都想租，这一下子给秋桐了怕是有人要说点啥，再说秋桐……郑义说，我知道你的意思，秋桐在村里名声不好，我们不管那些，秋桐家确实艰难，男人没了，一个老人两个孩子就靠她一个人撑着。咱们做扶贫工作，不能落下一个家庭。再说，那些事也没真凭实据。吴天明说，是不是村委开个会碰下头再决定？郑义说，也好。

眼看天将中午，郑义要回村部，却被吴天明拉住了。吴天明说，就剩下你一个，到我那儿吃吧。郑义说，一个人更好弄。吴天明说，又煮方便面？胃都要吃坏了。上我那儿捞面条，油泼辣子，又辣又香。郑义说，听得我涎水都流下来了。

吃着饭，郑义问钱大头那儿咋样。吴天明说，按你说的，开始钱大头对村民的报案不当回事，你那朋友和派出所张所长找了他一次，他有些害怕了，我让人把修路的话传出去，他找到我看能不能给他做，我说要考虑考虑。郑义笑着说，你也学会吊他的胃口了。吴天明说，还不是跟你学的。郑义说，上面的工作也做得很顺，领导同意我们这个思路，专门开会研究了这个问题，会议纪要快出来了。还答应先预支修路款，如果顺利的话，年前就能把集资款要回来。吴天明说，如果能把集资款弄回来，村民们可要烧高香了。郑义说，事在人为，办法总比困难多。对了，吴太平这几天是啥情况？吴天明说，还能是啥情况？总嚷着要上访，要咱给他解决贫困户，要村里给他找牛，不然就不还贷款了，屎不出来屁一堆。郑义说，拉出来就麻烦了，他的事要抓紧解决，好在菊花迁户口的事也有了眉目。昨天那边的村主任给我打电话，说菊花的前夫已经说通了，正在申请恢复菊花的户口，上了户口后，我再去一趟就能迁过来了，到时候吴太平的贫困户问题就解决了，房子也能修了。吴天明说，还有丢牛的事，还有宅基地出界的事，我听见吴太平这个名字就头疼。郑义说，吴太平的事不难解决，他的牛就快找着了。

9

吴太平的扶贫牛自己跑回来了，起码吴太平是这样说的。

郑义来到吴太平家，吴太平家早围了一群人，吴太平正跟人说牛自己回来的事，说得眉飞色舞，唾沫星子飞溅。吴太平说，你说怪不怪，今儿早上，我打开门，一下子就愣怔了，你们猜我看见啥了？吴良民说，看见鬼了！吴太平说，哪里有啥鬼，我跟你们说，我看见我的牛了。两头，就站在门口，一边一个，门神一样，你们说怪不怪？吴良民说，太平你又在瞎扯，那是牛，又不是你儿子，跑出去知道回来。

吴太平有些不高兴了，说，不信你们去圈里看，牛是不是自己回来了。人们就哄一声去了牛圈，果然看见牛拴在牛槽上，正在吃草。李老么说，听说过狗走丢了能摸回来，还没听说过牛丢了还能跑回来的。吴太平说，可能是我找得紧，偷牛的怕了，给我送回来了。

小北风飕飕地吹，一会儿就把人给吹散了，只剩下郑义和吴太平。郑义说，你的牛找回来了，从山沟吕家找回来的吧？吴太平的脸色变了。郑义又说，听说这几天你又在折腾。吴太平说，你们不给我解决，我只有去找上面解决。郑义说，哪个问题没给你解决？贫困户的事正给你办，公益岗位给你了可你不正经干，整天聚在茶馆打牌。集资的款村里正想办法给你要，你说还有啥合理要求没给你办？吴太平嗫嚅一阵，说，我的宅基地还没有解决。郑义说，不也在想办法给你协调解决吗？吴太平来了精神，说，要到猴年马月能解决？我都快让蔡家的人给欺负死了。郑义说，丑话说前头，你要折腾我不拦你，不过牛找回来也不是就没事了，还记得我上次给你说的事吗？郑义走近吴太平，悄声说，我看了录像带，录像带上是有个人偷牛，那人秃顶，穿了件油渍麻花的大棉袄，那样子太像一个人了。吴太平的脸色一变，说，像谁？郑义说，我正想呢！

屋里菊花的声音传过来，说，秃子，还不让郑书记进来坐，在外面说啥哩！

进了屋子，菊花拖着腿正在做早饭，说书记还没吃早饭吧？我多添两瓢水。郑义说，在街上吃过了。你们也快点吃，今天我们再跑一趟。菊花说，去哪儿？郑义说，去迁户口啊！那边来电话了，户口已经给你上了，今儿就去给你迁户口。菊花的手停下来，有些哆嗦，说，太感谢书记了，为我们的事操心。郑义说，没事，你家丢的牛也找着了，那就好。菊花说，都是托书记的福。郑义说，户口迁回来就好好过日子，不要瞎跑了，上访也解决不了啥问题，有问题跟村委说，合理的都会解决。等一下，菊花对吴太平说，你又要去上访？吴太平磕巴着，没有啊。菊花抓了扫帚打过来，说你个死秃子，你再上访一次试试！书记对咱这么好，你还给人家添麻烦，你要敢走出桃源村一步我就死给你看。郑义说，太平是受了指使，他已经跟我说不去了。吴太平看了眼郑义，高粱穗一样垂下头。

这次去很顺利，菊花跟前夫和儿女吃了顿饭，虽然气氛还有些尴尬，但总算把亲戚续上了。吃过饭，疙瘩和吴太平蹲在墙根儿晒太阳，吴太平给疙瘩发了一根烟，疙瘩一口气吸进去半截，然后才说，我年轻时浑蛋，喝酒赌博，喝醉了、赌输了回来就打菊花，我这辈子对不起菊花。说着把头转向吴太平，说，看你这身西服，板板正正的，我听郑书记说，你的日子过得不错，还当了村民代表，比我强，我和儿女们就放心了。吴太平脸有些发烧，双手使劲搓，哑着声音说，就那样。疙瘩说，村民代表是干啥的？多大的官？吴太平愣了愣。郑义正好走过来，就说，就是为村民办事的，村委要干啥有的要经村民代表会议表决，连我都管着呢。疙瘩脸上露出羡慕的神色，说，过段时间，我和孩子们到你们那儿去看看，咋样？吴太平还在发愣，郑义踢了他一下，他才忙说，欢迎欢迎！

回村路上，吴太平的嘴巴哑了，目光直愣愣地看着窗外，郑义说了几句话，他都没应声。菊花在吴太平的头上敲了下，说，秃子你咋哑巴了，你平时不是挺能白话？吴太平把目光收回来，看着郑义说，你咋能跟人家说我当了村民委员会代表呢？人家来了知道我说谎多难为情。郑义看了眼吴太平，说，你想当不想当？吴太平更磕巴了，说，我能当得了？郑义说，好好过日子，勤劳点、公正点就能当。吴太平点了点头。菊花说，就你过的那日子，人家来了，看你的老脸往哪儿放？夹到裤裆里吧！吴太平祈求地看着菊花，说，你不要说了，咱回去好好过日子行不？

户口迁回后，郑义又跑了镇派出所和县扶贫办，吴太平的贫困户就办下来了，修房子也纳入了日程，建筑队对吴太平的老宅基地进行了规划，建筑材料都拉过来了，眼看年关将近，征求了吴太平的意见，建房定在第二年开春。吴太平高兴得不得了，口袋里多了一包烟，逢人就发。村民有些不习惯，看着吴太平，说，太平这是咋了，发财了？吴太平笑，说，这不是要修房子了，先吸个喜烟。吴良民说，你个死太平，又在想啥歪事？吴太平说，真的没事，就是高兴，高兴嘛！

10

因为第二天要和吴天明还有溪渡村、芳村的书记和主任到外地学习，郑义和吴天明商量着晚上把近段儿的工作安排一下。不一会儿，几个村委委员都来了，方馆长也列席了会议。郑义说实在不好意思，让大家老婆都搂不成。村支书贾保安说，啥岁数了，还搂老婆，那东西都不管用了。方馆长说，可不是，年轻时迎风尿三丈，现在顺风滴湿鞋。几个男人说笑一阵，郑义开始说正事，他先把县里组织的这次学习的背景说了下，三地镇、县对建立"三省旅游休闲区"的提法很感兴趣，县级层面已经建立了协调机制，初步确定由咱县牵头，以后很可能上升到市级层面。这次组织的学习考察就是市里组织的，听说市县正在和规划部门联系，进行整体规划。前景真的不错，大家以后有的是好日子过。

吴天明把几个紧要事说了说，像年终对贫困户的慰问、两个贫困户的再甄别、上访安保、省市年前对扶贫情况抽查等。吴天明说，抽查是大事，每个人包的三家都要再跑跑，再算算账，算清楚，不能到时候上面领导来了一问三不知，那咱工作干的是啥？其他的像吴太平建房、村歌大联赛的事等，都一一做了安排。最后郑义让大家讨论讨论《桃源村乡村文明管理办法》，文件是郑义亲自起草的，把村民婚丧嫁娶、环境卫生、礼仪文明、信仰自由、禁止赌博等都含进去了，实行百分制考核，一季度考核一次。每次考核评出二十个文明户，分别给予不同的实物奖励。贾保安说，好是好，就是有些麻烦，谁来管呢？郑义说，开始我管一段儿，上路了再说。

吴良民说，农村人都是些泥巴腿子，这些新东西大家不知道能适应不？郑义说，村歌的事开始大家也不适应，现在大家都适应了。吴天明说，可不是，连你嫂子都说要参加呢。我说你看你多大岁数了，脸上的褶子都堆成山了，去凑啥热闹，可人家还是吵吵着要去。郑义说，那就让嫂子去嘛。又接着说，这个事不急，大家回去先看看，还要让村民看看，有啥意见提出来，再修改完善。另外，我还计划设立个村民委员会，职责就是监督管理村委的开支、重要决策等。大家先考虑下，学习回来后咱们再研究。郑义问大家的意见，贾保安说，以后你干脆就待在咱村算了，你在这儿大家才有奔头。吴天明说，郑书记跑不了的，不过以后管的可能不只是咱桃源村，恐怕还有溪渡村和芳村呢。

几个人又闲扯了会儿，陆续走了。方馆长也要走，被郑义叫住，说，你的方案我看过了，就按你这方案整，我们这次出去要一个多星期，回来都腊月十几了，这个活动大，初步定三个镇的书记、镇长都参加，咱县的书记说不定也会来，县电视台要直播，一点都马虎不得。本来我想腾下一天时间，把大赛的事理一理，可突然安排的学习把计划打乱了，这个任务就全靠你。对了，倒是想起一件事，有企业跟我联系，答应给赞助。两家，给了两万，这下奖金有着落了。你把奖项再考虑一下，大奖我想着设个单项奖和联赛奖，其他你自己决定，奖金高点。方馆长说，就按书记说的办。走到门口又折回来，说，参加的人有点多，今天又来了几个，刚打工回来，听说歌赛的事，要求参加。郑义说，好啊，让她们都参加。方馆长说，四十人的队已经凑够了。郑义说，那就来六十人的队，人越多声势越大。方馆长说，恁大的队我还没弄过。郑义说，弄一次不就知道了。

人都走了，郑义不困，就到街上转，到了小广场那边，看到还有十几个女子在跳舞，似乎有一个人在教。细看，原来是秋桐的闺女靓靓，就走过去，说，靓靓放假了？靓靓看是郑义，说了声郑叔叔好。郑义说，你妈说你最近放假，没想到这么快就回来了。靓靓说，本来要去做家教的，妈妈执意要我回来，说要我参加个啥活动，我就回来了。郑义心动了下，说，村里准备办个村歌大赛，我想让你也参加，你在外面都唱出名了，村里也想沾沾你的光，提下档次。靓靓说，叔叔笑我了，也就是在省里得了个名次，离出名还远得很哪。郑义说，不管咋说，你是专业的，我想让你协助方馆长把这个大赛搞起来。靓靓有些犹豫，说回去跟妈妈商量商量。郑义说现在就商量，说着给秋桐打了个电话，然后把电话给了靓靓。靓靓说了几句，把电话给了郑义，说，那好吧。郑义呼出一口气，说，有你帮着，我就放心了，这下连主持人也不用找了。说着给方馆长打了个电话，心放下来，才感觉有些冷。

广场的人已经走完了，郑义接连打了几个转，又跳了几圈，身子暖和起来，才踩着月光往村部走去。

11

早上起来，看见吴太平正打扫街道，郑义很吃惊。村里虽然给了吴太平一个公益岗位，但吴太平从没有认真干过，分给他的那段街道始终脏兮兮的，要么是秋桐帮着打扫，要么是和他相邻的工友帮他打扫了。

郑义站在边上看吴太平忙碌。吴太平看到了，忙走过来，说，书记早！郑义说，你这是在干啥？吴太平有些扭捏，说，我来上班了。郑义俯身捡起几个塑料袋放进垃圾桶，说，咋现在才想起来上班？吴太平的身子扭得像麻花，声音细得像蚊子，说，以前不是浑吗？不知道书记对我的好。郑义说，不是我对你好，是村委对你好，村委对村里每个人都是一样的。你的困难村委会帮助你解决，但日子过得好不好，还是要靠你自己。俗话说救急不救穷，要是自己不好好干，老天爷也帮不了你。吴太平忙说，是，是！这事我想清楚了，书记是真帮助咱村可怜人的，我吴太平虽然拗，可心里清，我跟菊花说了，以后好好过日子。人家那边说过要我照顾菊花的，说过要来我家看看的，我不能把老脸给丢了。说到这儿吴太平欲言又止，郑义看出来了，故意说，还有啥要村委帮助的？是房子的事，还是集资款的事？吴太平摇摇头，期期艾艾，书记那天说要我当村民代表，那代表是干啥的？郑义说，村民代表是监督村委工作、主持公道的。吴太平的嘴巴张得老大，说，那很有权？郑义说，是有权，但这权是为村民服务的，不是为自己服务的。吴太平忙说，是，是，就该是为村民服务的。说到这里，吴太平眼巴巴地看着郑义，小声说，书记真的要我当村民代表？郑义笑了下，说，关键是你能不能获得村民的信任，如果还是以前那样，村民见了都避着，那肯定没人会选你。吴太平忙说，我一定好好干，把日子往好里过，也多给村民做些好事。郑义说，那就好，看你的表现了。

转了一会儿，就转到了秋桐的小店。秋桐的烤红薯店已开张了，地上铺了一层鞭炮纸，郑义走进去，说，都收拾好了？秋桐说，我把东西收拾一下，马上就去村部打扫卫生。郑义说，你先忙这边，那边不用急，这几天也没会议，院子我已经打扫了。秋桐嘴巴动了下，但没有说出声。郑义看了看小店，除了烤红薯，秋桐还进了烟酒小百货，郑义说，这样好，多个来钱的门路。说着话，有几个小孩子来买烤红薯，秋桐忙着出货收钱。忙完了才说，那种霜煞的小红薯，我做出来了，你尝尝。说着揭开锅，捡了几个热气腾腾的小红薯，放进盘子里，递给郑义。郑义看那些小红薯，有大拇指粗，红鲜鲜的，手触一下，软得像糖稀。他也不剥皮，直接把小红薯丢进嘴里，咀嚼几下，滚烫的汁液流进口腔，酥软滑溜，齿颊留香。秋桐说，咋样？郑义闭了下眼睛，说，三十多年前的那种感觉又回来了。有人买吗？秋桐看了眼郑义，说，就你吃过。郑义避过秋桐的目光，说，开始先让大家尝尝，大家都认可，就有市场了。郑义又问了老太太的情况，秋桐说，好多了，可能是靓靓回来的缘故。郑义说，日子难是因为穷，跨过穷这道坎啥问题都能解决。对了，靓靓这闺女真的不错，不但唱得好，组织能力也强，心还细，方馆长说多亏她帮忙。你生了个好闺女，柱子知道也该心安了。

郑义出了店，却被身后的秋桐喊住。郑义看着秋桐，秋桐脸有些红，眼眉低着，说，我也想参加合唱队，不知道行不行？郑义有些吃惊地看着秋桐。秋桐的目光黯淡下来，说，我也就是说着玩的。郑义忙说，咋不行，我跟方馆长说一声，你现在就找靓靓报到去。

走在街上，风刮在脸上，生生地疼，可郑义的心里暖乎乎的。吴太平把街道打扫得干干净净，正扛着扫帚往村道的方向去。吴太平那身油渍麻花的袄子也不见了，穿在身上的是一件合身的羽绒服。一直佝偻着的背直起来，人也变得精神起来了。

吴天明在他身边站了一会儿郑义才意识到。吴天明说，盯着他看啥？又不是大闺女。郑义说，比大闺女还好看。吴天明看了眼远去的吴太平，说，这吴太平是不是"傻子憨子高兴一阵子"。郑义说，不管咋说，这是个好的开头，慢慢引着会往正路上走的。吴天明说，我心里总有些不踏实。郑义说，慢慢来，得有个过程。

两人说着话往村部走，街上的人开始多起来，和郑义打着招呼。秋桐的店门前聚着很多人，手里都拿着一盘小红薯，嘴巴里发出吸溜的声音。郑义说，这几个困难户解决了，就可以腾开手干点别的事了。吴天明说，我正想跟你说说秋桐的事。郑义看着吴天明，才注意到他手里拿的纸片，说，咋了？吴天明说，咱们到村部说，风把耳朵都给吹掉了。郑义说，你说，现在就说。吴天明站住了，把纸片递给郑义，是村歌大赛奖项设置表，吴天明说，是方馆长给我的。郑义看了看奖项，说，咋了？有啥问题？吴天明说，这个奖项设置很多人都看到了。郑义说，不用保密的。吴天明说，我问了方馆长，他说奖项基本上是按照你的要求设置的。郑义点头。吴天明说，参加的人认为奖项设置不公平，参加独唱的人不多，奖项和合唱设置一样，明显有些偏。还有，独唱奖明显就是给靓靓的，有人干脆说就是为靓靓设的奖项。郑义看着吴天明，说，你是咋想的？吴天明没说话。郑义说，他们没有说错，在奖项设置上我是有意偏向靓靓，原因你也清楚，秋桐家太苦了、太难了，我是有意想帮帮她，再说靓靓也是有实力，省里都得了大奖的。如果大家有异议，村委可以再商量。吴天明闷了半天，说，你的心思我知道。算了，这事就这样定了，以后谁问起就说奖项是我定下的，谁有啥异议找我，我跟他们说。郑义抓住吴天明的胳膊，用力捏了捏。吴天明说，还有几句话，不知该说不该说。郑义说，有啥尽管说。吴天明的嘴巴张了几下，才说，你以后离秋桐还是远些，村里人已经有看法了。郑义愣了愣，总算明白吴天明的意思了，说，真是扯淡！吴天明说，农村就是这样，唾沫星子淹死人。郑义想了想说，这事你尽管放心，我会把握好分寸的。还有一些事，我以后会告诉大家的。

吴天明离开后，郑义独自想了一会儿，摇摇头，向溪渡村姚书记家走去。

12

天气贼冷，风呼呼地刮，把街道上的人都刮走了。几只寒鸦蹲在光秃秃的树枝上瑟瑟发抖，不小心跌落下来，就在触地的瞬间，翅膀展开，把自己硬生生拽起来，嘶哑着叫了几声飞走了。

界碑前，聚集着一大群人，穿着相同的服装，围着界碑整齐地站着。靓靓拿着指挥棒，边指挥边纠正队员的站姿、口型、唱腔。支在架上的摄影机正在转动，一架无人机仿佛一只大蜻蜓站立在云头，正对着界碑前的人群。街上原本关闭的门都打开了，人们集聚过来，说，是拍电影的吗？也有的说，是拍电视剧的吧？等走近了，看见了帽檐压得很低的方馆长，还有那熟悉的人群，才知道是方馆长和靓靓指挥合唱队在录制 MV。合唱队已经由原来定的四十人，增加到了六十人。秋桐也参加了，和菊花站在一起。菊花是从槐树沟村回来后要求参加的，咋劝也不行。方馆长请示郑义，郑义说，那就让她参加吧。方馆长说，人员都超了。郑义说，超就超了，谁还去数人数。方馆长正自为难，正好一个队员过年要出门，就让菊花顶替了。

菊花行动不便，合唱对队员的站姿也有要求，菊花就用一条腿支撑着，一场拍下来，额头上满是汗珠。

人越聚越多，街上的人都来了，邻村的人也来了，多少年没见到过这样热闹的事了。人们叽叽喳喳，见到有认识或熟悉的，就说，他婶当演员了，都拍电影了。不是拍电影，是拍MV。不都一样吗？没想到咱农村人也能拍电影，也能进屏幕里让人家看。话语里满是羡慕。站在人群里的姚书记对郑义说，我今儿个回去，村委恐怕要开我的批斗会。郑义说，大家不都有合唱队吗？姚书记说，可你又弄出个MV，总比我们高出一截，你也跟我们说说呀！边上的吴天明说，这就叫猫教老虎总留一手。几个人都笑起来。

吴太平站在边上维持秩序，看见媳妇化了妆，就悄悄凑过去，说，没想到你还真好看。菊花看吴太平一眼，脸寒了寒。吴太平吃不住劲了，说，菊花你不会嫌弃我，跟别人跑了吧？菊花说，我跟谁跑？吴太平说，跟你前夫。菊花乜斜了吴太平一眼，那可不好说，你以后再胡整我就跟我前夫过去。吴太平忙说，我以后会好好过日子的。你看，我现在按时上班，我也跟郑书记说了，以后不胡整了。菊花说，不打麻将、斗地主了？吴太平说，不打了、不斗了。菊花想了下说，那宅基地的事呢？吴太平看了眼菊花，说，你说咋整就咋整。想了下又说，郑书记跟你说啥了？

郑义确实跟菊花提前说了话。吴太平的事落实后，郑义感觉解决吴太平和蔡家宅基地纠纷的时机成熟了，但他还是感觉心里没底，就问了菊花。菊花打了包票，说，书记放心，我这就叫秃子把破围墙扒掉。郑义说，能行吗？菊花说，咋不行？他敢说一个不字我立马就走，让他秃子一个人过。郑义忙说，这样不好，遇到合适的时机你劝劝他就是。太平这段儿表现不错，浪子回头金不换，这是个金疙瘩，你可不要弄丢了。

菊花跟吴太平说了围墙的事，吴太平口头上答应，可总是说忙，一直没有行动。郑义等不及了，这马上就要过年，都喜气洋洋的，吴太平却把围墙伸到人家宅基地上，咋说也不是个事儿。溪渡村的姚书记虽然没有明说，可村文书已经几次有意说出来，把年前再不解决就找人扒围墙的话都说出来了，到那时候矛盾就激化了。郑义想了想，和吴天明一起，把正在忙碌的吴太平叫到李老幺茶馆。茶早已端上来了，吴太平兴奋得鼻头油亮，说，看我媳妇，化了妆跟大闺女似的。吴天明说，知道媳妇好看就好，就要好好过日子，别让人拐跑了。吴太平说，那是，那是。

吴太平喝了几口茶，看着郑义和吴天明，似乎醒过来劲儿了，说，书记和主任叫我过来是有啥事吧？吴天明说，就是宅基地的事，你准备咋解决？吴太平低着头。吴天明说，太平，咱把话说明白了，宅基地出去那点也不是多大个事，你清楚村委也清楚，你还有啥想法说明白了，能给你解决的给你解决，想另外弄片宅基地村里也给你找，但伸出去的围墙你得扒了，那是秃子头上放虱子，明摆着的事，人家那边没有扒围墙也是给了多大的面子了，咱也该见好就收。

郑义也看着吴太平。吴太平的目光在屋子里扫了一会儿，最后落在郑义脸上，犹豫一阵儿，才说，我就是怕牛的事！吴天明愣了下，说，啥牛的事？吴太平似乎鼓足了勇气，说，就是牛被偷的事，派出所老张说抓到贼了要让他吃几年牢饭是真的吗？郑义看着吴太平，似乎明白了。吴太平小心地问，真的要判几年？吴天明不明就里，说，那还能有假，不判让他接着害人吗？吴太平的脸色落了，带着哭腔说，那咋办哩？那咋办哩？我媳妇咋办哩？我家咋办哩？我这日子刚有个起色，这就又完了！吴天明说，太平你在说啥？吴太平扑通一声跪下来，说，是我浑，不该想那歪门邪道，书记救救我吧。郑义忙把吴太平拉起来。吴太平抹了把眼泪，说，牛是我自己拉走的。吴天明一愣，说，啥？你自己拉走的？你拉自己的牛干啥？然后像是想起啥了又说，我说你个太平，你的脑筋都在往哪儿使劲啊！哦，想着牛丢了，就不用还贷款了？自己就白得个牛了？你这脑子咋就不用到正道上呢？吴太平嗫嚅着，我这不是缺钱吗？菊花一天到晚数落我，我就想了这个法子。说着看了眼郑义。郑义很严肃地说，你看你整的这事，让我咋说你呢。这样吧，我跟张所长说，你的牛已经找回来了，让他把案子撤了。吴太平赔着小心说，案子能撤吗？郑义说，我尽量去说，你也赶紧把自己的事解决了。吴太平听明白了，急忙说，我这就去扒围墙，跟人家赔不是。

吴太平说着就往外走，走到门边停下，回头看着郑义，悄声说，那摄像头上真能看出偷牛的是我？郑义说，那还有假？幸亏没让张所长看到！吴太平的身子哆嗦了一下，说，那就好，我这就回去扒围墙。

看着吴太平出去，吴天明说，咋回事？郑义说，吴太平说他的牛被偷了，我就觉得这里面有事，诈唬一下他果然就露馅了。吴天明说，那录像带的事也是假的？郑义说，哪有啥录像带？那摄像头坏了几年了。吴天明说，吴太平能了一辈子，还是自己套圈自己钻。郑义喝了口茶，说，吴太平脑子好使，用到正道上就好了！

13

大赛的这天晚上，村前小广场上人山人海，灯火通明。舞台是临时搭的，很简陋，但也很庄重，三省村歌大联赛的横幅挂在舞台上方。广场大屏幕上，滚动播放村歌 MV。舞台后边，临时搭了几个帆布棚，供演员化妆和休息。但大多的演员聚集在外边，有的还在利用演出前短短的时间最后再演练一下，也有带队的老师在跟演员交代什么。更多的是遇上参赛的熟人，拉个僻静地方，话匣子一打开就说得停不住，直到领队的人来叫才依依不舍地离去。

利用演出前的一个小时，郑义召集村委和大赛筹备组开了个短会，把事情重新梳理一遍，看有没有遗漏。郑义问吴天明，安保的事咋样了？这场合我最不放心的就是安全问题。你跟张所长汇报好，咱村维护治安的二十多个年轻人，统一戴红袖章，归张所长指挥。吴天明说，你就放心吧，张所长把他的人都带来了，只留下值班的。郑义说，那就好。又把其他细节问了一遍，像评委打分、颁奖顺序、音响效果等，方馆长一一说了。郑义说，这事结束了要给你记个大功，我和村委请你好好喝一顿，感谢感谢你。方馆长说，你不骂我我就烧高香了。说着看了眼身边的靓靓，说，说实话，这细节的事都是靓靓在操心，幸亏有这女娃子，不然真不知道咋弄了。郑义说，都操大心了。说着又问了村合唱队的情况，方馆长说，还在那儿练呢，说是一定要拿个第一名。郑义说，那就好。

郑义走出来，见吴太平胳膊上戴个红袖章，正忙着把进村的车辆引导到一个空地上。郑义四下里看，车辆几乎要把村子占满了，但还算停放有序，没有堵住主路，这幸亏了吴太平。一个小时前，吴太平看着越聚越多的车辆，对郑义说，这车再进就把路堵死了，得找个地方专门停车。郑义看看也是，又找不到吴天明，就对吴太平说，这事就交给你，找个空地方，喊上几个人，专门引导车辆。吴太平说声"你放心吧"就去喊人了。郑义看着头上冒热气的吴太平，说，谢你了太平。吴太平愣了下，说，不谢。然后小声说，我多少年没听人说过谢我了！

郑义挤过人群和摊位，街上做小生意的也把临时摊位挪到了小广场，热气腾腾的特色小吃散发着独特的味道，围着的小孩子们叽叽喳喳，大人们站在边上和小贩讨价还价。

郑义见了镇上刘书记，简单汇报了工作，就和刘书记一起拜会了临镇的书记、镇长，大家聊了会儿"三省旅游休闲区"建设的事，都很兴奋，说，这个想法真不错，咱这三省交界要山有山，要水有水，要文化有文化，要特色有特色，夏天是避暑胜地，听说过去皇帝都来咱这儿避过暑。这旅游休闲区要是建成了，农民脱贫就不用愁了。然后对刘书记说，真是强将手下无弱兵，郑书记也是敢想敢干，能干大事的人，协调委由郑书记牵头，这事一定能干成。刘书记说，这还是得靠大家的支持。书记们说，这说的啥话，帮我们发财我们还不支持，不成傻子了吗？说着大家都笑起来。

大赛按时开始，刘书记致辞。刘书记说，过年了，告诉大家一个好事，"三省旅游休闲区"建设已经提上日程了，三边县委政府经过协商，同意成立"三边联合协调委"，主要负责旅游休闲区的协调、规划等工作，协调委主任由镇党委委员郑义同志担任，下面由郑义同志给大家说几句话。

郑义给台下的父老乡亲们鞠了个躬，然后说，耽误大家几分钟时间，说三个意思，一是好日子在前头。咱这地处三省交界处，文化积淀丰厚，自然资源丰富，在发展旅游休闲方面有得天独厚的优势，这就是我们以后努力的方向！二是没有干不成的事。当驻村书记，开始我也很忐忑，但工作了这几年，我发现，没有干不成的事，扶贫恳难，咱这工作不也上去了、摘帽了！搞村歌大赛，大家都说难，弄不成的，可经过大家的努力，也整成了！如果说干不成，不是乡亲们的原因，是干部的原因，干部有责任心、事业心，就没有干不成的事！三是乡风文化要跟上。日子好了，有钱了，去干啥？吃喝嫖赌抽，或者是去信那些乱七八糟的东西，或者干违法乱纪的事？真要那样还不如穷一点。说的意思就是农村文明建设要跟上，城里人做的事咱也要做，城里人做不了的事咱也做！今天咱村歌不也唱起来了，咱这文化不也搞起来了？最后说一句，只要大家有信心，可着劲儿干，三边旅游休闲区建设一定能成功，大家就等着过好日子吧！

郑义有些激动，走到外面想透口气，外面月明星稀，吴太平和几个村民还在路边忙碌。吴天明和几个年轻人在村上巡逻，郑义喊住吴天明，说，村委的人都在吗？吴天明说都在，各忙各的事呢。郑义说，趁着他们比赛，咱们开个支部会，我有些话想跟大家说说。吴天明说，明天不行？郑义说，已经跟刘书记说了，刘书记要参加的。吴天明说，那好，我就去跟他们说。

礼堂里歌声嘹亮，紧邻的小会议室里，气氛却有些凝滞。郑义说，有个事情我要跟大家做个检讨，或者是做个说明。大家都看着郑义。郑义说，关于秋桐的事，我也听到村里人有些传言，说我不该偏向秋桐，把好事都给她，像公益岗、村委门前的房子、村歌大赛专门为靓靓设立独唱奖，还有人说向包工头讨要集资款也是因为秋桐等。这些事有些是真的，像公益岗、村委门前的房子租给秋桐这些我是有些偏向的，但绝对不是大家想象的那样。

郑义还要往下说，刘书记插话，说，这里面的情况我知道，你们可能不清楚。十几年前，郑义和你们村的柱子，也就是秋桐的男人是好朋友，他们一起在煤矿工作，有一次在井下遇上了塌方，在紧要关头柱子推了郑义一把，这一把救了郑义的命，可柱子却没能跑出来，这就是事情起因。这些年，郑义坚持每季度给秋桐家寄钱，就是想帮助她们，恐怕你们也不知道。吴良民说，可不是，只知道有人给她寄钱，可没想到是郑书记，十几年一次没落，能做到的恐怕也就郑书记您了。吴天明说，你个郑义，有这事咋也不跟我们说，还是信不过我们？郑义说，这都是私事，所以没跟大家说。今儿说了，是因为存在心里总有些不安，觉得对不住柱子，也不利于工作开展，总不能让大家心里一直存着疑问。刘书记说，郑义说得对，今天郑义给大家带个好头，党员就是要坦诚相见，有问题有思想就要说出来，用集体智慧来解决问题，一个人的思维和力量总是有限的，有些时候你就是脑子想破了也不一定能想出个眉目，可别人给你点一下，你就知

　　　　　　　　　　　　　　　　　村歌嘹亮

道咋弄了，就是这个道理。

会议还在开，郑义走出来，伸了下腰，看着亮如白昼的文化广场，嘹亮的歌声像成群的鸽子，扑棱棱从窗户里飞出来，扑扇着翅膀，一路飞升盘旋，在桃源村的上空起舞飞翔！

（原载《安徽文学》2019 年第 1 期）

野猪林

1

　　王宗娃进来时，村主任陈响马正端着大海碗喝苞谷粥。王宗娃说，主任，你不能不管啊！我家花花被那野畜生糟蹋了，现在肚子都起来了，将来给我生一窝野东西我可咋办！

　　陈响马的头从大海碗里抬起来，嘴角挂满了黄黄的苞谷糁子。陈响马说，你说啥？你家花花被人糟蹋了，肚子都起来了？陈响马说着咚的一声放下大海碗，里面没有喝完的苞谷糁子四散飞溅。几只眼尖的鸡飞奔而来，但被陈响马撵跑了。陈响马说，出了这么大的事你快去派出所报案哪，你找我干啥？让派出所老张带人带枪把那个畜生抓起来，送到牢里去。说到这里，陈响马猛然住了口，有些疑惑地看着王宗娃，你家"花花"，你家啥时候有个"花花"了，你不就一个捣蛋儿子，还去广东了，啥时候又冒出来一个"花花"？

　　王宗娃说，我说的不是闺女，我说的是我家那头老母猪。我家的猪让那头红毛野猪给骑了，眼看就要生崽了，这事你不能不管。

陈响马半抬起的屁股又坐下了，他看着王宗娃，说，你他娘的就不能给我说句囫囵话？说一半留一半的，吓我一跳。陈响马说着重新端起海碗呼噜呼噜喝起来，一边喝一边说，这粮食不能糟蹋的，那王八蛋野猪已经把粮食糟蹋得差不多了，人再糟蹋连苞谷糁子都喝不上了。

王宗娃没走，还站在那儿看着陈响马。陈响马说，你看着我干啥！我又不是野猪，又不是我糟蹋了你家花花。

王宗娃说，你是村主任，你得想办法，这野猪把咱村搅得日子都过不下去了。

陈响马抬起头，我有啥办法？咱又没长四条腿，撵又撵不上，打又不让打，我有啥办法？

王宗娃说，那我家花花就白白让那畜生糟蹋了？说到这里，王宗娃鼓起了眼睛，那个挨千刀的红毛野猪，花花正赶上受孕期，偏偏让它给摸着了，现在一窝小猪都好几千呢，错过一窝就是半年，再说，将来给我弄一窝野猪娃我可咋办？

王宗娃愁眉苦脸的样子倒让陈响马笑了。陈响马说，你小子占了便宜还愁啥，连配种的钱都省下了，到年底给你生一窝野猪崽，活蹦乱跳的。听说现在野猪的价钱比家猪高得多，到时候你小子说不定还发了，还得感谢人家野猪呢。后山王秃子不也养过一窝野猪吗？听说一头小野猪卖了六百多，一窝下来都快上万了。

那是他们胡说。王宗娃说，王秃子就卖了一个猪崽，其他的都跑了，跟着一头大野猪好像是它们的爹跑了，这些死东西倒是不忘本。听后山的人说，这窝野猪一到收秋季节就回到王秃子家，先是啃他家的庄稼，庄稼啃完了，就趁没人在家，登堂入室，强盗似的把屋子里的粮食洗劫一空。王秃子的媳妇整天坐在地头骂，骂王秃子是野猪托生的，变成人了野猪还来找他。

陈响马吃惊地张大嘴巴，竟然有这种事？

王宗娃说，所以我才来找你啊，你说我该咋办？我也不想养一群白眼狼。

陈响马说，你问我我问谁去！问野猪？叫它们别再去找你家花花。

王宗娃说，我不管，反正你是村主任，咱村出了事，你不管谁管。

陈响马说，我只管人，没人让我管野猪啊。

王宗娃却说，你人都管了，野猪咋就不能管，你是不想管。

陈响马说，我不是不想管，是没法儿管。这野牲口来无影去无踪的，又是保护动物，国家把枪都收了，不让打，咱能有啥办法？

王宗娃说，我不管，这事你得给我个说法。

陈响马有些烦，他知道王宗娃是个一根筋，不给他个说法，一上午都别想离开。陈响马被缠得实在没有办法了，就说，这事也好办，母猪嘛，不也跟婆娘差不多嘛，不想要了，去买点药一吃，流了不就完了。如果不想花这个钱，就去十二道沟采点打胎的药草，像红花药草、竹叶老根、蛇莓草等，后山到处都是，采些让猪吃了，不就结了。

王宗娃说，行吗？

陈响马说，咋不行！不信你去试试。

两人正说着话，看见张书臣从田里回来，顶了一头的露水和草叶子。张书臣是副村主任，兼着村里的文书，是野猪林村委会成员之一。到了跟前，张书臣说，宗娃现在有事吗？王宗娃说，咋了？张书臣看着陈响马说，村主任，晚上我请你吃野猪肉，咋样？

陈响马一下子站起来，说，你把野猪咋了？

张书臣说，还能咋了！它拱苞谷地，触了我设的电网，给电死了。

陈响马看了下四周，说，小声点，这猎杀野猪可是犯法的，让人家知道了可不得了。

张书臣撇了撇嘴，违法？人偷庄稼违法，它野猪偷庄稼就不违法？它野猪能比人还金贵？

陈响马说，话可不是你这样说的，国家有法律规定的，你没看看？说着指了指前面七喜家的墙，墙上刷着"捕杀野猪违法"的宣传标语，这都写得清清楚楚的。

张书臣说，那咋办？咱这庄稼就来养它们这些畜生？这算哪门子的道理！不说它了，村主任，你给我找个扁担，还有绳子，今儿整倒的这头野猪大，足有百八十斤，这下能好好打打牙祭了。

少顷，两个人的身影就出现在了村边，身后跟着一大群刚放学的孩子。野猪的四条腿被绑在扁担上，两个人抬着，晃悠着往村里来。经过陈响马时，张书臣说，你看这头野猪大不大？我都守它一个星期了，今儿总算把它捉住了。陈响马说，你守它干啥？它又不是你婆娘，你守它干啥？想了想又说，你说你都守几天了，这么说你是在有意捕杀野猪哩！张书臣索性放下野猪，说，我可不是要守它，上个星期我到地里转，听见地里面苞谷秆子哗哗响，奔了去，就看见这王八蛋正发威呢，踩倒了一大片苞谷，我就把它撵跑了。我知道它还会来，不是有句话叫"老野猪摸着萝卜窖"吗！站在边上的王宗娃纠正说，不是老野猪，是老母猪，"老母猪摸着萝卜窖"。张书臣说，管它野猪家猪的，反正都是它们一家子的事。我就天天蹲在地里守着。你看——张书臣指着自己的衬衫，衬衫被露水打湿了，贴在他瘦骨嶙峋的骨架上，像搭在撑衣架上似的。可这畜生简直成精了，我在地这边守着，它就从另一边钻进去，在我眼皮子底下把半亩苞谷给糟蹋了。我真的生气了，就在地头架设了电网，这王八蛋一头撞上去就回老家见它老祖宗猪八戒了。

野猪旁边围了一群人，都指着野猪啧啧不已。陈响马走到野猪旁边，在野猪身上踢了几下，野猪的头居然动了动，似乎还发出了一声低沉的嚎叫，把陈响马吓了一跳，他快速后退了一步，差点坐在了地上，引得几个人嗤嗤地笑。等站稳了，再看野猪，野猪躺在地上一动不动，分明是死透了。再看边上捂着嘴的大庆，他意识到是大庆搞的鬼，伸过手要打，大庆早跑开了。陈响马又在野猪身上踢了一脚，然后看着身边围着的人，觉得自己作为村主任应该说几句啥。想了下，说，这野猪是个坏东西，不但祸害人，连它们一家子的都不放过，居然把王宗娃家的老母猪给骑了，确实有些太不像话了。陈响马的话引得大家都去看王宗娃，王宗娃的脸红红的，嘴里发出咻咻的声音。陈响马接着说，可上面有政策、有法律，野猪是国家保护动物，这猎杀野猪是违法的。不过，已经杀了就杀了，以后咱可千万不能再杀了，让上面知道了弄不好还要罚款坐牢呢！前两天我看报纸，一个人捕杀了头大熊猫，结果咋了？被抓住枪毙了，严重得很。站在边上的七喜说，村主任你说得严重了，那大熊猫是国家一级保护动物，野猪连三类都算不上，根本不能往一起扯。陈响马说，不管它是几类的，反正是国家保护的，国家要求保护的就不能乱杀，乱杀就是违法，这总没错吧？所以，大家一定要小心。野猪害人的事，我再向上面反映反映，看镇上能不能再想想办法，镇上总不能看着咱老百姓让野猪给困死，是不？

2

陈响马提了十斤野猪肉，嘴里哼着《野猪林》的唱段，去了镇上。

镇的名字叫野山镇，他们村的名字叫野猪林，都带了个"野"字，不知道是啥原因。前些年，招商引资热，镇上出去的人回来，嫌这野山镇的名字不好听，鼓动着书记、镇长改名字。据说改名方案已经报上去了，可最终也没改成，野山镇还是野山镇。

陈响马在金黄清澈的阳光下，走过碧绿的桑林、酸枣树丛，穿过热气腾腾的苞谷地。村边就是座座相连的大山，巍峨的山体和无边的绿色，仿佛一片云压过来，把野猪林给覆盖住了。这座山叫牛尾山，是秦岭山脉的一个支系，因看上去像是牛拖在地上的尾巴而得名。野猪林坐落在牛尾山的山脚，周围林木茂盛，空气清新。偶尔有风吹过，便有呼啸的林涛声传来，虎啸熊吟一般。陈响马喜欢这个地方，也喜欢村子的名字，野猪林，倒是名副其实的。他记得一出戏的名字也叫《野猪林》，只是不知道这里的野猪林是不是林冲差点被害死的那个野猪林。但陈响马很喜欢这出戏，没事总喜欢学着戏里面林冲的样子，哼几句里面的唱词。

村子离镇上有三十里，但山里有句俗话，"看山跑死马"，说是三十里，上山下坡，一个山头兜半天，下来恐怕四十里都不止。好在这两年农村搞"村村通"，野猪林虽然地处偏僻，还是有条蚯蚓一样的路蜿蜒伸了进来。每星期还有一辆叮当作响的公共汽车从前面的百树崖前经过。但陈响马去镇上从不坐汽车，他跑。啥都不为，就是跑习惯了，三十里山路，抄近路就两个时辰，沿途走走歇歇，很快就到了。在这方面，他有些看不起那些出门就坐车的人，生两条腿是干啥的？出门就坐车，往后这人都不会走路了。

陈响马抄的是近路，走近路就是钻林子、蹚河水。这些年，山上的植被恢复得很快，槐树、黄栌、槭树、白蜡树等，高高低低地覆盖了山坡，地表是葛藤、酸枣树、猪笼草和苍耳草，蒲公英是到处都有的，它们聚合在一起的小小绒球，被风吹开了，一个个花籽仿佛小小的降落伞在空中飘荡，然后降落在树枝上、土地上、羽衣草的怀抱中。树木稠了，野草密了，野生动物也多了，主要是野猪，这些年跟疯了似的，强盗一样，成群结队到村子里打劫。除了野猪，还有豹子、狼、狗獾子，但它们的胆子要小得多，很少到村子里去，即使在山里和人遇上了，也是它们落荒而逃，可能是它们的历史学得好，知道前辈都是让人类给整没的。可现在，人倒是让野猪给欺负上了，真是有点"三十年河东三十年河西"、江山轮流坐的味道。

野猪的事，陈响马不知道跟镇上、县上反映过多少次了。不但是陈响马，附近的旧县、车村、白河等村子，都让野猪给祸害得过不下去日子。可每次到了镇上、县上，人家都抱着一个老调弹——野猪是国家保护动物，不能杀。有一次，陈响马实在忍不住了，说，野猪是保护动物，那人是不是保护动物？法律咋只保护动物不保护人呢？敢情这野猪比人都金贵呢！说得接待他们的多副镇长红着个脸不知道该咋回答。那次，附近几个村的人都认识了陈响马，说，这话有道理，野猪把人都糟践得过不下去了，政府也不给想办法。又说，陈响马好样的，敢说敢做，响马性格，可以领着大家干大事。以后附近村子再想跟镇上说这事，就联系陈响马一起去说。但人多也不一定力量大，说了也就是说了，反映也就是反映了，到最后还是平平地放在那儿。倒是去年，下来一个调查组，说是省里的，下来调查野猪数量和对农民造成的损失。附近的村民跟遇着救星似的，跟调查组诉说野猪的罪恶。村子里的杨老太说得痛哭流涕，比忆起过去的苦日子时还要伤心。杨老太是个孤老婆子，一年的生计就靠着那二亩苞谷，可一夜之间二亩苞谷全让野猪给拱了，杨老太的日子可咋过？调查组的人说，野猪糟蹋粮食，国家是给予补偿的，你们咋不向当地政府要求赔偿？陈响马疑惑地说，竟有这事！我们咋不知道？调查组的人说，野生动物保护法上写的有，你们应该找当地政府要求赔偿。再到镇上，陈响马就把调查组的话当令箭，跟镇上要赔偿，可被主管农业的副镇长多为民一句话给堵回来了。多为民说，镇上工资都开不出来，哪有钱赔偿你们，谁糟蹋的让谁赔去。陈响马不气馁，拿出了专门在地摊上买的《野生动物保护法》，指着自己专门画线的文字给多副镇长看，可多副镇长把纸片划拉到一边，说，你在瞎弄啥？逗我玩呢？陈响马说，那你就跟吴镇长说说，允许我们成立一个捕猎队，给野猪间间苗，叫它们不再张狂。多副镇长说，你就打消这个主意吧，这犯法的事你也别指望镇长能帮你。

这一次去，恐怕比以前也好不了多少，可好不了也得去说，不说他们才不会当回事呢！这眼看就要秋收了，又该是野猪成群结队下山的时候了，操心伤神的时候又到了。

穿过凤凰峪时，陈响马歇了会儿。他坐在一块条石上，倚靠着一棵碗口粗的柿树。树上的柿子已经黄熟，一阵风吹来，吹落了几颗熟透的柿子，柿子砸在地上破裂了，露出了里面金黄的果肉。空气中弥漫着柿果甜蜜的味道，如同打开瓶盖的美酒，香味在秋天的阳光里流淌。

陈响马甩了甩胳膊，拎的十斤野猪肉坠得胳膊生疼。野猪肉是陈响马专门问张书臣要的，开始张书臣还舍不得，知道是给镇上领导送，让领导帮助解决野猪的事，就同意了。陈响马缓过了劲，起身准备赶路，回头却发现野猪肉不见了，急忙四下里找，看见一头大狗正叼着猪肉往前跑，陈响马急忙站起来追，追到一排房子前，狗才停下来，站在门前，看着陈响马汪汪叫。叫声引出来两个人，两人看看狗，又看看陈响马手里的棍子。陈响马指着狗面前的那块肉，两人似乎明白是啥事了，就把肉还给了陈响马。那狗还是不依，追着陈响马跑了一段路才折回去。

陈响马走了很远，还是忍不住回头看，他想不起来这里咋会突然有了一座房子，以前是没有的。还有那些人，明显是城里人，来这山旮旯里做啥？那些房子，盖得很小巧，就跟积木似的，不像长久住的。陈响马一边想一边摇头，终于在晌午前赶到了镇上。

陈响马没有直接去镇长办公室，而是先去了镇长吴铁牛的家里。镇长是本地人，家就在镇上。陈响马拎着已经清洗干净的野猪肉敲响了镇长家的门。果然，镇长不在家，镇长媳妇和他们这些村主任都熟得很，一边让陈响马进来，一边责怪陈响马来就来了，不该带东西。陈响马就说，不是啥稀罕东西，就是山里的野猪肉，新鲜的，想让镇长尝个鲜。陈响马在镇长家坐了一会儿，就说自己还有别的事，起身告辞了。镇长媳妇嘴上说着慢走，身子却没动。陈响马在肚子里骂了句，十斤猪肉连两步路都换不来，恐怕这次真的要白跑了。

果不其然，下午见到了吴铁牛，吴镇长有些酒意，看人的目光都有些直了。陈响马说，镇长，这几天野猪又下山了，这眼看就要收秋了，弄不好这庄稼又要让野猪给糟蹋了，你给想个办法吧。吴铁牛说，又是为这事，你来找我就不会说点别的事，整天野猪呀野猪呀的，好像你这村主任不是管人的，是专管野猪的。陈响马说，野猪能让我管就好了，问题是它们不服我管。镇长打了个酒嗝，说，那有什么办法？我可是管人的，管不到野猪那边去。陈响马说，办法是有，只要你答应就好了。吴铁牛说，答应啥？陈响马说，我以前跟你说过的，让我们成立一个猎捕队，给我们发几支猎枪，给野猪间间苗。吴铁牛说，你的手是不是又痒了，几年不打猎就急了？除了这个你还有没有别的办法？陈响马说，没有了。吴铁牛说，那就算了，至于你刚才说的，以前我答应不了的，现在也答应不了，将来也答应不了，你这是让我犯法！还让我给你发猎枪，亏你想得出。陈响马说，我也是没办法了，这样下去，村里人的日子真是过不下去了，百十口人百十张嘴啊。现在村里很多人都住不下去了，都到外面去了，啥原因？都是野猪给撵走的。政府也不管，这不是把百姓往绝路上逼吗？还有，陈响马想了下说，现在村里人都设电网防野猪，弄不好就会出人命，这事不管真的不行了，一旦出了事谁负责？吴铁牛皱了皱眉头，说，当然是你负责。可能觉得自己的话过于严厉了，吴铁牛又软了声音，这野猪的事确实不像你说的那样简单，你说的情况我们也在逐级向上反映，捕杀不捕杀最终还是人家林业管理部门说了算。你让我给你发猎枪，我哪有那么大的权力。再等一下，办事总要有个过程。陈响马苦着脸说，这野猪可不等你们研究好了再下山啊！

　　话说到这个份上，似乎已经没有继续说下去的必要了。陈响马起身要走，但突然被吴铁牛喊住了。吴铁牛离开老板椅，对陈响马说，你就没有想想别的办法？陈响马说，还有啥办法？小套子、设电网，这能想的全都想了。吴铁牛在屋子里转了个圈，说，你们就没有想过离开那个地方？离开哪儿？陈响马愣了愣，一时没有听明白吴镇长的意思。我是说，你们就没有想过把村子搬出来？野猪林那地方山高路险，穷山恶水的，有个啥待头儿！干脆搬到别的地方，平坦的地方，也不用整天跟上楼似的爬高上低了，更不用愁野猪了。陈响马说，往哪儿搬？吴铁牛说，最近县里在搞新农村建设计划，就是把居住在生活条件恶劣地方的农民整体搬出来。我知道你们那里的情况，本来全县第一批是没有你们村子的，我把你们的情况跟县里说了，尤其是遭野猪祸害的事，县里领导很重视，就把你们村子也列了进去，计划把你们村子作为第一批移民整体搬出来。陈响马吓了一跳，说，我咋不知道？吴铁牛说，这不正跟你说呢！这也是县上才定下来的，昨天我才接到通知。刚才只顾跟你说野猪，差一点忘跟你说这事了，这下子不就解决问题了？陈响马说，那恐怕不成吧！野猪林虽然不好，可毕竟住了几辈子了，现在让搬走，村民们恐怕不愿意。吴铁牛说，这都是为你们好，也是一个难得的机会。我先把信儿透给你，你回去先做做乡亲们的工作，就这么说定了。

　　事情没解决，却得着了这么个消息，陈响马有种吃了苍蝇的感觉，路都走得跌跌撞撞的。这住了几辈子的地方，咋能说搬就搬呢！镇长他们不想着咋解决野猪的事，却想出来这样一个主意，村民肯定不会答应的，这算啥事儿啊！让野猪给撵得背井离乡的，这野猪算是老大了。

　　　　　　　　　　　　　　　　　村歌嘹亮

3

　　王宗娃家的老母猪花花死了，是吃流产药死的。

　　那天回去后，王宗娃就按陈响马说的，去后山找了兽医王瘸子，向他讨要给猪打胎的药。王瘸子拎着箱子正准备出门，去给旧县村的一头老公猪做绝育手术，听了王宗娃的话，王瘸子张大了嘴巴，说，我只听说过给人流产的，没有听说过给猪流产的。王宗娃说，人和猪不都一样吗？咋能没有呢？王瘸子说，真的没有，我干几十年兽医了，还是第一次听说这事。王宗娃说，真的没有？王瘸子说，真的没有。给猪安胎的药我倒能给你找些。王宗娃有些生气了，说，我是要打胎的药，给猪打胎的药，我不要安胎的药。王瘸子说，那你到镇上兽医站去问问吧。

　　王宗娃又去了镇上，找到兽医站，把自己的想法说了。接待他的是一个年轻女子，看着王宗娃，以为遇着变态狂了，趔着身子就要往外走。王宗娃以为她没听明白，把自己的想法和要求又说了一遍，又说了自己的地址，这才让女子放下心来。可那女子说，我们这里只有让母猪受孕的药，没有让母猪流产的药。王宗娃说，那不对吧，既然有让母猪受孕的药，咋能没让母猪流产的药呢？女子说，真的没有。王宗娃固执地说，不对，你们一定有给猪流产的药，你就卖给我吧，我急用的，不然，将来花花生一窝野猪崽可咋办！不行，我一定要让花花流产。王宗娃说着说着眼睛发红了，又像一个变态狂了。女子又想着往外溜，可这次王宗娃守住了门口。女子说话的声音都变了调，她说，真的没有，我们这儿真的没有。想了想，又说，我给你说个地方，镇西吴家诊所，专门做打胎生意的，那儿人药兽药都卖，说不定有你要的药。

王宗娃跑了去，可人家也说没有，还把他当成了神经病，毫不客气地撵了出来。王宗娃站在大街上，傻了眼，总不能就这样回去吧，花花的问题还没有解决呢。王宗娃在大街上走着，就想到了陈响马的话，母猪跟婆娘不都是一样吗，王宗娃脑子一下子开了窍，他去计划生育辅导站买了流产药，回家了。

一个星期过去，花花还没有动静。药早已拌到猪食里让花花吃光了，可它那肚子仍是一天比一天大，每天在王宗娃面前示威似的晃来晃去，晃得王宗娃的头发晕。王宗娃又去后山采了些红花药草，煮了拌在猪食里。又一个星期过去，花花一病不起，又过了几天，竟然一命呜呼了。

王宗娃去找陈响马，要陈响马给他赔花花。

陈响马刚从地里回来，他在给苞谷地围栅栏。他也种了几亩苞谷，牛粪饼似的散布在山坡上。现在苞谷穗子都戴了顶花，再有大半个月就能收了，可如果照顾不好，让野猪钻了进来，一晚上就毁完了。除了围栅栏，陈响马还在地边搭了棚子，准备晚上搬过来睡，山坡上像他这样的小棚子已有十多个，都是专门用来防野猪的。

陈响马看见王宗娃站在地边等他，就知道没好事，避开也来不及了，只好硬着头皮走过去。王宗娃的眼圈红红的，说，主任你赔我家花花！陈响马有些摸不着头脑，说，你说清楚点，你家花花又咋了，不是又让野猪给骑了吧？一听这话，王宗娃的眼睛就红了，说，这次比上次更严重，花花没了。陈响马说，没了！王宗娃说，死了，花花死了。陈响马说，死了你找我干啥？你让我赔啥？王宗娃突然哇的一声哭了，边哭边说，花花死了，花花是你害死的。陈响马说，是我害死的？咋会是我害死的？你总说些没头没脑的话。王宗娃说，你让我给它吃流产药，我就给它吃了，它就吃死了，呜呜……陈响马愣愣地站着，你真给老母猪吃流产药？王宗娃说，我按你说的去给它弄流产药，又去后山采了打胎的药草，它一吃就死了。陈响马说，我顺嘴说说你就真去喂了，你这个蠢货！王宗娃说，我不管，你得赔我家花花。陈响马说，我赔什么！你是个猪脑子，给猪吃打胎药，这事都做得出来！王宗娃委屈地说，这不是你说的吗？陈响马没好气地说，我让你去死，你死不死？真是一个猪脑子！

两个人站在土坎边，吸着闷烟，草叶上的露水很重，把陈响马的衣服都给打湿了，风一吹还有些凉。陈响马说，死就死了，免得生一窝野猪接着害人。王宗娃说，花花买来时都花了一千多呢。陈响马说，那你只能自认倒霉，找根还是找野猪去，不是它骑了你家花花，哪儿还有这些事？

王宗娃住了嘴，嗓子呼噜呼噜响，抽风机似的。

太阳从云层里艰难地爬出来，周围的一切瞬时明亮起来。阳光照射下的野猪林半卧在山脚，仿佛世外桃源。这样好的地方咋能说搬就搬呢？陈响马回来后还没有把镇长的话跟乡亲们说，看着王宗娃，他突然说，让你重新找个地方去住，那地方没野猪祸害，还是平地，房子是政府给你盖的，你去不去？王宗娃说，啥？陈响马又重复了一遍，王宗娃这次听清楚了，说，你是说搬迁？我才不搬呢，金窝银窝不如咱这穷窝。说完他看着陈响马，说，主任你咋想起说这？陈响马把镇长的意思大致说了。王宗娃说，看来是真的要搬，前一段我就听旧县、西河村那边说搬迁的事，还以为是说着玩的，看来是真的要搬迁呢。

两人说着话往村里走，路过陈大庆的地时，看见电网下边卧着一只兔子，睡着了一样。王宗娃手脚并用，爬下土坎，直奔兔子而去，就在他的手要触到电网时，被陈响马拽住了。王宗娃指了指电网边的兔子。陈响马说，我看见了，是电死的。说着找了一根干木棍，轻轻碰了下电网，立时闪出一溜的火花，手上的棍子被打得老远。陈响马揉了揉发麻的胳膊，说，陈大庆这个浑蛋，天亮了也不知道把电闸合上，这白天到地里干活、娃们上学的，还有家畜乱跑的，碰上这电网还不要了命。说着，对从边上经过的七喜说，快去喊陈大庆，叫那兔崽子来见我。

一会儿，陈大庆呼哧呼哧跑来了，说，主任，你找我？

陈响马说你小子这电网天亮了也不合闸，电到人咋办？陈大庆拍了下脑袋，说，昨天晚上打牌打得晚了，早上睡过了头，我这就回去关去。陈响马说，你小子还是快点把这电网撤了，弄不好要出人命的。陈大庆说，撤了？我那几亩地还不让野猪给糟蹋完了？陈响马说，你就不能晚上到地里看着？村里人不都是住在地里看庄稼吗？陈大庆搔了下脑袋，晚上还要打牌呢。就知道打牌，早晚打得你倾家荡产。陈响马说着伸过手要打，陈大庆抽身就跑，一边跑一边说，大爷，你给我弄支猎枪，让我上山打野猪去，给村民除害，我就保证不打牌了。

王宗娃头上冒了一层冷汗，连说，好悬，好悬！陈响马说，我救了你一命，老母猪我就不赔你了。

王宗娃想了想说，我一定要抓住那头红毛野猪，给花花报仇！

4

这天，陈响马正在地里看庄稼，突然听见后边传来啪啪的几声响，还没反应过来，就有个黑东西呼地从他胯下飞过去了，几乎把他撞了个跟头。陈响马摇摇晃晃站稳身子，四下里看，原来是一头野猪从他胯下跑过去，已经钻进前面的密林了。可野猪弄不了那么大的声响啊！陈响马正暗自纳闷，后面的树林里钻出来两个人，其中一人手里拿着一杆猎枪，枪口前指，慌里慌张就跑过来了。看见陈响马站在那儿，就说，看见了吗？看见了吗？陈响马说，看见啥？野猪啊，看见野猪了吗？

陈响马看着这两个人，看他们的穿着打扮和说话语气明显是外地人。陈响马把始终朝向他的枪口抬起来，说，兄弟，枪不是这样拿的，应该是这样。陈响马说着做了个标准的持枪姿势。那人看了看陈响马，说，你会打猎？陈响马说，我爷会打，我爹也会打，我当然也会打。不过，政府早就不让打了，猎枪都收走了。说到这里，陈响马突然想到一个问题，说，你们是哪旮旯儿的，怎么跑到这儿打猎？这可是违法的。那人说，我们有持枪证，在狩猎区打猎咋能说是违法的呢！陈响马端着那杆猎枪爱不释手，说，你这杆猎枪不错。那人说，当然了，虎头牌的，威力大，瞄准了，一枪就能结果一头大野猪。说着，忙四下里看，问，野猪呢？我感觉打中了，野猪呢？陈响马往前努努嘴说，早跑了。你没打中野猪，是差一点打着我了，不是我反应快，早被你们当野猪给打了。那人坚持说，我们打了那么多枪，得有一枪是打中的吧，那野猪肯定受伤了。

陈响马猫下身子，看了看野猪留下的脚印，说，你说对了，这头野猪是受伤了，不过不是你们打的，是以前的老伤。你看它留下的蹄印，一边深一边浅，一条腿应该是瘸了。它跑不远，应该就在前面那个林子里窝着。

那人说，看样子你真是一个老猎手，确实如你说的，这头野猪的一条腿坏了，我们追它半天了。你领我们到前面去，这杆枪你拿着，让我们看看你的枪法。

陈响马端着猎枪，眼睛忽一下子就明亮起来，脸上的肌肉也一下子绷紧了，久违的那种感觉又回来了。他说，那我就领你去看看，这些个浑蛋，这些年把我们给害苦了，要不是收枪禁猎，我早把它们打发回老家了。

三人说着进了前面的林子，是一片茂密的榛树林，地表覆盖着刺梅枝和苍耳草，崎岖难行，的确是个藏身的好地方。陈响马跟只鹰似的，各个器官都警觉起来，他对后面的两人比着手势，示意他们安静。陈响马往前走了一段，抽了几下鼻子，在一丛葛藤前停了下来，把枪给了那人，然后对着前面那片更茂密的葛叶丛努了努嘴。那人端着枪还在犹豫，葛叶丛里一阵响动，那头野猪钻出来，往山上奔去，野猪的一条腿果然是瘸的。

陈响马站起来，拍了拍手，说，多好的机会啊，你们错过了。那人也懊悔，说，你咋不直接开枪呢？陈响马说，那可不成，村民是不许打猎的，我是村主任，更不能打。那人连说，可惜了，可惜了。就问，你咋知道那畜生藏在那片葛叶丛里？陈响马说，我也说不上来，就是感觉。那人说，这话我听过，很多猎人都说过这样的话。

下了山，山路边停了一辆越野车，里面放了两只瘦小的野兔。陈响马突然就想到一个问题，说，你们不是偷猎的吧？正上车的中年人说，啥偷猎？不是给你看过我们的持枪证了吗？我们这是名正言顺的打猎，可惜手艺不是太好。另一个人说，也不后悔，那头野猪如果真让我们给打死了，得掏三千元呢。中年人说，也是，也是。陈响马听得一头雾水，有些听偏了，脖子梗起来，说，啥？三千？你打一头野猪我们得给你三千？我们哪有恁多钱，一亩地的苞谷才卖几个钱！想想又说，这野猪是害人，你们打猎给我们除害是帮我们，可也不能要这么贵呀！再说我们也没有请你们来打。陈响马的一席话把两人说得有些摸不着头脑，陈响马又嘟哝了几句，两人总算明白了，捂着肚子笑了，说，不是问你们要钱，是我们给你们钱。陈响马仿佛是听错了，不相信地看着两个人。中年人说，是真的，在狩猎区都是这规定。打死野猪归自己，但要出一笔费用。今儿没打中野猪，只弄了两只小兔子，这两只小兔子也花了上百元呢。陈响马说，啥叫狩猎区？那人见陈响马纠缠不清，就上了车，扭过头对陈响马说，下个星期天我们还来，到时候我们来找你，你帮我们打头野猪。陈响马说，你还没告诉我啥叫狩猎区呢。那人说，回去问你们镇长就知道了。话还未说完，车子轰隆一阵响，很快就没了影。

陈响马闷着头往回走，感觉这些天的事太多、太稠，很多都让人弄不懂。像去找镇长反映野猪的事，镇长却说让野猪林村整体搬迁。还有刚才那人说的啥狩猎区，狩猎区是啥东西？为啥人家打野猪为民除害还要人家掏钱？人家贴了工夫还要贴钱，这是什么道理啊？既然这样，干脆让村里人打算了，可为啥又不许村里人打？这些事太深奥了，想得陈响马脑仁疼，也没想出个所以然来。

到了村边，却看见村会计福前正满地打转，看见陈响马急忙迎了过来，说，主任，你去哪儿了？让我好找。陈响马说，有啥事？福前说，多副镇长来了，都在你家等了一个小时了。陈响马说，他来干啥？是不是又想吃野猪肉了？你没安排去弄点？福前说，这不让打野猪，哪有新鲜的，只剩点腊肉了，杨老太太还舍不得拿出来。不过，这次看来好像真有事，不然他们等不着，早走了。陈响马说，他们都说了些啥？福前说，他们没跟我说，一个劲地催我找你，说有重要的事要跟你说呢！

陈响马进了家门，看见多大肚和县林业局宣传股麻股长正坐在堂屋里，旁边还有两个不认识的。陈响马上前敬烟，说，让各位领导久等了。多副镇长说，你跑哪儿去了？是不欢迎咋的？让我们在这儿老等。陈响马连说不敢、不敢。又把自己刚才的遭遇说了一遍，陈响马说，他们那也叫打猎？那手艺，恐怕连个野鸡毛都逮不住，他们还找我帮忙呢。多副镇长说，你给他们帮忙了，把野猪打死了？陈响马说，开始我也想，这野猪太让人恨了，可举枪时，我还是犹豫了，让那头野猪跑了。多副镇长拍了下陈响马的肩膀，说，这就对了，我们这次来就是专门跟你说这事的。这野猪可不能打，国家有法律的，《野生动物保护法》在那儿放着呢。前几天，县上专门为这事开了会，研究建立野猪林自然保护区的事。自然保护区保护谁？当然是保护野猪了。会议专门发了文件，我给你带来了。多副镇长说着在包里一阵翻，翻出了一份红头文件，说，你看，上面说得多明白，一是野猪坚决不能打，要像保护眼珠子一样保护野猪。二是要加大宣传，增强村民保护野猪的意识。第三点呢，多副镇长顿了一下，说，县上镇上准备对辖区内交通闭塞的村子实施整体搬迁，我跟你说过的，叫啥？对，叫人给野猪腾空间。陈响马说，搬迁？真的要搬迁？多副镇长说，当然是真的，这么大的事谁跟你开玩笑！陈响马说，啥叫人给野猪腾空间？多副镇长说，就是人搬走，让野猪住下来。陈响马说，野猪成主人了？这野猪比人都金贵？还让人给它腾位置，他妈的想得美。多副镇长愣了一下，不知道陈响马是在骂野猪还是在骂他，脸色有些不对。陈响马忙补充说，我这是说给野猪听的。多副镇长的嘴难看地咧了咧，说，老陈你这就不对了，好歹你也是基层干部、共产党员，觉悟要比村民高。你这样说，往后还让我们咋做工作？陈响马说，你让我咋说？这野猪都要吃人了，要撵得我们背井离乡了！多副镇长说，现在不都是讲和谐吗？人和野猪之间也要讲和谐。再说，建立自然保护区、让你们搬迁是县里、市里的决定。陈响马撇撇嘴说，开始不是说是因为啥新农村建设才让我们搬迁吗？咋又成建立自然保护区了？多副镇长说，都是一码事，这叫一举两得。领导们考虑事都是多方面综合考虑的，有的还是经过专家论证的。像你们住的地方，专家们说叫不宜居住地，所以领导们才决定让你们搬迁的。这不正好赶上新农村建设吗，也正好要建立野猪林自然保护区。陈响马突然说，啥自然保护区？是不是就是狩猎区？多副镇长愣了下说，狩猎区？啥狩猎区？你听谁说的？陈响马说，今儿个听那两个人说的，他们说咱这儿要建狩猎区。然后又疑惑地说，这一个是保护，一个是狩猎，似乎不是一回事吧？多副镇长忙说，你可别听人家瞎说。然后又指着边上坐着的麻股长说，麻股长今天带来了一些建立生态保护区和保护野猪的宣传资料，你现在就找人把它们贴到各家各户的墙上去，还有标语，一家都不能少，你看安排谁去？陈响马说，等吃完饭让福前去吧。多副镇长说，事情说完了我们就回去了，不在这儿吃了。陈响马嘴角抖了下，说，这是啥话？这都晌午了，让你们饿着肚子回家，让人家戳我的脊梁骨呢？不过，咱这穷乡僻壤的，也没啥好吃的东西，只能随便做点了。多副镇长说，随便点好。陈响马就回头问福前，宗娃早上是不是刚猎了一只兔子，你去要了来，看还有野猪肉没有，我家还有一只山鸡。然后转过来对多副镇长说，晌午咱们就来个红烧野兔、清蒸山鸡、野猪腊肉炒蘑菇，咋样？多副镇长说，好，都是野味。陈响马说，可惜野猪肉不新鲜，如果让打猎，我立马去给你弄一头新鲜的来，那肉才叫香呢！

5

陈响马从镇上回来，看见老伴儿站在自家的地前发呆。地里快成熟的苞谷大都趴在了地上，折断的、倒伏的，半熟的苞谷棒子滚得到处都是，仍挂在苞谷秆子上的，也被野猪啃下了半拉。青色的苞谷壳外翻着，就像一个被强暴的女人。陈响马的头嗡了一下，这野猪真是成精了，知道他去镇上办事要待一晚上，就鬼子似的悄悄摸来了。

陈响马进到地里，巡视了一下战场，顺手把被野猪踩倒的苞谷扶起来，把已经踩折的苞谷秆子清理出去。估摸一下，被糟蹋的有一半多。陈响马把一根折断的苞谷秆子横在眼前，对着远处的一个地方，嘴里模拟着扣动扳机的声音，枪响了，一头野猪应声倒地。

几个在地里干活的村民围过来，陈大庆说，主任，我让你围电网，你不围，这不，中了野猪的招了！你看我，电网一围，啥心都不用操，还怕它不来呢！说实话，几天不吃野猪肉，嘴巴都淡得流清水了。陈响马收起"枪"，看了看狼藉的庄稼，又看了看大庆，觉得自己还是不能掉链子，就说，你少在我面前说风凉话。想了想又说，你那电网还是早些撤了，上次镇上来人宣传，不叫打野猪，不叫私设电网，你这让人家知道了，弄不好还要罚款、进牢子呢。陈大庆说，不叫捕杀，把它们都养着？干啥？来糟蹋咱庄稼？哪儿的道理？管它呢！陈响马说，那可不行！昨儿在会上，领导专门讲了这事，不能杀，要建保护区，要把这些野猪养得胖胖的，让人们来看。市里的领导都来了，说得严肃得很。晚上，咱也要开个群众会，把上面要求保护野猪的事再跟大家说说。

考虑到晚上男劳力要到地里看护庄稼，陈响马只得把会议提前，吃过中午饭就在大喇叭里说了。可到了三点人还没聚齐，陈响马就让福前一家一户去说。四点钟，人总算差不多了。陈响马清清嗓子，把镇上的会议精神跟大家说了说。陈响马总结说，就是两件事，一个是保护野猪，县上来了大领导，说得很严肃。严肃到啥程度？陈响马指了指墙上用白灰刷出来的标语，就跟那上面说的一样，"打死野猪，血债血偿""打头野猪，罚款三千""私造枪支，坐牢一年"，这里面包括不让私设电网、下套子等，反正你把人家野猪弄死了就算违法。第二个事就是咱这旮旯要建立自然保护区，区内的人都要搬迁。咱村也要搬，地方已经给咱找好了。那地方好，一马平川，连个石头蛋都没有，想栽个跟头都不行。咱搬过去就不用整天爬高上低了。还有，房子都是人家给造好的，汽车都能开到屋里。大家回去准备准备，县上说，过完这个年就开始搬。

话还没说完，村民就嚷嚷开了，张书臣说，建啥保护区，这是野猪撵人走哩！这野猪也太欺负人了，糟蹋咱庄稼不说，现在干脆要把咱们撵走了，这算啥事？主任，你给说说。陈响马说，我说啥？是上面这样说的，你去找上面问去。七喜说，我就是要去问一问，我们这地方咋了？谁说这是不好的地方？这青山绿水的，哪儿找去？再说，住习惯了，我还不想搬哩。陈响马说，人挪活，树挪死，或许这也是个好事。在这儿，这野猪整天闹得人不得安生，到那边去，就不用和这些畜生打交道了，也不用害怕野猪骑家猪了。陈响马说着看了眼站在边上的王宗娃，王宗娃鼻子里哼了一声，嘴噘得能拴头驴。

晚上，陈响马思忖着还去不去地里看庄稼，按他的意思，那苞谷已经让野猪糟践得差不多了，干脆不管它算了。可老伴儿不同意，说，不去看，剩下的也会让野猪拱了，看你到时候喝西北风去。陈响马想想也是，就夹着铺盖卷去了。

10月的天气，不热也不冷，白亮亮的月亮挂在天上，照得地上银白银白的。露水很重，草地里的虫鸣也带着湿漉漉的味道。风吹过来，清凉、温润，带着青草和庄稼成熟的气息。陈响马站在地头，看看天，看看地，又看看面前的庄稼，这么好的地方咋能让给野猪呢？想着不久就要离开这个地方，忍不住唏嘘慨叹起来。

晚上出来看庄稼的人很多，一会儿就聚过来几个人，王宗娃、张书臣、七喜还有杨兰英，杨兰英的丈夫在外地打工，没有人看庄稼，她不忍心看着到嘴的粮食被野猪白白糟蹋，就自己夹着铺盖进了地。为了防备野猪，也为了防备人，杨兰英手边放着把菜刀，磨得明晃晃的，让人看着心里就一颤一颤的。

张书臣看见了王宗娃就说，你家花花真是吃流产药吃死的？王宗娃吸着烟，不吭声。张书臣说，你可真是，咋想起来给猪吃流产药，这猪又不是婆娘？说着自己忍不住笑起来。坐在边上的杨兰英也笑起来。王宗娃看了眼陈响马，说，你问村主任，还不是他给我出的主意。陈响马没好气地说，看看你那脑子，榆木疙瘩似的，一点弯都不拐，我还不是随便说了句，你就当了真，叫你去茅坑里淹死你去不去？王宗娃叹了口气说，我这不也是没办法了，想到花花要给我下一窝野猪崽，我这头皮都发麻。实在没有别的办法，只能那样做了，没想到花花连命都搭上了。那个红毛畜生，我一定要它血债血偿。

几个人闲扯了一阵，就说到了搬迁的事。王宗娃说，主任，莫不是真要搬迁？陈响马说，那还有假！县上、镇上开会都定下了，下午不是跟你们说过了？你们那耳根子是做夜壶用的？王宗娃说，总觉得不像真的。陈响马鼻子里哼了一声，说，那你这次听真了，我们真要搬迁。王宗娃说，我不想搬，这地儿住习惯了，金窝银窝舍不下穷窝。陈响马说，那有啥办法！咱这儿要建保护区，不搬不行的。张书臣突然说，我咋觉得有些不对头。陈响马说，咋不对头？张书臣说，我前些天进山，见有些人在盖房子，跟豆腐块一样的小房子，我去制止他们，可人家跟我说，这里建狩猎区了，建房是县上、镇上同意的。这狩猎区就是生态保护区吗？好像有些不对。

陈响马心里咯噔一下，他低着头，没有把自己也遇到过打猎人的事说给大家听。

陈响马两瓣脑仁打了半夜的架，眼睛才闭上。蒙眬之中，他看见成群的野猪从山上下来，有几千头，浩浩荡荡，跟支军队似的，把他们的村子给包围了。领头的红毛野猪站出来跟他们谈判，要村里人快点搬出去，把野猪林给它们。陈响马不同意，成群的野猪便鼓噪起来，大声地嚷嚷着，大意是要他们快点滚出去，如果不听劝告，它们就要实施强攻了。说着，那些野猪就把身子弓起来，身上的毛也竖起来，做出强攻的架势。陈响马吓出一身冷汗，一下子就醒了。他擦了擦额头上的汗，支起耳朵听了听，外面确实有声音，好像是从杨兰英那边发出来的，声音凄厉、短促。陈响马一骨碌坐起来，倾身再听了听，确实是杨兰英的声音，尖厉，带着恐怖的呜咽声。陈响马抓起身边的钢叉就往那边跑，一边跑一边想着是咋回事，是有男人摸门了？听那声音又不像。是遇着大牲口了？想到这里，陈响马的头发嗖地就直起来了。这一带近来常发现狼、豹子、豺狗，莫不是遇上它们了？陈响马的手心出了汗，不到五分钟就赶了过去。可到了那儿，陈响马虽是见过些世面，也被眼前的景象给吓坏了。只见十几头野猪围着杨兰英嗷嗷叫着，杨兰英手里举着火把，疯了似的挥舞着，围在身边的野猪不时后退，然后又逼上来。边上的苞谷地里则传来苞谷秆子被踩断的咔嚓咔嚓声，间或有野猪从地里冲出来，又奔向旁边的地里。陈响马抹了抹头上的冷汗，回过头，看见张书臣和王宗娃他们也过来了，可他们似乎也被眼前的景象给吓坏了。陈响马说，还傻站着干啥，快去帮她啊，别让野猪把她给撕了。陈响马说着啊了一声冲过去，举起钢叉朝最近的一头野猪扎去，在野猪的屁股上扎出了一个窟窿，野猪尖叫一声跑开了。趁着野猪们犯愣的瞬间，几个人冲过去，把杨兰英拉了出来。可没等他们离开，野猪又呈扇形围了过来。陈响马挥舞着手里的钢叉，嘴里骂着，这些扁毛畜生是要翻天了呢，不给它们点颜色看看还真把我们当病猫了。说着举起钢叉向一头野猪扎去，这次扎到了野猪的背上，钢叉打了个滑，落到了一边。没有枪，野猪们似乎一点也不怕他们，越逼越近。陈响马说，快点火把。王宗娃这才想起掖在腰上的火把，忙点燃了朝野猪的身上扫去，一头野猪的毛被烧着了，嚎叫着跳到一边，但其他的野猪还在嗷嗷叫着往前逼。陈响马左右看了看，说，进棚子，快进棚子。几个人架着杨兰英，边战边退，钻进了棚子。

站在棚子里，几个人跟做梦一样相互看着，有些不相信眼前的事是真的，可外边的野猪却在告诉他们这不是在做梦。陈响马说，这些野猪是不是疯了，连人都攻击？几个人都没有说话，都有些傻愣愣的，脑子似乎还没有转过来。陈响马有些急，说，傻站着干啥，快点火把，别让火把灭了。

可王宗娃说，火把快烧完了。陈响马说，拆棚子，能燃着的，都点上。几个人急忙拽棚子的苞谷秆，燃着了，丢到棚子外。野猪看见火，稍稍退远一点，可火一着完，它们又围了上来。

咋办？这时候，几个人都有些害怕了，连陈响马也有些害怕了。他活了大半辈子还没遇到过这种事，当猎人那阵儿，只知道这野猪看见自己没命地跑，只恨爹妈少给自己生两条腿，从没有见过它们敢围攻人的。更让他想不到的是，这山里的野猪竟然会这么多，比他想象的要多多了，就跟自己梦里梦到的差不多，足有上千头。看着七喜他们惊慌的眼神，陈响马也没了主意，他说，还有柴草没？七喜说，只剩下些木棍子了。陈响马看了看棚子，蒙在棚子上的柴草被拽光了，只剩下些木棍子在那儿支撑着。他们站在四壁露风的棚子里，就跟剥光了衣服站在大街上一样。外面，那些野猪还不远不近地站着，敲锣打鼓似地鼓噪着。地里，苞谷秆子被踩倒的声音不时传过来，他妈的，要是有杆猎枪多好，他保准一枪一个，杀它们个片甲不留。他下意识地把手里的钢叉端起来，可又放下了。

这野猪分明是不让咱们走呢！它们把咱困在这里，好让别的野猪吃庄稼，这些畜生简直是成了精了。张书臣说，我看过了，它们不断交换，轮流站岗。王宗娃说，比人都能了，再不收拾它们，恐怕真要把咱们给撵走了。王宗娃一边骂着，一边在身上摸烟，却摸出一挂鞭炮来。王宗娃看着鞭炮，笑了，这一慌张，咋把这东西给忘了，这东西对付野猪很有效，噼里啪啦，跟机关枪一样。说着，就把鞭炮点燃，朝野猪身上扔去。野猪受了惊吓，这才退散开去。

早上，几个起得早的村民看见糊得看不出人样的陈响马他们傻傻地坐在四面漏风的棚子里，还有面前乱七八糟的苞谷秆子，就有些奇怪，说，你们这是咋了？陈响马站起来，拍了拍屁股上的灰土，说，咋了？差一点让野猪给吃了。村民们又看看其他几个人，几乎都是一个样子，说，昨天晚上我好像听见这边呼天抢地的，还以为是做梦呢，原来是你们在这儿折腾呢。陈响马白了一眼说话的人，不是我们折腾，是野猪折腾。想了下又说，听到了你们也不来看看，等你们家明年种了苞谷，你也等着野猪来帮你家的忙吧。村里人说，看把你们弄成这样，有多少头野猪？王宗娃把手在脸上抹了抹，多少？好几百头，把我们给包围了，差点要了我们的命。这些野猪一定是疯了！

6

王宗娃来找陈响马，说要借他的枪，把陈响马吓了一跳。

陈响马正在跟镇长汇报工作，王宗娃旁若无人地走进来，说，村主任，你出来，我找你说个事。

陈响马看了看镇长，又看了看王宗娃，王宗娃执拗地站着，一副不达目的不罢休的样子，他只好跟着王宗娃走到外面。王宗娃说，我看见那头红毛野猪了。陈响马哦了一声。王宗娃说，早上我起来，看见它站在我家后面的土梁上，对着猪圈叫，它以为花花还在呢。我说过我要打死它，为花花报仇的。陈响马还是有些不明白王宗娃为啥来找他，就说，那你去打呀，打死它给花花报仇。王宗娃说，村主任，我想跟你借枪。陈响马差一点没从地上蹦起来，四下里看了看，说，你说啥？借枪？我哪儿有枪，枪都交给人家公安了，你又不是不知道。王宗娃说，我知道你家有杆猎枪，你祖上传下来的，你上缴的是一杆土枪，我知道。陈响马看着王宗娃，目光有些狐疑和冷漠。王宗娃说，主任，你放心，我借枪只是为了打那头野猪。这野猪把咱村折腾惨了，把我也折腾惨了，再不教训它们，它们真要把我们撕了吃了。你不知道，那晚过后，杨兰英就不正常了，看见猪就大呼小叫，把七喜家刚下的一窝小猪崽都给砍死了，这都是野猪惹的祸。可没有枪，我只能看着它从我眼皮子底下跑掉。陈响马说，宗娃，你这是在把我往悬崖上逼呢。王宗娃拍了拍胸脯，说，你放心，我不会把你家有猎枪的事说给别人的，十来年我没跟任何人说过，以后我也不会说。陈响马说，可你拿着枪明火执仗地去打野猪，村里人哪个不长眼睛？传到派出所那儿，还会有个好？王宗娃说，主任，我都想好了，一旦让人家知道了，就说那杆猎枪是我的。我已经给你准备好了一千元钱，枪让人家收了，我就赔你一千元钱。我知道你那杆猎枪可能不止一千元钱，可我能拿出的就这点钱了。陈响马顿了顿，说，你一定要借枪？王宗娃说，我一定要借！我一定要打死那头红毛野猪，我恨死它了！

陈响马把一束狗尾草咬碎，吐出一嘴绿汁，然后说，那你晚上到我家来。

陈响马恹恹地回到屋里，镇长一脸的不高兴，啥事去这么长时间？那人是谁？没一点礼貌，没看见咱们正在说事吗？陈响马说，他就是我给你说过的王宗娃，他家的老母猪让野猪给骑了，后来猪也死了，他就来找村里，让村里赔他损失，黏缠得不得了。镇长秘书说，这些野猪也太过分了点，竟然跑来和家猪搞关系，真是得管管了。镇长看了眼秘书，秘书就不说话了。陈响马接着秘书的话说，可不是！村民都气愤得不得了，你们不知道这野猪多猖狂，上个星期，从山上下来几百头野猪，把我们给围住了，那样子就跟要吃人似的。庄稼就更不用说了，几乎被它们糟蹋光了，人看护着都不行。镇长的眼睛闪了亮，说，真有那么多？陈响马说，当然是真的！这野猪跟老鼠似的，一窝能生十几个。你想想，一年这山上要生多少小野猪，还不跟老鼠一样，泛滥了！真是该给它们间间苗了。这人都搞计划生育，野猪也得给它们搞搞计划生育。镇长摆摆手，说，以后不要再跟我提打野猪的事，现在说的是保护野猪，不但不能打，还要把他们养得胖胖的。至于村民的反映，以后也不要说了，村子马上就要搬迁了，你们马上就要成为新农村建设的受益者了。

说到这里，镇长看着陈响马，这些天村民的工作做得咋样了？陈响马说，村民都不愿意搬，说住习惯了，不想搬。镇长的脸色有些不好看，说，不想搬？你这工作是咋做的？这么好的事村民咋能不想搬呢？一定是你们的工作没有做到位，没把道理跟大家讲清楚。陈响马想到那个一直郁积在心头的疑问，就说，有些村民反映，说搬家不是为了让他们住上好地方，也不是为了建生态保护区，是要建狩猎区。这狩猎区也不是县里建，是广州那边一个叫猎杀的公司来……话还没说完，镇长就拍了桌子，你听谁说的？是谁在造谣？陈响马说，大家都这样说。吴镇长霍地站起来，说，这些话都是别有用心的人在造谣生事，这是市里、县里定下的项目，是建立生态保护区，是保护野生动物。让你们搬，是为你们好，你们非要住在这兔子都不愿待的地方？陈响马忙说，镇长你这下可说错了，这里兔子多得很，兔子很喜欢住这里。吴镇长看着陈响马，嘴角难看地咧了下，说，不管咋说，一定要搬，时间就在那儿放着，村民的工作还由你们村委来做，到时候出了问题你陈响马提头来见。镇长说完，中午饭也没吃，就坐车走了。

提个野猪头来见呢！陈响马看着镇长的车在山路上消失，咕哝着说。

7

王宗娃在枪里装了霰弹,带了口粮、弯刀,上了牛尾山。

王宗娃对这一带的地形很熟悉,以前跟着陈响马打猎,沟沟壑壑都跑遍了。即使不让打猎后,偷闲时也上牛尾山下个套子、布个陷阱,逮个兔子、野鸡啥的,打打牙祭。所以,他熟悉牛尾山,也知道野猪的习性和聚集地。进了山,王宗娃就直奔牛尾山后的十二道沟。

十二道沟地处牛尾山阴坡,非常偏僻,沟大林深,人迹罕至,根本就没有一条正路。相互交错的十二道沟把这里弄得如同一个迷宫,外地人进来,不找当地人做向导,很难出去。位置的偏僻使这一带成了很多野生动物的乐园,一些平时很少见的动物在这里也能看到,像豹子、狼、獐子、獾子等,至于野猪、野羊几乎就是成群结队在林子里出没。王宗娃想,那头成了精的红毛野猪一定就藏在十二道沟里。

王宗娃披荆斩棘,艰难行进。算了算,这深山里面恐怕也有四五年没有进来过了。那些榉树、榛树、柏树犬牙交错,错落有致。地表,喜欢顺地爬的藤蔓植物把手脚尽情舒展开来,肆意躺在地上。在藤蔓植物下面,风铃草和羽衣草开着一朵朵粉红色、紫色的小花。茅草、锯齿草的叶片像一把把柳叶刀,把王宗娃裸露的皮肤划得一道一道的。还有野山枣树、山里红树，仿佛好客的主人似的，牵着人的衣襟不让走。山沟里的草很密、很厚，不时有兔子从脚下跳出来，吓人一跳，让人怀疑是不是踩着它们了。它们跳开后，并不走远，而是站在前面不远的某个地方，两只红红的眼睛盯着人看。王宗娃晃了晃手里的猎枪，可它们似乎已经不认识那种叫猎枪的东西了，只是眨了眨眼睛，直到人走近，它们才蹦跳着，没入草丛里。

路上王宗娃还遇到一只獾子，它们几乎是一样的表情。在小河湾的地方，他还遇到一只獐子在水边喝水，离得那样近，他端起猎枪，可想了想，还是把枪放下了。

已经过了六道沟，可除了见到几只小野猪外，几乎没有见到大野猪的影子。王宗娃有些累，毕竟有些年没有爬山了。他坐在岩石上，揉搓发困发麻的脚腕，解开衣扣，让山风把身子吹清凉些。大山歇息了似的沉静，空气中弥漫着野果成熟的清香。已近中午，如果再往里面走，晚上肯定赶不回来，那他就只能在山上过夜了。犹豫了一阵，他决定还是继续往前走。

在枫垭口，他发现了一个野猪窝，里面有一窝野猪崽。数了数，竟然有十五个小野猪，都还不到一个月大，可已经有野猪的凶狠和蛮劲了。王宗娃扒拉它们时甚至还被一只野猪崽咬了一口。气得他抓起小野猪就想摔到地上，把它们一个个摔成肉饼，看它们以后还咋害人。可他很快就改变了主意，他离开了野猪窝，找了一个隐蔽的地方，架好枪，等待老野猪回来。

半个小时后，草丛里一阵响，一头野猪出现在面前。王宗娃有些失望，不是那头红毛野猪。野猪的到来，引起窝里小野猪的一阵骚动。小猪崽们从窝里出来，向大野猪跑去，跑得东倒西歪。王宗娃把枪口又瞄了瞄，大野猪就在他的准星中央，他相信只要他一扣扳机，那头野猪就会立刻毙命。可他还是放弃了，他对自己说，我找的是那头红毛野猪，这个不是红毛野猪，再说，它还有一窝崽呢，如果老野猪死了，那些小野猪肯定也活不成了。山里人打猎有个规矩，不打怀孕的野物、不打带崽的野物，虽然自己现在不算一个真正的猎人，可这规矩还是要遵守的，他不能做造孽的事。

王宗娃离开枫垭口，跑了大半天，也没有见到红毛野猪的影子，连其他的野猪也没有遇到几个，更不用说那天晚上成群结队的野猪群了。野猪都到哪里去了？他想，是不是自己的思路出了问题？这样一想，脑子仿佛开了一条缝，是啊，现在快到秋收季节，野猪们都急着找食呢，它们咋还会待在这深山里呢？它们肯定从深山里跑出去了，就藏在离庄稼地不远的地方，昼伏夜出。等晚上一到，它们就会跟强盗一样，成群结队地出来掠食庄稼，肯定是这样的。

王宗娃吃了点干粮，沿着来路往回走，专往山脚下有苞谷地和红薯地的林子里钻，这一下还真对了，他开始看到三三两两的野猪在林子里游荡。他尽量避开它们，这些野猪可不是好惹的，惹毛了会和人拼命的，他只有一杆猎枪，再说，他要找的是红毛野猪，是那头害得花花死于非命的红毛野猪。

到了下午五点多，王宗娃有些走不动了，他靠在一块岩石上，吃了点干粮，喝了点水，阳光暖暖地晒着，风缓缓吹过来。树林中，山鹊子不时翘起长长的尾巴，长一声短一声地叫着，仿佛是催眠曲。他把头靠在石头上，想稍眯一会儿，可眼睛一闭上，竟然就睡了过去。

他是被一阵浓重的咻咻声惊醒的，他一下子醒过来，抓起靠在怀里的猎枪，眼睛往前面望去，只见一块高起的岩石上，一头野猪站在上面，居高临下地看着他。没错，就是那头红毛野猪，王宗娃的心一阵慌，手也有些哆嗦，连枪都拿不稳了。他深深吸了口气，目光迎着红毛野猪，野猪也看着他，目光里似乎有些挑衅的味道。王宗娃骂道，这个扁毛畜生，还敢笑话我，今天就是你的死期了。他稳了一下情绪，把枪端起来，可前面已经不见了野猪的影子。王宗娃放下枪，往那边看了看，岩石上空空的，红毛野猪已经走掉了。

王宗娃收起猎枪，他知道，今天他们已经接上招了，他从那头野猪的眼睛里看出来，它一定知道了他是在专门找它。他们之间的战争才刚刚开始。

8

早上一起来，陈响马的左眼就跳个不停，他心里正自忐忐着，西边福禄家就传来一阵阵哭声，村里人都闹哄哄往福禄家涌去。陈响马拉住七喜，说，咋了？出啥事了？七喜说，不得了，出大事了！福禄家的小孩石蛋子死了。陈响马的心里一震，忙问，咋死了？七喜说，咋死了！让电野猪的电网给电死了。

陈响马担心的事还是发生了，事儿就出在陈大庆的电网上。

原来，早上福禄两口子等石蛋子放学回来吃饭，左等不见影，右等不见影，两口子就着了急。问别的孩子，都说没见到，也有孩子说，回来的路上走着走着就没影了。福禄两口子就沿着孩子们上学的路往前找，一直找到学校，也没见着孩子的影子。福禄又去问村里的孩子，张书臣的孙女丫蛋说，我们回来时看见石蛋沿着村边的那条小道往北去了，也不知道他是去干啥，我还喊了他几声呢。问是哪条道。丫蛋说，就是往大庆叔那片地的路。福禄两口子的心抖了下，急忙往陈大庆家的苞谷地跑去。到了那里，两人一下子就瘫了，石蛋就躺在铁丝网下面，胳膊焦黑。铁丝网上挂着一只兔子，在风中荡来荡去。

陈大庆也来了，眼睛还肿着，一定是昨天晚上打牌熬的，他看着躺在地上的孩子，也傻眼了。

福禄就这一个儿子，福禄媳妇春粉都哭晕过去了，捶胸顿足的，她扑到陈大庆身上，要陈大庆赔她的孩子。陈大庆跟个傻子一样，任凭春粉撕扯他的衣服、抓他的脸，连动都没动。

围在边上的村民都开始埋怨陈大庆，说他不该只顾玩牌，早上连电闸也不关。然后又埋怨到野猪身上，都是这些该死的野猪，折腾得人不得安生，现在连人命都闹出来了，这一切都是野猪的错。如果没有这些野猪，就不会发生这么多事了。

陈响马没有立即到现场去，也没有让人劝开福禄夫妇。出了这么大的事，不让他们哭，不让他们闹，不让他们发泄是不行的。解决这样的问题，陈响马有自己独特的办法。他提前把福前找来，福前是福禄的哥哥，福禄啥事都听他哥哥的，他得让福前帮他把阵脚稳住。

福前进来时，眼窝里也汪着一窝泪。两个人蹲在门前的土坎上，陈响马说，出了这事，你看咋办？福前带着哭腔说，咋办？一命偿一命，告他，让他偿命。陈响马递给福前一支烟，说，这你可得想清楚了，这事至多是个过失罪，根本到不了一命偿一命的地步，就是坐几年牢。福前说，那就让他坐牢。陈响马说，他坐牢你们能得着啥？都是一个村子的，平时你们和大庆家关系也不错，这事也是偶然，还不都是为了对付野猪！现在孩子已经没了，即使让他坐牢又能起啥作用？福前吸了口烟，说，那孩子就这样白死了？陈响马说，你听我把话说完，我有个想法，你看合适不？让大庆赔个几万块钱给你弟弟，不管咋说，赔点钱总算是自己落下了。如果告了官，大庆去坐了牢，这俗话说，打了不罚，罚了不打，

　　　　　　　　　　　　　　村歌嘹亮

福禄家连一分钱也得不着。大庆去坐了牢，几年后还是要回来的，大家还是要做邻居的，还是要低头不见抬头见的，到时弄得心里跟揣个酸菜疙瘩似的，都难受啊！

当然，陈响马跟福前这样说，还有更深层次的考虑，可他没说出来，那就是，如果告了官，野猪林围捕野猪的事让上面知道了，而且因此死了人，镇上、县上一定会来追究村委的责任的。陈响马并不在乎他这个村主任的官帽，他只是不想招惹麻烦，尤其是现在这个节骨眼上。

福前低着头不说话，眼睛盯着面前的几只小蚂蚁，手里的小木棍把蚂蚁拨过来拨过去，蚂蚁们惊慌失措，择路而逃，但就是逃不出棍子划定的范围。

陈响马继续说，这归根到底都是让野猪给闹的，这设电网、下套子谁家都干过，去年福禄设下的套子不还把人家七喜的脚给夹住了，差点把脚踝给弄断了。那事人家七喜就处理得好，只是让福禄出了点医药费，象征性地赔了几个小钱。我在想，等这个事过后，咱们村委得议一议，这套子、电网不能再设了，隐患太大。福前却说，那野猪咋办？庄稼咋办？那不等于把庄稼送给野猪吃吗？陈响马闷了一会儿，摇摇头，说，我也不知道，说实在的，这些年我还没有遇到过这么麻烦的事呢！

福前站起身，陈响马目光迎着福前，说，我刚才说的你是咋想的？福前说，我回去跟福禄说说。陈响马说，那好，大庆这边由我去说，你们放心，一定要让这小子多出点血，叫他赔个倾家荡产，看他以后还赌不！

事情竟是出奇地顺利，福禄夫妇同意陈大庆赔他们五万元钱。开始，陈大庆还不愿意出那么多钱，只愿出四万。陈响马不跟他纠缠，只说，一边是五万元钱，一边是坐牢，你自己想，想好了来找我，明天早上前没信儿，福禄家就去派出所报案。陈大庆想了一个晚上，同意了赔偿数额。

陈响马长出一口气，总算没有报案，事儿顺利解决了。陈响马按照自己的想法召集了村委和几个小组长，还有几个德高望重的老人，跟他们商量禁止私设电网和下套子的事。一开始，大家的想法就跟那天福前的说法一样，不让设电网、下套子，那野猪还不翻了天了？庄稼干脆送给它们吃得了，人喝西北风去！陈响马搔搔头皮，说，已经出了一起事故了，再出事咋办？张书臣说，这都怪陈大庆他自己，早上把电闸合了就不会出这样的事了，他一坐到赌桌上就跟迷了似的，不出事才怪呢。陈响马说，那也不一定，我前些天还听说车村出了这样一个事，一个在外面打工的村民回家，想抄近路，从一块地里穿过时被电死了。张书臣不说话了。陈响马接着说，这人带腿的，晚上出来找个牲畜，或者查看庄稼，都容易出危险，根本的解决办法就是不再私设电网。再说，这事让上面知道了可不得了。张书臣说，那庄稼咋办？你有更好的办法，我们就把电网撤了。陈响马老实地说，我暂时也没有办法，给上面打过报告，可人家一直不管。张书臣说，要不咱们再试一试，干脆来个全村人联名上书，全村人都在请愿书上签字，然后送到县里去，这样能把动静闹大些，或许就把问题解决了。坐在一边的福前说，我看恐怕悬，人家在动员咱们搬迁，还要保护野猪，咱们却想让人家打野猪，这都合不到一个拍子上，人家会愿意？张书臣说，谁搬？我是不搬，恐怕村里大多数都不会搬。不搬，就要解决野猪的事，咱顺便把村里人不想搬迁的事也写上去，让他们知道知道。陈响马忙说，搬迁的事就先不说了，至于请愿书的事，就按你说的办。反正是死马当成活马医，我这次去找县长，看他们能不能给个说法。

陈响马把联名上书的事交给张书臣去办。张书臣以前是民办教师，后来清退民办教师，他就回家种地了。张书臣写好请愿书，挨家挨户让村民都签了字，字是红笔写的，密密麻麻，红刷刷的，血一样，很吸引眼球。

全部弄好后，陈响马带着联名上书的材料去了县上，直接把请愿书给了县长。

三天后，镇上来电话通知陈响马到镇上开会，陈响马心里有些忐忑，是不是请愿书起作用了？就硬着头皮去了镇上。

到了镇上，没见一个村主任来开会，问镇长秘书，秘书说，没听说要开会呀？陈响马有些发毛，秘书看了看陈响马，突然说，吴镇长正找你呢，你快去镇长办公室吧。陈响马进了镇长办公室，吴镇长坐在老板椅上屁股都没抬。陈响马感觉气氛不对，就没话找话地说，不是开会吗？吴镇长看了他一眼，说，开会？今天就给你一个人开会！陈响马脸上堆着笑，想以笑容来化解镇长的怒气，可吴镇长只是冷冷地看着他。吴镇长突然从抽屉里拽出一沓子纸片扔到陈响马面前，正是村民的请愿书。镇长指着请愿书说，你竟然把状告到县里去了，你陈响马的能耐是越来越大了！陈响马看着可怜巴巴躺在地上的纸片，说，我们不是告状，我们只是在反映问题。吴镇长说，镇上都盛不下你了，非要到县上，显着你能是不？陈响马哭丧着脸说，我们给镇上反映过多少次了，可谁给我们解决问题了？镇长撇了撇嘴，你以为反映到县上，县上就能给你解决吗？我都不知道你们脑子里整天都在想些什么，跟你们说过多少次了，你们村子要搬迁，整体外迁，为啥外迁？是要建立野生动物保护区。保护谁？当然是保护野猪，还有其他野生动物。可你们却要让县里帮你们打野猪，你们这脑子是不是进水了、短路了？这车咋净往岔道上开呢？今天我就犯个错，让你看看县领导是咋批复的。陈响马捡起请愿书，只见天头上写了一行字，"野猪林村要搬迁，不再考虑捕猎野猪一事，请当地乡镇做好搬迁移民的思想工作，争取早日搬迁。"陈响马放下请愿书说，村民们都不愿意搬迁才写这封请愿书的。镇长抬起头，不愿搬？为啥不愿搬？这么好的事为啥不愿搬迁？一定是你们的工作没有做好。今儿我也给你丢句见底的话，这次搬迁事关大局，是县上统一组织的，可由不得你们说了算。陈响马说，村民们也不懂得啥大局，他们没有考虑过搬迁的事，他们说他们住得好好的，如果把野猪打跑就更好了，他们考虑的是打野猪的事。镇长厉声说，不要再跟我提打野猪的事，这野猪坚决不能打，打完了还建啥保护区，保护你们啊？陈响马听了这话有些生气，我们就是没有野猪有福气，野猪有生存权，我们就没有生存权了？如果没有人管，村民们就只好自己想办法了！

说完，把请愿书往兜里一塞，气呼呼地离开了，后面秘书喊他，他都没有听到。

9

王宗娃最终把那头红毛野猪打死了。他把红毛野猪扛回村里时，脸上满是血污，浑身褴褛，头发蓬乱，灰土和树叶挂满全身，村里人都认不出他的样子了。

王宗娃是在出门一个星期后才回来的。

那的确是一头老得成了精的狡猾的野猪，王宗娃花了一天时间和它周旋，两天时间寻找它的踪迹，三天时间寻找它的活动规律，最后一天，才打了一个伏击，把它干掉。一个星期的时间，搁在以前，野物恐怕都要把王宗娃家的院子堆满了。

第一次接触后，王宗娃就已经意识到，他的这个对头不是一头简单的野猪。他为第二次出行做好了充分准备，准备了一个星期的干粮和水，又向陈响马多要了些子弹。还从以前的猎具中翻出一把生锈的猎刀，在磨刀石上磨得锋利，然后插在绑腿上，这才上了路。临走时，王宗娃对陈响马说，不打死那头野猪，我就住山上不回来了。

王宗娃按照上次的经验调整了策略，不再往深山里跑，专拣有庄稼的地方走。他认准一个理，这个季节是庄稼成熟的季节，野猪是不会待在窝里睡大觉的。

王宗娃在上次遇到野猪的地方转了一天，也没有见到野猪的影子，但他并没有离开，直觉告诉他，那头红毛野猪就在附近，说不定就在不远的一处草丛里观察他呢。想到这里，王宗娃尽量把身子隐起来，在草丛里穿行。第二天下午，他终于发现了那头红毛野猪，它领着一群野猪正往另一个地方迁移。王宗娃往那边看，那里有一大块苞谷地和红薯地，看来它们已锁定了新的目标，准备发动新的攻击了。

王宗娃的到来，似乎引起了红毛野猪的警觉，它脱离了它的队伍，往山里跑去。几只跟在它后面的小野猪，也被它无情地轰走了。王宗娃潜伏在草丛里，观察着野猪的举动，只觉得心惊，他想它一定是察觉了。王宗娃跟在红毛野猪的后面，几次举枪瞄准，但野猪始终在树林和岩石间穿行，大半个身子被遮住，影响了射击角度的选择。王宗娃只能跟在它的后面，在山林间穿行，这一跑就跑了两天，愣是连放枪的机会都没有找到。

这样下去肯定不行。第三天晚上，当王宗娃跟到一个他曾经蹲守过的地方时，他才恍然大悟，这个畜生领着他在山

　　　　　　　　　　　　　　　　　　　村歌嘹亮

眢兕里兜圈圈呢！它始终没有远离它的队伍，就在方圆五公里的范围内活动。王宗娃再仔细查看，又发现了几处他蹲守过的痕迹。这个王八蛋，它是想把我拖垮呢。王宗娃骂了几句，开始考虑下一步的行动。肯定是不能再跟着它兜圈子了，再跑下去自己真要垮了。这几天他已经感觉身体有些吃不消了，自己只有两条腿，咋能跑过野猪的四条腿呢，野猪恐怕就是在跟他打游击战、消耗战呢！他要改变策略，他跟着红毛野猪又转了两圈，在每个经过的地方做上记号。渐渐地，野猪的行踪已在王宗娃的脑子里成型了。王八蛋，你再能也还是一个畜生，还能能过人去？你就等着死吧！

王宗娃不再跟着野猪瞎跑了，他好好歇了半天，养足了精神，然后在一个早已观察好的野猪必经之地隐蔽下来。这个地方，往下可以看到成群的野猪在山坡上嬉戏，往上是一道相对光秃的山坡，野猪过来连藏身的地方都没有，的确是个打伏击的好地方。

王宗娃稍眯了一会儿，太阳已经升到了头顶，树荫下的草丛里溽热难耐。一只野鸡在前面草丛里探头张望，被蟋蟀的叫声惊动，呼啦一声飞起来，一头扎到另一处草丛里，不见了踪影。

那头红毛野猪终于出现了，它看上去很轻松，它一定认为把跟踪自己的那个人拖垮了，拖没影了。它甚至咧起长长的嘴唇，狼似的，对着天空嚎叫几声，身子靠在一棵老树上使劲蹭，又在地上打了几个滚，才往这边的空地走来。走到山坡中间，它突然站住了，鼻子警觉地抽动着，四下里嗅。就在它想抽身逃离这个危险的地方时，枪响了，野猪的身子往后退了半步，重重跌坐在地上。它努力支起前腿，想站起来，但只是动了动，身子就重新歪倒在地。

子弹是从野猪的眉心洞穿而过的，王宗娃抹了抹额头上的汗水，有些庆幸，这么多年没有打猎了，手艺还没有落下。如果刚才一击不中，那就麻烦了，野猪的性子烈，它一定会冲上来和自己拼命的，那时候，真正倒下的就说不定是谁了。

王宗娃决定把野猪扛回去，他要把它展示在村民面前。野猪足有一百斤重，扛了半里地他已累得喘不上来气了。他砍了些树枝，用藤条缠了，做成一个简单的爬犁，把野猪放在上面，下山时拉着走，省了不少力气。上坡的时候，就弃了爬犁，把野猪扛在肩上。野猪的脑袋在他的头边摆来摆去，仿佛是在向他抗议。王宗娃说，抗议也没用，你们这些王八蛋害得老子不得安生，还把我家花花害死了，你还冤屈呢！野猪不说话，继续把它头上的血蹭到王宗娃的脸上、脖子上、衣服上。王宗娃嘴里骂骂咧咧的，妈的，死了还要溅老子一身血污，真是成了精了。

经过一片桦树林时，王宗娃遇到两个人。那两个人被眼前突然出现的满身血污的东西吓了一跳，还以为是野猪跳在人身上撕咬呢，扭头就跑。跑了几步路，再回过头，才看清是一个人扛了一头死野猪。这才站下来，围着王宗娃左看右看，惊奇得不得了，说，这是你打的啊？王宗娃点头。其中一人手里拿着一杆猎枪，不住地摆弄着，说，我们咋就打不着呢？不光打不着，连野猪的影子都见不着。王宗娃看着他们，他们都是一身猎装，身边还带着一只狗，一看就是猎犬。王宗娃就问他们是干啥的。那人说，打猎呀，可我们晃悠了半天连个野鸡也没打着，真是扫兴，看来这一趟算是白来了。王宗娃说，这里是禁猎的，谁让你们在这里打猎的？一人说，我们打猎是合法的，我们有持枪证，枪还是你们配发的。王宗娃愣了愣说，我们发的？我们啥时候给你们发过枪？另一人补充说，是你们这里的公司配发的，让我们专门进来打猎，可我们连个鸡毛也没打着。王宗娃还想再问，那人却说，不如你把这头野猪卖给我们吧，一千块钱，咋样？反正你们私自打猎是违法的，上面知道了还要罚你们呢。王宗娃看了看那人，又看了看横躺在地上的野猪，坚决地说，我不卖，这是我家的仇人，我要把它带回去，给花花当祭品，它把我家花花都害死了。那人吓了一跳，说，野猪把人都咬死了？王宗娃说，不是。接着就把红毛野猪欺负花花以及花花死了的事说了一遍，听得两人哈哈大笑，连说，该杀，该杀！这野猪也真是该死，那我们就不夺你所恨了。说着，两个人就要起身，王宗娃还有些疑问在心里，就说，为啥许你们在这里打猎，不许我们打？两人回头看他一眼，说，我们是出过钱的啊！

　　王宗娃回到村里，一屁股坐在地上再也起不来了。村里人都过来看热闹，陈响马也过来了，王宗娃说，主任，我终于把这个畜生给打死了。陈响马四下里看了看，说，打死了？王宗娃说，你不知道我费了多大的劲，整整跟了它一个星期，差点把我累趴下了，可我终于还是把它打死了，给花花报仇了。王宗娃说着眼泪似乎要流下来了。陈响马仿佛突然想起了什么事，说，打死就打死了，你还要明目张胆放到这儿让人参观，传到镇上、县上，人家还不来拘了你？你不知道这是犯法的啊！王宗娃说，犯啥法？野猪害人就不犯法？陈响马说，你还是快点把那东西弄走，不要放在这里跟展览似的。

王宗娃站起身，可他突然回过头，说，路上我碰见两个打猎的，他们说他们打猎是允许的，那咱们打猎咋就不允许呢？

陈响马看看王宗娃，说，我也遇见过，可我也不知道是咋回事。

10

到了10月底，秋已基本上收完了，其实对野猪林来说，秋早已收完了，让野猪给他们收了。忙了大半年，收回来的只是些野猪糟蹋剩下的半拉苞谷棒子，还有被糟践得乱七八糟的苞谷秆子。陈响马一边在地里搜索野猪吃剩下的苞谷棒，一边考虑着野猪的事，眉头都皱成了疙瘩。

让陈响马闹心的，不仅是野猪糟践庄稼的事，还有他刚听到的一个消息。消息是从邻村旧县村听来的。两个村子挨得近，那天，陈响马去镇上，路过旧县村，看见旧县村的村主任吕大荣正在地里拾掇庄稼。两个人是熟人，就坐下来吸了几支烟，说了些话，就说到了移民搬迁的事。旧县村这次也属于搬迁之列，陈响马就说，这建设新农村也不是这样一个建法，那边拾掇得再好，村民们心里不乐意，还不是瞎胡闹？吕大荣说，建设新农村？他们糊弄鬼呢！陈响马看着吕大荣。吕大荣，你是真不知道，还是假不知道？陈响马说，啥真呀假呀的，我真不知道你说的啥意思。吕大荣说，镇上说的整体搬迁建设新农村是假，建生态保护区也是假，建狩猎区是真，而且是外地人来建狩猎区。建设新农村还有生态保护区，瞧他们找的这借口。陈响马闷了一阵子，说，你也知道了？吕大荣说，谁不知道？外边都传疯了，都说县里缺德，把野猪当挡箭牌，目的就是把人撵走，把这里变成一个无人居住区，让野牲口生长，然后让外边有钱的闲人们进来打猎。当然，打猎是要收费的，我听人说打一头野猪要收三千元钱呢。县上、镇上就是看中这棵摇钱树了，听说狩猎区办事处的牌子都挂起来了，就在车村。

　　陈响马也不去镇上了，直接去了车村，果然看到一个写着保护区办事处的牌子。后面大片的空场上，树木被放倒，建筑材料正源源不断地运进去。陈响马看着正指手画脚指挥的人竟然是多副镇长，他意识到恐怕这一切都是真的。

野猪林

回到村里，陈响马找几个村干部商量咋办。张书臣说，这事我也听人家说了，当时也拿捏不准，现在看来是真的了。如果是因为这个搬家，我肯定不搬。福前也说，他们这样弄是有点缺德，不但让野猪吃庄稼，还干脆让野猪把咱给撵走了，这算啥事！咱在这儿少说也住了一百年了，几辈子人了，石头蛋子都捂出感情了。陈响马说，上面是有些不讲道理，可现在是人家说了算，镇上动员会都开过了，过了这个年就让搬。张书臣有些赌气地说，我就是死也不搬。陈响马说，现在不说那些气话，大家想想，看看有没有别的办法。

大家想了一个下午，也没有想出应对办法。

他们没有想出办法，可上面的人已经来了，是县上来搞实物登记的，就是把村民带不走的房间、树木等进行登记作价，然后由县里给予一定的补偿，带队的是多副镇长。陈响马事先知道了这事，心里堵得慌，就绕了个圈躲远了，不见这些人。

由于村民不配合，普查和实物登记没有弄成。镇上让陈响马到镇里开会，陈响马知道这会的内容，可还是硬着头皮去了。回来时，脸色灰灰的，福前迎上去，看着陈响马的脸色说，挨批了？陈响马说，他批我啥？我不干了，我看他还咋批！福前忙说，这话可不能乱说。陈响马说，是真的，他们不让我干了，说我工作配合得不好，马上就要下来重新选村主任。晚上你把几个村干部找来，咱们开最后一个会，把镇上领导的精神跟大家说一下，你们心里也有个底。

晚上，几个村干部按时到陈响马家里。陈响马说，今儿给大家开最后一个会。我这届村主任的任期结束了，新村主任选出来后我就退下，这是一个精神。还有一个精神就是坚决不能打野猪，要抓紧组织搬迁工作，看来这个工作得由下一任村主任接手了。张书臣第一个说，村主任你不能下，现在是紧要关头，你这一下，村民们没了主心骨，咋办？福前也说，就咱村这个样子，除了你谁还能干村主任？他们不让你干，那他们自己来干好了。张书臣接着说，现在关键是搬迁，大家都不愿意搬，我们得想个办法。这事我也咨询过，县里这样搞是不符合国家政策的，他们不是说为了新农村建设吗？可新农村建设不能违背老百姓的意愿，更何况他们打着新农村建设的幌子让咱们搬迁。我还听人说他们建狩猎区省里根本就没有批准，他们是在违规搞建设。现在关键是咱们村里的人要拧成一股绳，得有人领着，你不干就成一盘散沙了，人家想捏成啥样就捏成啥样。

陈响马想了一阵，说，在新主任接手前我还是村主任，现在问题是，大家不想搬也得想出个办法，咱不能搞对抗，咱得想个实用的办法。你们想想看有啥好办法能阻止他们？

几个人闷了大半个晚上，屋子里烟雾缭绕的，天亮了也没有想出个好办法来。

陈响马把手里的烟蒂一扔，说，我倒有个办法，咱们就从野猪身上开刀吧！

11

野猪林成立了一个捕猎队，队长就是陈响马。

陈响马的办法是，他们不是要建狩猎区吗？不是想把野猪留给外面的人打吗？不是想用野猪来赚钱吗？我们干脆把野猪给打了，如果没有野猪可打了，狩猎区就建不起来了，野猪林村也就不用搬迁了。

捕猎队要对付的是成群的野猪，没有枪不行，陈响马说，弄几杆土枪吧。福前有些担忧，说，私造枪支是违法的。陈响马说，我知道，可没有枪咱们咋去打野猪，野猪打不死，最终搬走的还是我们。几个人看着陈响马，都没有动身。陈响马看了看他们，说，你们就放心回去准备吧，出了事我负责，三天后进山。

可还没等到捕猎队出发，镇上派出所就突然来了人。派出所的人先是在陈响马他们几个人家里搜了一通，除了搜出几根钢管外，也没找出有价值的东西。最后，人都集中到了王宗娃家里，翻箱倒柜，翻出了一杆猎枪，还有一坛子野猪肉。派出所的人问王宗娃，是不是打野猪了？王宗娃理直气壮地说，我是打了野猪，那头红毛野猪，我追了它一个星期才把它打死。派出所的人又问，你知不知道野猪不能打？王宗娃说，它吃我的庄稼，我为啥不能打？派出所的人又问，这猎枪是你的？王宗娃看了眼人群里的陈响马，点头说是的。派出所的人说，你知不知道私藏枪支是违法的？王宗娃说，知道，可是没有枪我咋打野猪，我又没有长四条腿！派出所的人不再问话了，给王宗娃戴上手铐，推到车上，拉走了。

县上和镇上来的领导没有立即走，而是开了一个现场会。林业局局长和公安局局长说了私捕私猎的事，对野猪林的私捕之风进行了严厉批评和警告，奉劝大家不要以身试法，今天王宗娃就是一个例子。又说，有些村干部思想觉悟不高，把自己混同于一般老百姓，试图和政府作对，奉劝这些人不要再执迷不悟，否则等待他的将是严肃的惩罚。

陈响马知道，他们这是在说给他听。

会议结束后，吴镇长找陈响马谈话。吴镇长说，陈响马你究竟想干啥？陈响马翻翻眼珠子，说，我能干啥？我种庄稼，可现在连庄稼都种不成了。镇长说，你不要跟我打哑谜，你说你这些天都在搞啥？陈响马说，我已经啥都不是了还能搞点啥？镇长有些沉不住气了，你不想说是不是？我听说你要成立一个啥队，要打野猪，是不是有这回事？陈响马摇头。镇长说，陈响马，你可不要乱来，野猪是国家保护动物，这儿要建自然保护区了，你把野猪都打光了还保护啥！陈响马突然说，不对吧，是建狩猎区吧，要把野猪养得胖胖的，让外面的人来打。又是说建设新农村，又是说建设保护区，净忽悠老百姓。镇长说，你不要听社会上乱说，你是个老共产党员，要有政治觉悟，不要弄得跟个农民似的。陈响马说，我不就是个农民吗？可我现在连农民都当不成了，成流民了。镇长一下子站起来，说，陈响马，这里面孰轻孰重你应该清楚，不管建啥，都是上面的决定，你改变不了，我也改变不了，我们能做的，就是无条件服从，知道不？

陈响马也站了起来，看着镇长说，我知道改变不了，可这危害群众利益的事我还真想改一改！

看来，野猪林要成立捕猎队的事传出去了，今天这一出主要是冲着他们来的，只不过最后是王宗娃被抓了。下一步咋办？晚上，几个人聚在陈响马家里商量对策，可想破了脑袋也没找出更好的办法。第二天，几个人又来了，陈响马看了看几个人，试探着说，不中那就搬家吧，去那个连兔子都没有的地方就不用这样整天操心野猪的事了。张书臣第一个反对，说，我绝对不搬，我问过了，大多数村民都不搬。福前也说，是不想搬，关键是得找个啥好的办法。七喜说，啥好办法？村主任的办法就好得很！他们不是想依靠野猪赚钱吗？咱们就把野猪给打了。这叫啥？张书臣说，叫釜底抽薪。对，就是釜底抽薪。七喜说，没有了野猪，他们还建啥狩猎区，那他们就不会撺咱们搬迁了。村主任成立捕猎队是不是就是这个意思？

陈响马看着众人，没有说话。

这个主意确实不错，福前说，可问题是，这私捕是违法的，私造枪支也是违法的，咱们这样做，恐怕也会像宗娃一样被逮走。

陈响马仍然没有说话。

七喜说，我看就这样办吧，私捕野猪违法，可也犯不了多大的事，野猪是国家保护动物，但保护级别不高，有些地方小量捕猎都是不禁止的。咱这儿不允许捕猎，还不是因为要建狩猎区。再说，咱也不是赶尽杀绝，只是给野猪间间苗。人多了都实行计划生育呢，野猪也该间间苗了。咱们村子集体行动，法不责众，咱一个平头百姓，怕啥！

对，七喜说得对！咱都上山去，还怕啥！话是从背后传过来的，陈响马往后面看，发现后面站了很多村里人，大家都说，就按村主任的意思办，咱不搬，让野猪搬，有本事他们去给野猪找个地方。

最后陈响马站起来，说，那就这样办吧！

12

三天后的一个清晨，一支队伍出发了。半个月里，野猪林附近的山坡沟壑间一直传来噼啪的枪声，一头头野猪被抬下来，堆成了小山。陈响马看着越堆越高的野猪尸体，让七喜去通知捕猎队下山。七喜说，不打了？陈响马说，差不多了，我大致算过了，现在剩下的数目，这座山是能够养活它们的，它们不用下山就可以生存下去。

半个月后的一个中午，陈响马自缚了双手，在福前的陪同下，嘴里哼着林冲在《野猪林》中的唱段——"大雪飘扑

人面，朔风阵阵透骨寒。彤云低锁山河暗，疏林冷落尽凋
残。往事萦怀难排遣，荒村沽酒慰愁烦。望家乡，去路远，
别妻千里音书断，关山阻隔两心悬……"往镇上走去。

（原载《北京文学》2012 年第 5 期）

造房记

一

商羊站在太阳底下闷了一阵，看着村主任马甫仁，突然把手里的茶杯一摔，说，日他妈，找不来人，我就自己一个人盖房，我就不信离了他们这个夜壶我就尿不成尿了！

茶杯摔在地上，只是沾了一层灰，商羊心疼地把茶杯捡起来，像抚摸豆丁的脑袋一样抚摸着茶杯。这个茶杯跟着他没有十年也有八年了，里面的茶垢积得比茅坑里的污垢还要厚。老婆秋枝曾想刷刷，可商羊不让，说积在那里面的才是精华，就跟烂在锅底的肉一样，好东西都沉到下面了。十年了，石头蛋子都捂出感情了，何况这个每天都给他送来甘露的茶杯，看来商羊真是气急了。

村主任马甫仁笑了笑，走开了。

商羊是在跑了第三个有壮劳力的人家被拒绝后做出这个决定的。商羊要盖房子，在仙女村，盖房子基本上还是沿用过去的做法，谁家要盖房子，全村的壮劳力都会过来帮忙。这些年，虽然附近也出现了一些建筑队，农村盖房也逐渐专业化，但在仙女村还是行不通，没有人请外面的建筑队，都是自家找村里人帮忙盖，至多请一两个大工，那就算奢侈了。至于原因，说不太清楚，可能是传统习惯，也可能是建筑队盖房花费太大。

可这规矩到商羊这儿咋就行不通了呢？商羊要盖房子的消息很早就放出去了。按商羊的想法，早点说出去，让村里人有个准备，把手头该忙的事忙完，免得到时候活儿都挤到一起，忙活不过来。再过一个月就要农忙了，商羊就找来风水先生选定了一个日子，然后把盖房用的砖、水泥和石灰都备齐整，这才揣了两条烟一家一户去请人。到了张蚂蚱家，商羊就感觉有些不对头，张蚂蚱的媳妇桂花说蚂蚱出门了。商羊不明就里，说，出门了？早上我还看见他在老驴家茶馆打牌呢。桂花脸红了下，说，可不是，在那儿接了一个电话，就走了。商羊哦了一声，也没想太多，也许张蚂蚱确实有事出去了，这样的事情也是常有的。商羊把一包烟放在张蚂蚱家的桌子上，说，那我走了，蚂蚱回来了跟他说一声我来过了。可桂花突然的举动却把商羊吓了一跳，桂花把桌子上的烟抓起来，重新塞给了商羊，说，回来我跟他说就是了，烟你就拿着吧。商羊开始有些犯愣，在仙女村历史上，好像从没有把留下的烟再退还给主人的。百年不遇的事让商羊给遇上了，商羊就有些不知所措。但桂花更坚决，坚持把烟塞到商羊怀里，然后半推半送把商羊弄出了院子。商羊傻愣愣地站在院外，好一阵子醒不过来劲儿，不知是哪根筋搭错了。商羊摇了摇头，往第二家走去。

第二家是马绿头，村主任马甫仁的堂兄弟。马绿头正在院子里给晒太阳的老母猪挠痒痒，顺便把猪身上的虱子捉下来杀掉，看见商羊进来，马绿头只是欠下身，就兀自去忙自己的事了。他把捕获的虱子放在两个拇指之间，用力一挤，只听咔吧一声，一小股血从指甲盖间流出来。商羊吭哧一声，给马绿头发烟，马绿头摆摆手，示意自己正忙着。商羊看了看马绿头，又看了看马绿头身边躺着的猪，手不知是该缩回来还是就那样伸着。两个人都没有说话，院子里只有老母猪被马绿头挠得舒服地发出哼哼唧唧的声音。最后还是商羊忍不住，把请马绿头帮忙的事说了出来。马绿头不说话，也不知听见了还是没听见。商羊想说第二遍，马绿头却突然说话了，马绿头说，这几天实在没空，家里就我一个人，老母猪又要下猪崽了，这猪崽金贵得很，比人娃子都金贵，一步都离不开。商羊有些结巴了，说，那……那去不成了？马绿头说，去不成了。

商羊揣着满满一条烟趔趄着出了马绿头的院子，有些茫然起来，不知道还该不该继续走下去。他眨巴了几下眼睛，看见隔壁刘天道在自家的院子里走动，刘天道是个光棍，应该没啥事吧。商羊就走了过去，刘天道看见他了，急忙往屋子里钻，商羊心里咯噔一下，但迈出去的脚步已经收不回来了。他钻到刘天道的黑屋子里，把请他帮忙盖房子的事跟匿在角落里的刘天道说了。刘天道吭哧了一阵儿，却说，马主任让我住养老院呢，叫我收拾收拾今天就走，真的，马主任说过了这个村就没这个店了。

商羊看着刘天道，刘天道的眼睛跟个小偷似的躲闪着，商羊往外走，却感觉有人在拉他的衣袖。商羊转身，看见刘天道一双被眼屎糊住的眼睛正看着自己。刘天道说，我知道商代表这些年对我好，给我争取了低保金，可主任说话了，我不听不行。顿了顿，刘天道悄声说，村主任好像跟每家都打过招呼了，你还是上外村去找人吧。商羊的心颤悠了几下。

从刘天道家出来，商羊看见村主任马甫仁正在前面的路口走来走去，似乎是在等他，商羊想绕过去，可马甫仁却说话了，马甫仁说，商代表起房子了，这是在找人哪？商羊站住了，可没有说话。

马甫仁说，人都找得咋样了，要不要我帮忙？

商羊说，用不着。

马甫仁说，现在村里的人，冷漠得很，不像过去，一家有事，都会过来帮忙，现在不一样了，都在想着挣钱，年轻人都出门了，待在家里的，闲下来也想着到工地上干一天挣个几十块钱呢。村里找不来就到外村去找吧，活人能叫尿憋死，是不？

商羊看着马甫仁，还是不说话。

村歌嘹亮

商羊不说话，还低眉顺眼的，马甫仁就有点误判形势了，他以为商羊被困难给吓倒了，忽地就把话题给转过来，马甫仁说，我知道你不想去外面找，咱仙女村的房子一直是这样盖下来的，到咱这儿破了规矩，房子盖成盖不成是小事，这脸上多难看，何况你还是村民代表呢，是不是？不过，这事也算不上大事，马甫仁直起身子，我再去跟村里人做做工作，你呢，也不要太拗，跟着村委走，把建洗煤厂合同的章子盖了，不就结了？我看，村里人这次不响应你，恐怕就是大家对你有意见呢！你想想看，大家都同意的事，对咱村只有好处没有坏处的事，你为啥就是压着不盖章呢？

商羊的眼睛闭了闭，再睁开时就带了光，是激光！商羊说，全村人都同意？未必吧，起码我商羊不同意，商羊的老婆不同意，商羊的儿子不同意！

马甫仁看着商羊的脸色，变色龙似的，立刻恢复了原先的神色，说，这样说，你还是不同意？

商羊说，不同意！

马甫仁说，不同意你就到外面找人吧，在仙女村找人你就死了这条心吧！

商羊火了，摔了手里的茶杯，说，我哪儿的人都不找，我就不信离了你们我就盖不起一座房子！

马甫仁夸张地张大了嘴巴，你说你要一个人盖一座房子？

商羊赌气地说，我就是要一个人盖一座房子！

马甫仁说，你说你不找一个人帮忙，自己要去盖一座房子？然后不等商羊回答，立刻大声说，有气魄！咱们仙女村就是缺乏你这种有气魄的人，一个人盖一座房子，都像你这样，咱这新农村早就建成了。

马甫仁的话引来了很多村民，他们围在边上听马甫仁说话，眼睛却看着商羊。也有人悄声对商羊说，你真的要一个人盖一座房子？那可不是说着玩的。更多的人像马甫仁一样用怀疑和嘲讽的目光看着商羊，商羊又羞又急，一转身回家了。

二

回到家里，躺在床上的秋枝说，你真的要一个人去盖一座房子？

商羊说，马甫仁是在借机整我呢！

秋枝说，村里人都被马甫仁收买了，你去外面找人去，我就不信他马甫仁管得了仙女村，还能管到外面去。

商羊就开始后悔刚才不该当着那么多人的面把话说得太满了。商羊硬着头皮说，我不找人，我谁也不找，即使不盖房子，我也不找人。

秋枝说商羊你疯了，咱这砖、沙、石灰都弄齐整了，日子也定好了，咋能说不盖就不盖了，拗那个劲干啥！秋枝说着撑起身子想坐起来，可仄歪了一下又躺下去了。

商羊说，那我就自己盖！

秋枝动了下身子，说话就带了哭腔，你看我这样子，也帮不了你，就你一个人咋能盖一座房子，都是我拖累你，我还不如死了算了。说着捂住脸哭起来。

秋枝去年遭了车祸，下半身瘫了，每天只能躺在床上，田里、屋里不但帮不上一点忙，还要商羊伺候她。为了这，秋枝整天以泪洗面，多次说不如死了算了，免得连累商羊，又说要跟商羊离婚，让他再去找一个，就找开小饭店的朱吉子。商羊就呵斥她，秋枝就哭，一下一下捶着那条没知觉的腿。商羊把她搂到怀里，直到她平静下来。

商羊低着头，吧嗒吧嗒地抽烟。秋枝看着商羊，突然说，不找就不找吧，还是你说得对，就不信咱自己盖不了一座房子。明天，我就给老大和老二打电话，不打工了，让他们回来帮你，有他们帮着也差不多了。

商羊忽地站起来，说，不找，谁都不找，我就是要一个人盖一座房子，我是村民代表，我说过的话是算数的。

吃过午饭，商羊踩着刚冒了头的狗尾草往村外走，在村口碰见了村会计马拐子，马拐子肘弯里夹着他形影不离的破皮包，看上去像是在等他。马拐子说，下田间苗啊？商羊哦了一声，撇过身子就想从马拐子边绕过去，可被马拐子喊住了，马拐子说，急啥，来，抽支烟。

商羊接住烟，点上了，抬脚又要走，又被马拐子喊住，马拐子说，急啥，来，唠唠！

商羊只好停下脚步，拄着锄头，看着马拐子，想听他说点啥。马拐子却只是一个劲地笑，笑够了，才说，今儿这天气够好啊，好得连狗子都出来"打圈"了。商羊被烟呛了一下，好一阵子喘不过气来，眼泪鼻涕都呛出来了，他想马拐子今天这是咋了，跑来跟他说狗"打圈"的事，抬眼去看马拐子，马拐子也后悔刚才说出的话，像是补救似的紧紧闭住了嘴巴。商羊意识到，马拐子一定是有话跟他说。两个人又站了一会儿，扯了几句闲话，商羊忍不住了，说，马会计你没事我就走了，地里的草长得都盖住麦苗了。

马拐子急忙说，别急，别急！说着话，一只手伸过来，身子向前倾，想搭住商羊的肩膀，但腿脚不灵便，跟不上手和身子的节奏，差一点歪倒了。马拐子说，是有事，就是上次给你的那些票，你们村民小组看好了没？马拐子在口袋里摸一阵儿，摸出几张纸片，说，另外，我这里还有几张票，你也一并给看了吧。

商羊返身往回走，马拐子捏着票拐来拐去地跟在后面。到了家里，商羊从一个小枕盒里拿出一些票据，票据被分成了两沓，商羊拿出其中的一张，说，这张票是咋回事，美国国防部部长啥时候来咱村了？

马拐子歪过身子去看，是一张白条，上面写着"招待美国国防部部长"，下面是金额"225元"。马拐子接过条子，左看右看，想了一阵儿，才说，可能是写错了，应该是招待市委副书记的，上个月市委副书记来咱这儿调研村民代表制度，市委副书记还表扬你了，说这是创新，这你知道的。

商羊说，市委副书记是来过了，可尿泡尿就走了，咱村跟得上去招待吗？

马拐子搔搔头，这可就说不清了，不过也不是不可能，现在上面招待的一些费用报销不了，就弄到下面，这张票说不定就是这样来的。

商羊说，那不成，村民小组不同意，这张票不能报，还有这些，商羊说着把一沓票扔到马拐子面前，这都是审下来的。把票给了马拐子，商羊起身往外走，看马拐子仍立在原地，就说，还有事？

马拐子期期艾艾地说，这儿还有两张票，你也看一下。说着把攥在手里的票递给商羊。

商羊把票接过来，是两张餐票，二百多元钱，经手的人是马拐子。马拐子脸上堆着笑，有些讨好地说，这个……这个其实也不瞒你，是我孙子周岁置了两桌席，也不多，你看能不能给报了。

商羊把票扔到马拐子手里，说，你说能报不能报？都拿着私票让村里报，还要我这个村民代表干啥？

马拐子的脸有些红，可仍堆着笑说，商代表就通融一下，以前村里报了恁多乱七八糟的票，也不在乎这二百多元钱，是不！

不行！商羊皱着眉头，以前报乱七八糟的票我管不着，现在有村民代表了，就要按规矩办。

马拐子收起了笑脸，把票塞回兜里，然后指着面前没有签字盖章的那些票说，那这些票？

不能报！商羊说着往外走，马拐子拉着条坏腿跟在后面，呼呼喘着气，脸色很难看，说，还有一个事。

啥事？商羊停住脚步。

就是和盛大公司签合同的事，马主任让我再问问你的意思，这都是村班子研究过的，大家都认为是好事，可你偏偏不盖那半截章子，现在连镇长都知道了，你说咋办？

商羊说，好事？谁的好事？是马甫仁的好事，还是仙女村百姓的好事？我不同意！

马拐子说，你老这样跟村委作对，也不是个事儿，听说你盖房子都没人去帮忙了。

一句话戳到商羊的痛处，他说，这和我履行职责有啥关系？

马拐子翻了翻眼，你也不是傻子，还用我来说。

商羊说，他马甫仁别想用这一招治我，这房子我一个人盖定了，想让我跟在他们屁股后面跑，干那些坏良心的事，门儿都没有！

马拐子撇了撇嘴，你还真把这代表当根葱了，你没看看你这个代表还能当几天，连找人帮忙都找不来，谁还会让你当代表，年底就要选新代表，你下台也是早晚的事。

像是有股冷风吹过来，商羊猛然感觉身子有些冷，他夹了夹肩膀，往地里走去。地紧靠着东山，就是盛大公司想承包的那座山。商羊站在地头，举着锄头却落不下去，脑子乱得像小孩子打群架。他索性放下锄头，围着东山转了起来。东山是大别山的一个余脉，中间却断了一截，就像是受了袭击的蜥蜴，把尾巴咬断，身子跑掉了，尾巴丢在了仙女村。三十年前，来了一个地质考察队，在这里住了一个月，说是发现这座山底下有煤，接着来了工人和设备，在东山前挖了两个很大的井，但折腾了一年多，人和设备都不声不响地走了，留下那两个深不见底的井。一些小孩子喜欢在井前玩，弄不好就掉下去了，捞上来时已经没命了，东山也成了仙女村村民心中的痛。后来村里出面，弄了些水泥石板把洞口封住，才没有再发生类似的事。所以，在仙女村人眼里，东山不是个吉祥和能带来希望的地方。前几年村里搞林权改革，把东山的地分给全村人承包，一年也就是象征性地出几个钱。直到这几年，地金贵了，山林也金贵了，人们的目光才盯住这座荒山。

除了村民，盯着东山的还有外地人，盛大公司就是其中一个。他们的人很早就在东山附近敲敲打打，就跟三十年前那些地质勘探人员一样。然后，盛大公司提出要在东山附近建一个洗煤厂，一个全省最大的洗煤厂，投资上千万。镇上和村里都同意了，开始商羊也觉得这是个好事，但等设计结果出来，他发现盛大公司不但要包这座山，还要连山体附近的几十亩地一同承包。这还不是最要紧的，要紧的是商羊突然想到一个问题，东山在仙女村的东南方向，至多二里地，地势还高，洗煤厂建成后，刮风下雨还不把仙女村给淹了。商羊就以村民代表的身份提出了异议。加上开始盛大公司给的承包费低，村民不愿意，这事就放下了。可从今年初，盛大公司的人来了几次，镇上也下了命令，要仙女村村委抓紧和盛大公司签合同。马甫仁也从后台走到了前台，承诺把承包费往上提，村民已开始动摇。商羊跟大家说土地珍贵的事，说污染的事，可已经没人听他的了。

这几天，马甫仁直接和间接跟他说起盛大公司承包东山的事，看来已经到了关键时候，商羊感觉压力越来越大。

三

商羊和村干部不和，还得从"商代表"这个称呼说起。

前些年，国家号召退耕还林，对退耕还林有补贴。仙女村响应上面号召，在东山和附近地里种植蜜枣，一亩地一年补助一百五十元钱，大家的兴致很高，山很快就绿了。但枣树长成后，该到的林补村民并没有拿到手，村民们就有些躁动，其中商羊反应最为强烈。商羊去了一趟县上，县上说林补早就发下去了，你们到镇上去问问。商羊回到镇上，镇上的干部说，这林补早已发到村里了，说着还给他看发放记录，上面有村主任马甫仁的签名。

商羊就找到马甫仁，马甫仁承认说是村里领回来了，但早已用光了，问都用到哪儿了，说是用到村干部的工资上、村里的吃喝招待上，还有还过去贷信用社的钱等，反正都用在了正处，没有乱花一分钱，说着让会计马拐子拿出一大堆票据让商羊看。商羊看那些和白条混在一起的票据，上面都签着马甫仁蚂蚁爬似的大名，还有村委的章子。商羊说不行，这林补款是专款专用，不能挪用的。马甫仁也没把商羊当一回事，说，已经用了，你说咋办？商羊说，用了你们再把它吐出来。马甫仁有些不耐烦地摆着手说，有本事你去告吧，告赢了村里就把这笔钱吐出来。

商羊没有去告，他想出一个更好的办法，让马甫仁始料不及，他联合了一些年轻人，召集村里人开会，要罢免村主任，解散村委。乱花林补钱，毕竟是惹众怒的事，关系到每一家的切身利益，连马家一族的人都不愿意了。仙女村召开村民大会，重新选举商羊为村主任，然后把选举结果和摁有村民指头印的材料送到镇上。镇上觉得这是一件大事，村民咋能自己说罢免就罢免村主任呢？一个村子咋能有两个村委呢？就下来了调查组，把情况了解清了，就批评了马甫仁，决定由村委尽快把挪用的林补款还给村民。但对于解散原村委，镇上持不同意见，毕竟马甫仁是干了几十年的老村主任，镇上用着也很顺手。何况这一届村委还是刚选举产生的，镇上亲自监督的，现在说解散就解散了，镇上的脸面搁不住。再说，开了这个头，以后都要这样来，还不乱了套，就转过来做商羊的工作。开始商羊不同意，商羊说，今天你们来了，把问题解决了，明天你们走了，他们还是胡来。镇干部也哑了口。

　　僵持了几天，在镇领导的劝说下，商羊勉强同意不解散原村委。商羊妥协有自己的原因，除了镇上不同意，还有马家一族在重新选举村主任的事上已经出现了分歧。在仙女村，马家是大族，很有势力，遇事很抱团，开始的生气已经过去，他们也不想仙女村的主任由外姓人担任，便不再说重新选举村主任的事了。但商羊提出一个条件，就是要建立一套制度来约束村委干部的权力。村上除了村委，另外单独设一个村民代表，成立村民代表小组，村子里有啥事要和村民代表商议，做出的决定必须征得村民代表同意。

　　开始镇领导不敢答应，就汇报给了上级。上级部门说，行，就当一个试点吧。镇领导就跟商羊说，这个村民代表就由你来担任。商羊说，光这样还不行，说是村民代表，他们不跟我商量我有啥办法，他们要吃要喝要花钱我能拦住他们？他们把村里的章子往上一摁，就停当了。还不行！在座的马甫仁听得有些不愿意了，说，商羊，你不要蹬鼻子上脸的，领导都这样说了，你还乱嚼个啥！你不是真想当村主任吧？你是不是老早就盯着这个章子了？那你来当村主任，这个章子就交给你！说着就把章子在商羊的面前晃。商羊不客气，伸手去拿，马甫仁急忙缩手，动作太快，手里的章子掉在地上，摔成了三瓣，一圈子人都傻傻地看着摔成三瓣的章子，满脸的茫然。

　　商羊却突然拍了下巴掌，说，有了，干脆这样办，章子一分三块，由村主任、村民代表和会计各执一块，遇到村里重大决定和花钱的事，必须三块章子合到一起签字盖章才能生效，否则就是违规。

商羊成了仙女村第一任村民代表，从此人们不再叫他商羊，改叫他商代表。商代表上任后，给村里干了不少好事，把村里扣光棍汉刘天道的低保金重新给了他；村民交了两年的修路钱也给了说法，路也修通了；村里临街的十几间房子对外进行了公开招标承包，承包费全部进入村财务；村里推行了财务公开，不合理的花销减少了许多；等等。村民们都说好，可马甫仁却感觉不好，手脚像是被绳子捆住了，横竖伸展不开。马甫仁对商羊有意见，可这是镇上给定下的规矩，半截章子也在商羊手里，虽然有气，但暂时似乎也没有别的办法。

从那时起，商羊就和马甫仁掰起了手腕子，踩起了跷跷板，一会儿这个在上，一会儿那个在下，跟舞台上的木偶似的，让村民们头晕。

四

商羊的工程开工了。开工之前商羊放了一挂鞭炮，他还不知道从哪里弄来了一面小红旗，拴在一个木杆子上。这天风很大，风把旗子吹得呼啦啦直响，看上去很雄壮、很威武。

有人端着饭碗晃过来，看见商羊迎风招展的旗子，就说，商羊你这是搞啥工程？你真要一个人盖一座房子？商羊正在做工程的准备工作，他说，我就是在搞工程，我就不信我一个人盖不了一座房子！搭话的人似乎感受到了商羊胸中的闷气，那闷气几乎要把人推个趔趄，便也觉得不好意思，就讪讪地离开了。

　　商羊给自己泡了浓浓的一杯茶，还拿了一包烟，然后扔了外套，脱了鞋子，迎着太阳舒展舒展身子，就像运动员上场时一样，做了几个准备动作。做完后就开始清理根基，白线是早已打好的，打根基就是要沿线挖下去一到两尺的沟壕，然后在里面铺上石头，再用水泥砌好，没多少技术含量，要的是力气。这对商羊来说算不上什么，商羊觉得自己豪情万丈，身子里有用不完的劲儿。甩开臂膀，不到一天，三间房的地基已经被他刨开了大半。

　　王合作过来给商羊还锄头，看见商羊赤着上身，挥舞着挖镢，跟个疯子似的，就说，商羊，你这是在玩命啊，这盖房子可不是一早一晚的事，你得悠着点。王合作和商羊关系不错，他岁数比商羊大一轮，两个人都喜欢喝茶，能说到一起，没事了就聚在一起，一边唠闲嗑，一边抱着茶杯往肚里灌茶。商羊抱起茶杯咕咚灌了一口，点了支烟，说，没啥大不了的，愚公连山都给搬走了，我难道连座房子都盖不好，他们想用这来卡我，门儿都没有。王合作说，人家愚公是领着一家大小在搬山，你却是一个光杆司令。商羊说，光杆司令也照样把房子盖了，我就不信这个邪了！

话虽是这样说，商羊也知道造房子不是闹着玩的。商羊对工程进行了战术分析，他把盖房子分成三个组成部分，第一部分是打根基，就是现在正着手搞的，第二部分是垒墙，第三部分是浇注水泥。第一、二部分可以忽略不计，不就是打打根基、垒垒墙吗？商羊当过包工头，在城里给人家盖过大楼，盖的楼房都上过报纸的，砌个墙自然不在话下。就是第三道程序有些复杂，主要是一个人浇注水泥忙不过来，困难要大一点。但俗话说车到山前必有路，船到桥头自然直，这样一合计，商羊就释然了，信心也足了。

中午的饭是在街上朱吉子的小饭店吃的。秋枝让娘家人接回去了，家里只剩下商羊一个人，他也不想做饭，就去了朱吉子的小饭店。

朱吉子是个寡妇，命苦，她是被人从四川骗来的，卖给三柱子做了媳妇。前些年三柱子跟着人去山西下煤窑，煤矿发生瓦斯爆炸，再也没有回来，留下朱吉子拉扯着孩子，日子过得很艰难，就在村街上开了个小饭店维持生活。商羊喜欢到朱吉子这儿吃饭，啥原因也说不上来，是朱吉子苦苦的眼神？还是每次来，不用交代，朱吉子就会把一大碗浇着鲜红辣椒的捞面条端上来，走时把他的茶杯灌得满满的？

商羊吃得满头大汗，额头上长出一颗颗亮晶晶的红点子。朱吉子看着商羊吃饭，说，你真的要盖房子？一个人盖房子？村上的人这几天都在说这事。

商羊抹了抹嘴巴，说，我就是要一个人盖房子。

朱吉子说，我都听说了，现在这人势利得很，不知道马甫仁私下给村里人许下啥好处了，人都往一边倒。

商羊把碗放下，迎着了朱吉子的目光，心里紧了一下，像是被针刺着了。

朱吉子说，你一个人可要当心！想了想又说，过两天我到你那儿去看看，看看能不能帮上忙。

商羊说，你还是忙自己的事吧，一个人拉扯个孩子，挺不容易的。再说，村里马甫仁有啥事还把客人往你这儿领，让人家知道了，就断了这个客源了。

朱吉子说，我不稀罕他的客人，我也不稀罕他来我这儿，他来一次我心里就要不舒服几天。

商羊叹口气，起身往外走，跨门槛时，忍不住回过头说，有啥事就忍忍吧，你一个女人家，不容易，能忍就忍一下，过日子不就得忍吗？说着去看朱吉子，朱吉子的眼角已经红了，双手捂在脸上，有抽噎的声音从指头缝里传出来。商羊有些黯然，手在脸上摸一把，竟也有些湿湿的东西在上面。

下午，商羊正在自己的工地上忙着，看见一个影子随着自己不断移动，鬼似的，商羊以为又是谁来看热闹，头也不抬。这几天，总有一些人跑过来，像是来参观。商羊又干了会儿活儿，发现那影子仍在追着他，就有些生气，抬起头想说几句难听的话，却发现是马绿头。马绿头有些讨好又有些高傲地看着商羊，由于两种表情没有很好地糅合在一起，他的面部表情很难看。

商羊又低下头干活。

马绿头傲视了一阵，还是说话了，马绿头说，商代表，哦，商兄弟，想跟你商量个事儿。

商羊没好气地说，你跟我商量啥，有啥事你去找马甫仁去。

马绿头说，这事还真得找你。

商羊抬起头，看着马绿头。马绿头说，是这样，年前我都跟村委说了，想弄片宅基地，我家老二已经大了，对象都定下了，可人家那边说没房子不行，村委已经同意，给批片宅基地，现在就缺那半截章子，你看给盖了吧？

商羊停下手里的活儿，说，你的房子不都盖好了吗，还要盖啥房子？

马绿头说，那是给老大盖的，现在这是给老二的。

商羊说，那恐怕不行，你现在有自己的宅子，要盖也只能在自己的老宅子上盖，这是村里和镇上早已定下的，要弄新宅子，这在村里还没有先例。

马绿头讨好地给商羊发了根烟，说，我跟村里都说好了，村委也都同意，只要你那半截章子往上一摁就行了。

商羊把瓦刀在砖上磕得叮当响，说，你这样村里人肯定不会同意，有这想法的不止你一家。以前有人提过，都被村里否决了，这你也不是不知道。

马绿头搓着双手，看了看商羊，就下手帮商羊搬砖头，一边搬一边说，那几天我确实很忙，这几天有空了，我来帮你。

商羊感觉嗓子像是被痰堵住了，出气都有些艰难，连着咳了几声，才把痰吐出来。他按住马绿头的手说，你不用这样，你说的事肯定弄不成。

马绿头住了手，看着商羊，小声说，你就不能抬抬手，让我过去？

商羊说，这又不是我一个人的事，得村民小组都同意才行。

马绿头说，那半截章子就在你手里，你把那半截章子拿出来一摁就行了。

商羊说，那不行，村民小组不同意，我就不能摁章子。

马绿头站起来，讨好的表情没有了，傲慢重新回到脸上。他围着商羊转了几圈，用劲儿踢着脚下的砖块，说，你不要以为你掌握了那半截章子就了不起了，我跟你说，那房子我盖定了。说着话，怒气冲冲地从商羊身边走过，顺手把发给商羊的烟打掉了。

五

惊蛰过后，就开始忙了，要犁春地、种烟种辣椒的还要趁早下田育苗。还有玉米、花生种子以及化肥这些东西都要提前准备好，春雨一下，就要开始春播了。

商羊种了二十多亩地，除下已经种上麦子和油菜的，光春地还有十几亩，今年打算烟叶、辣椒、花生和玉米都种一些。种庄稼跟干其他事不一样，啥都不能少，除了靠天吃饭的原因外，就是谁也说不出来年究竟啥值钱。农村人在这上面吃过很多亏，就拿去年来说，人们看前年辣椒价高，就一窝蜂去种辣椒，结果去年仅两元多一斤，比不上玉米的收益。商羊是个老庄稼人了，这点道理自然是明白的。

可现在商羊操心的不是种啥庄稼，而是盖房子。他扳着指头算了算时间，农活一忙起来，他的工程就要停工，待到农忙后就进入雨季，盖房子就很麻烦。现在，他要抓紧赶工期，在春忙之前，把地基筑好，墙起码要砌一米来高，这样，才能赶在年底之前把房子造好。

早上，商羊早早就赶到工地，却感觉有些不对劲，挖镢和瓦刀咋也找不着了，仔细看，不但是瓦刀，连堆在地上的部分砖头、钢筋都没了影。不但如此，还有一些东西被弄得乱七八糟：水泥袋子被划开了，水泥撒得满地都是，有些袋子上还被泼了水。很明显，工地上的东西被人偷了，看样子是装在拉车上拉走的，地上还留着拉车碾压的车辙。商羊顺着车辙往前找，但到了大道上就啥也看不到了。商羊站在路边，想着村里谁会干这样的事，一个个在脑子里过电影似的过一遍，似乎谁都会。商羊想得脑子疼，也没把这案子给想出来。

想去报案，可想想又放下了。

商羊不得不重新去买砖、水泥和钢筋，花了一千多。晚上，商羊把床搬到了工地上。

一千多块钱实在不是个小数目，商羊有些心疼，一边干活一边忍不住想，到底是谁做的？把水泥袋子泼上水，这已经不是单纯的偷盗了，明显是在报复他，可谁和他商羊有这么大的仇恨呢？商羊想着不由停下手，就注意到那个明显的车辙。商羊的脑子呼啦一闪，现在村民都用上"螳螂头"（小型拖拉机），拉车都成文物了，只有少数几家还在用拉车，商羊把几个有拉车的人家摸排了一遍，就把注意力集中到一个人身上，没错，可能就是他。

商羊正高兴着，却看见马拐子从村东边一拐一拐地跑过来，边跑边喊，商代表，村主任让你去开会。

商羊没有应声，马拐子跑到商羊身边，上气不接下气地说，真的，马主任让你去开会。

商羊说，开啥会？

马拐子说，镇长来了，镇长来检查烟叶种植工作，顺便到咱村了解一些情况，你是村民代表，镇长专门点了你的名。

镇长点名有请，还是首例。商羊拍拍手上的灰，披上衣服，跟在马拐子后面，去了村部。

村部就设在马甫仁家里。镇长余为民坐在马甫仁家宽大的沙发上，边上坐着副镇长和秘书，还有仙女村的大小干部。张蚂蚱坐在最边上，张蚂蚱现在是村主任助理兼治保主任，是马甫仁一手提起来的，听说还要被委以重任，张蚂蚱就跟个小跟班似的跟得非常紧。马甫仁正在跟余镇长说什么事，仿佛挺好笑的，逗得余镇长一个劲地笑。看见商羊进来，镇长就止住笑，坐直身子，顺手把脖子上的领带拉了一下。

余镇长深深看了眼商羊，目光里似乎有些说不出的东西，让商羊很不自在。

余镇长说了几句开场白后，马甫仁就开始汇报工作，就是玉米种多少、花生种多少、烟叶种多少等。马甫仁嘴里跟拌面疙瘩似的，东拉西扯说了一通，才把这几个简单的数字说完。余镇长很高兴，夸奖马主任的工作做得好，做得细，说，如果吴镇所有的村主任都能像马甫仁这样干工作，他余为民就可以放心去干几件招商引资的大事了。

说到招商引资的事，余镇长就问起了仙女村建洗煤厂的事。马甫仁住了口，把目光投向商羊。

余镇长说，怎么回事？

马甫仁吞吞吐吐，一个劲地看商羊，商羊就有些生气，对马甫仁说，你看我干啥？

马甫仁说，还不是在你这儿出了问题，不就缺你那一块章子了吗？

余镇长大幅度地摆摆手，对马甫仁说，到底是咋回事，说清楚点。

马甫仁就把事情经过拣对商羊不利的说了一通。说主要是村民小组不同意对外承包东山和附近的地，合同还没有签，引资处于停顿状态等等，添油加醋。然后又仿佛很理解地说，仙女村现在实行的是"三权分立"，村委必须听村民代表的，就跟美国的国会一样，甚至比他们的还要独立，咱村的代表有章子，可没听说美国的国会还掌握着章子。马甫仁把话说得很阴险，话里话外都把商羊捎带着。商羊听出来了，马甫仁的意思就是，这个事弄不成就是商羊不同意，商羊把持着村里的那半截章子，把章子当成他自己的私有财产了。

商羊脸有些红，因生气说话有些结巴，他说，马甫仁你不要胡说八道！

马甫仁说，我咋是胡说，问问在座的村干部，看我是不是胡说，如果你们村民小组同意摁章子，这洗煤厂早就建成了。

余镇长有些不高兴了，对马甫仁说，你们吵吵什么。然后转向商羊，说，这章子为啥没有盖？

商羊喘着气，说，部分村民不同意，那片地早分给各家各户了，退耕还林都种上了枣树，现在都挂果了，承包人给出的赔偿太低，一亩地才几十块钱。还有一个原因，就是污染，洗煤厂建在仙女村的上风口，大风一吹，煤灰飘过来，脏得不能住人。

余镇长说，有这么严重？是你的想法还是村民的想法？

商羊说，是我的想法，也是部分村民的想法。

都是你说的那些个原因？余镇长有些生气了，挥舞着手说，你知道你们在干啥吗？你们在让机会白白从身边溜掉，别的地方，上外面找项目，找资金，跑疯了都找不回来，你们却不要，你们这工作是咋干的？村委是干啥的？说好听点，叫不负责任，说严重点，是在犯罪，是对你们自己犯罪，是对仙女村犯罪。我跟你们说过多少次了，要有大局意识，要有牺牲精神，可你们都做了些什么，这样好的项目你们竟然拒之门外，你说你们是不是在犯罪？

说到这里，余镇长把目光转向商羊，说，你们村实行村民代表制，让村民代表介入村委工作，是创新，但你们要切实记住一条，要民主也要统一，尤其是不能把村里给村民代表的权力，当作自己的权力肆意使用，为自己谋私利，或和村委对着干，这都是不允许的。如果真要这样，我们就没必要设这个村民代表了。

屋里的人都把目光投向商羊。商羊的脸涨得通红，毛孔也一个个张开来，热气呼呼地从嘴巴里面往外冒。他想对余镇长说点啥，可一时竟啥也说不出来，只是牛一样喘着粗气。

余镇长又跟马甫仁他们说了些啥，他一句话也没听清楚，脑袋像是被重锤敲了，嗡嗡直响。直到有人拉他，他才发现屋里早已没人了。拉他的是马拐子，马拐子说，马主任让我喊你去吃饭呢。

商羊抬头看，余镇长他们已经走出很远，马甫仁跟在边上，跟个螃蟹似的指手画脚地在说些什么。商羊知道他们是去"帝王"酒家，村里来了重要客人都在"帝王"酒家招待。

走吧，不能让人家领导等咱们。马拐子的脸上浸出油光，因为能跟着领导吃一顿，眉眼里都堆出了幸福和快活。

商羊站起身，跟着马拐子出了院门，可他却往另一条街道走去。马拐子都快走到了，才发现把人给带丢了。马拐子要回身去找，被马甫仁拦住了，爱来不来，反正咱话说到了，他不来是他的事。

马拐子有些忧虑地说，票要签字盖章的！

马甫仁瞪马拐子一眼，不要跟我提章子不章子的，我就不信他连招待镇长的单子都不签，真惹恼我了，我重新去刻截章子，让他拿着那一截章子显摆去。

马拐子急忙说，那可不行，这都是村里定下的规矩，新刻的章子没啥用的。

余镇长看他们嘀嘀咕咕的，就说，你们在说啥，那个商代表呢？

马甫仁说，不管他，那是个死脑壳，来了只会给领导添烦，还是我们吃吧。

余镇长哦了一声，说，那个商代表好像挺有意思的，我听说他一个人在盖一座房子。他为什么不找人帮忙，要一个人盖房子？

还不是他人缘差，弄得人人都不愿意帮他的忙，他才不得已自己盖房子的。

余镇长说，是吗，如果是这样，那就值得考虑了，咱们设村民代表，是要让他代表村民说话的，如果他的人缘这么差，还咋替村民说话，那就该考虑换一个了。

马甫仁忙说，那可不是，早就该把他换了，正好年底他这一届代表到期，到时候重选村民代表，把他换了。

六

商羊新房子的地基做好了，前后花了几乎一个月。

商羊的地基做的和村里人的不一样，商羊是盖过大房子的，也去过很多地方，像南方，那里农村的房子就很有意思，一般都是两层，二层是屋架，一层设计成三室一厅的形状，楼梯从屋里走，偏房为平房。商羊心目中的房子就是这样的，他要盖的就是这样的一座房子，一座和别的民房不一样的房子。朱吉子过来的时候，他正把地基往前延伸。

朱吉子诧异地看着他，说，你这是盖的啥房子？

商羊抬头看着朱吉子。

朱吉子今天穿了一件窄腰衣服，把腰身束得很好看，脸也像是搽了粉，收拾得很干净利落。朱吉子迎着商羊的目光，说，你咋这样看着我？话里却没有一点怪罪的意味。

商羊闭了下眼睛，仿佛眼睛被太阳刺着了。

朱吉子说，你这地基咋这样做？这里又多出一段，你这是啥房子，咋看上去怪怪的？

商羊说，我就是要盖一座怪怪的房子，知道吧，这是城里人住的房子，咱村里的房子太丑了，我要盖一座漂亮的房子，一座全村都没有的房子。

朱吉子说，就你们两个人，住得了那么大的房子？

商羊随口说，那你也来住吧。

朱吉子说，真的？你让我来住？

商羊愣了愣，去看朱吉子有些红的脸，暗暗在自己手心掐一把，想自己今天这是咋的了，连这样的话都说出来了。

朱吉子看商羊发愣，就转了话题，说，这些天咋没见你去吃饭了？

商羊说，这不是要伺候你嫂子吗，她刚回来，这几天身体又有些不舒服。

朱吉子说，嫂子也是命苦，可是遇着你，她也真有福气。

商羊看看朱吉子，说，你还是快点走吧，村里现在很少有人往我这儿来，让他们看见你在我这儿对你不好的。

朱吉子说，我才不怕呢！

商羊叹了口气，你在这片地上讨生活，咋能不当心呢，一个人想一辈子不求人，难哩！

那你还不是做到了，你不求人现在不也把房子盖了。朱吉子边说边帮商羊运砖块。

商羊说，你以为是我自己想独自一人盖房子？不是我不求人，是咱求不来。

朱吉子突然说，那就不求他们，从明儿起我来帮你的忙，没有他们就不信盖不了房子了。

商羊急忙摆手，别，千万别，你还要忙自己的事。再说，这样做对你没啥好处。

朱吉子说，我知道没啥好处，我不怕！

商羊轻轻叹了口气，用有些爱怜的口气说，傻瓜，咋能不怕呢，说句"不怕"好说，那句话后面要受的磨难可不是谁都能承受的。

朱吉子坚持说，我真的不怕！

商羊坚决地摆摆手，用有些决绝的语气说，你不怕，我还怕呢，你还是快点回去吧，这都是为你好！

朱吉子的眼里起了泪花，她说，我是真的想帮你，我不怕别人说。

商羊说，我知道，可我不能让你掺进这件事，会把你毁了的，你的日子还长呢，你还有小豆丁要养活呢。

朱吉子抹着眼睛，又站了一会儿才说，不赶顿时就去我那里吃吧，油泼辣子我给你准备着呢。说完，放下一条烟，转身走了。

这一切，都让马拐子看到了。马拐子是来喊商羊开会的。镇长走后，马甫仁觉得应该借镇长讲话的东风，快点把跟盛大公司签合同的事定了，就说，开村委会，去叫商羊过来。马拐子就看到了两人腻腻歪歪的事，马拐子嘟哝了一句，自言自语地说，以前只是听人家传言，看来两个人真有一腿。转而又想到马甫仁总黏着朱吉子不放，就有些头大，这村里的事怕是越来越复杂了。

商羊跟着到了马甫仁家里。马甫仁对跨进门的商羊说，你老商就是不给面子，那天请镇长吃饭你咋不去？你不给我面子我没啥说的，可你连镇长的面子都不给。商羊知道马甫仁是得了便宜又卖乖，就说，镇长又没叫我陪他，我咋不给他面子了？马甫仁嘴头上没有讨得便宜，就说开会，扯七扯八地把这个会的重要性讲了一遍，然后就说到东山的承包问题，把余镇长要快办的指示添油加醋说了一遍，最后把球踢给了商羊。马甫仁说，村委就这事已经统一了意见，现在能不能落实就看你商羊了。

商羊没好气地说，你不要总是把屎盆子往我脑袋上扣，不同意的又不是我商羊一个人，承包东山的那几户都不同意，如果你跟他们都说好，我就给你把章子盖上。

马甫仁说，那好，就按你说的，村民的工作由村委来做，村民都同意了你就把章子给盖上。

商羊说，你把他们都说通了，我当然没屁放。不过，有一家不同意，这章子我就不能给你盖。

马甫仁说，好，我就不信还有猫不吃腥的。

话都说清了，商羊起身往外走，却被马拐子喊住了。

马拐子说，这又到月底了，该结账了，拖得时间长了就记不住了，当会计是最忌拖的。马拐子一边说一边当着马甫仁的面把他的破皮包打开，拿出一沓子票据，说，这是这个月的开销，共两千多块，马主任都签了字了。

商羊看了眼马甫仁，马甫仁闭着眼睛。商羊接过票据看了看，这个月白条少了，而且每张票上都写明了花销的原因，其中就有前一天招待镇长的，花了八百多，商羊心疼地说，一顿饭就花那么多！

马拐子说，可不，现在的东西都贼贵，物价一个劲地上涨，一瓶酒都二百多，还不是好酒，好酒就更贵了，像茅台、剑南春，听说镇长从不喝别的酒，在咱村还破例了呢。

商羊说，票先放我这儿，要开村民小组会商议的。

马拐子说，就不要恁复杂吧，盖个章子就行了。马拐子一边说一边看着马甫仁。

商羊说，那这个村民小组干脆不要算了。

马拐子嘟着嘴不说话了。

七

单月的15号，是仙女村村民小组的议事日。商羊早早就通知下去了，可到了开会的时间，只到了个马拐子，张蚂蚱一直没见影，另两个出门打工的暂不说。商羊又去了张蚂蚱家，张蚂蚱说有事来不了。商羊不是个木头人，心里也明白得差不多了，但会还是要开的，反正村规上也没说几个代表到会表决议事结果才有效。

商羊看着马拐子，马拐子也看着他，说，咋办？

商羊说，他们不来算了，咱们开。

就我们两个？马拐子张大了嘴巴。

就我们两个！

商羊咳嗽了一下，面对着空空的屋子说，现在咱们开会，今儿个议的事主要有两个，一个是村里上月的开支，另一个是东山的对外承包，咱们挨个说。商羊说着把马拐子要盖章的票据拿出来，一张一张地念，有几张票据数目大，像招待镇长的花费，商羊虽然心里不快，还是把那半截章子拿出来了。马拐子早已把另两截章子准备好了，合在一起，就是一个完整的章子，啪地在票据上盖了。马拐子把被商羊扒拉到一边的在"帝王"酒家消费的票据拿过来，说，这是镇上农综办的领导来了，这是镇党委王秘书来检查工作，还有这是……这是……大概是李副镇长的爱人来咱村……马拐子还要说，却被商羊拦住了，商羊说，王秘书来咱村检查啥工作？谁不知道他的相好是街上王驴子的闺女，他过来睡女人还要咱给他报销，这算啥事！还有李副镇长的老婆，来街上串亲戚，却让咱村请客，这算啥事，不能报！

马拐子把那些票据重新扒拉到一边，又从兜里掏出一些条子，商羊看了看，都是村里在朱吉子的小店消费的白条，也就是几百块钱，马拐子看着商羊说，那这些条子呢？

商羊看着马拐子，觉得他话里有话，就说，该报的就报，说着把章子在上面摁了。

马拐子不痛不痒地说了句，这可都不是正规发票。

商羊说，她一个小店，上哪儿弄正规发票去？说完又看了一眼马拐子，马拐子也在看着他。商羊就说，你不用这样阴阳怪气，话里有话，你说这些条子哪些是不正当消费的，你说出来，是这一张吧？商羊说着抽出一张六十多元的白条，上面的字迹明显和其他条子上的字迹不一样，商羊知道这一定是马拐子自己弄的，可他没有戳穿他。

马拐子脸红红的，忙说，没有，没有。

条子弄完后，接下来说东山承包的事，商羊想了想说，这个事暂不说了，我去那几家问问，看他们啥意思。

马拐子突然说，你就不用去问他们了！

商羊说，啥意思？

马拐子说，没啥意思，我只是随口说说。

马拐子走后，秋枝在里间说，马拐子的意思你还不明白，那几户恐怕已经被马甫仁做通工作了，现在不同意的就剩咱家了。

商羊说，我不信他们都同意了。

有啥不信的，你这个村民代表现在都成了孤家寡人了，恐怕也是兔子的尾巴长不了，听人说马甫仁现在就在筹划年底选代表的事，准备让张蚂蚱干，就你还蒙在鼓里。

商羊说，你听谁说的？

谁说的？都在说，恐怕就你不知道。不过，这样也好，一个烂代表有啥干头儿，得不来一点好处，还操心，结果还没人承情，不干就不干了。

商羊有些烦躁地在屋里走来走去，说，即使我干不成，我也不会让他们把洗煤厂建在咱这里。可我就是不明白，乡亲们这是咋了，一下子就把马甫仁当爷爷了，真他妈的臊得慌！

还能是咋了，秋枝叹口气，还不是钱！听说承包费涨了，人家大老板都拎着钱箱子来发钱了，有钱啥事干不成？

商羊咬着牙说，他就是再有钱，也搞不定我！

八

接连下了几天雨，是那种淅沥的春雨，正好对墒情有利。这雨下得村民们个个高兴，唯独商羊苦着个脸。下雨干不成活，他已经停工几天了，他掐着手指头算，这春雨一下，天晴就要种地，烟叶、芝麻、花生、辣椒，娃娃们似的，一个连一个，都跟着来，而且是不能等的。这忙起来就是一个多月，小半年的时间就要过去了，年内要把房子建成的计划就有可能落空，商羊有些急。

中午，商羊在工地上转了转，把水泥等重新盖好，这些东西进水了就用不成了，都是钱啊。商羊收拾着，嘴里还嘟哝着，这风也太大了，昨天晚上盖得好好的，现在都让风给吹开了。收拾好，商羊看了看时间，就去了朱吉子那儿，他又想吃那油汪汪的辣椒拌面条了。

照例是捞面条，但今天的鸡蛋臊子变成了肉臊子，肉丁小指头一样在面条上面铺了厚厚一层，油亮亮、香喷喷的。饭都快吃完了，商羊才发现这个变化，说，我要的是鸡蛋面呀。

朱吉子瞥他一眼，说，我不会多收你钱的。

商羊说，我不是那个意思，我是说——

说啥呢，快吃吧，都晌午偏了。

商羊扒拉着面条吃，朱吉子坐在边上，手里拿着豆丁的毛衣在织，眼睛时不时往这边看一眼，又低头去弄手上的毛衣。

商羊也看着朱吉子，吃着吃着就住了口，嘴巴张得老大，筷子上挑起的面条也不知道往嘴里送。

朱吉子就说，看啥呢，面条都让鸡叼走了。商羊晃了晃脑袋，看见一只母鸡正盯着他筷子上的面条，母鸡的身前身后围着一群小鸡崽，叽叽喳喳地叫得欢。

商羊把面条扔到地上，母鸡急忙叼住了，却不吃，弄碎了，喂给身旁的小鸡崽。

朱吉子看得眼红，眼泪都要流下来了。

朱吉子说，谢谢你，我已经从马拐子那儿把钱拿回来了。马拐子说，他拿去的一沓票，只有我这儿的全报销了。

商羊说，这都是小头，也就几百块钱，抵不住他们一顿饭钱。

朱吉子说，听马拐子说话的语气，好像对你意见很大。

商羊说，我不给他签票他就入不了账，他们那里面有很多都是空票，想揩公家油水，我不给他们报，他们肯定有意见。

朱吉子说，马拐子嘟哝着发牢骚，说还能蹦跶几天，我听着那话肯定是说你来着。

商羊把最后一根面条扒拉到嘴里，抹了抹嘴巴，说，我知道他们想弄掉我，不过我不信咱村民都恁听他们的话。说到这里，他叹了口气，有些伤感地说，我也弄不明白村民为啥一下子就跟了马甫仁呢，这东山承包的事，原来大家都不同意，现在听说大部分都同意了，真他妈的闷心。

朱吉子往外面看了看，然后凑近商羊，我听他们说过这事。上个星期，马甫仁他们在我这儿吃饭，我给他们送菜，他们正在说东山承包的事。马甫仁说，他已经说通了盛大公司的老板，给每家的补偿和分红再增加一倍，由原来的每亩一百涨到二百，二百可真不是个小数目呢。我还听马甫仁说，再不听话，就让镇上派出所来抓他们。

商羊说，我说呢，村民都跟中了邪似的。

朱吉子把毛线用牙咬断，抬头看了眼商羊，说，事情好像并不是这样简单，我看这一百元钱，主要是收拢民心，为年底村民代表选举做准备，马甫仁这是一箭双雕呢。

商羊感觉有些生气，一个村民代表就让他们费这么大心思。

朱吉子说，问题是你挡了人家的财路，你手里拿着半截章子，他们啥都做不成。

商羊说，就是我不拿那半截章子，也总会有人拿的。

朱吉子说，那可不一样，新选出来的人和马甫仁一条心，那不就等于还是马甫仁说了算。

商羊说，我日他妈的马甫仁！

朱吉子说，你要当心呢！

商羊说，有个屁可当心的，我就不信全村人都让他马甫仁那一百块钱把眼给糊住了。再说，村里人也不是不知道马甫仁是个啥鸟人。说到这里，商羊看了眼朱吉子，说，马甫仁他还经常来你这儿吃饭？

朱吉子看着商羊，说，你是想叫他来还是不想叫他来？

商羊垂下头，嗫嚅说，我只是随便问问。

朱吉子说，我也是随便问问，你是想叫他来还是不想叫他来？

商羊的双手搓着脸，脸都搓红了。

朱吉子突然就捂了脸，轻声啜泣起来，哽咽着说，你连一句囫囵话都不敢跟我说，你不是个男人，你跟我说了，我也没念想了。你不知道，我这心里有多乱，马甫仁整天跟个狗似的黏在我门前，还有个马绿头，也想占我便宜，可我一直守着，我也在等着，我知道你心里有我，你就给我个囫囵话吧。

商羊看着门外，雨仍在下着，整个街道和房屋被雨包裹着，雾蒙蒙的。商羊突然就觉得，自己的心情也跟这雨雾包裹的天一样，混沌不清。

朱吉子把脸擦干了，重新织起了毛衣，她说，嫂子现在咋样？

商羊说，又回去了，怕影响我干活。

朱吉子说，嫂子命好，摊上你这样的男人。

商羊说，她命苦，日子刚好过一点，却遇上这样的祸事。

朱吉子说，以后日子长着呢，你要长远打算呢。

商羊说，我知道。他看着朱吉子，突然就捉住她的手，捂在自己脸上，我早就想了，可我不知道该咋办！

朱吉子说，如果你同意，我就去照顾嫂子，住娘家也不是长久的事，这样你就能腾出手干自己的事了。

商羊说，我想过，可我不知道她会咋想，村里人会咋想，还有孩子们，想到这些，我头皮都发麻。

朱吉子说，好好跟他们说说，他们会同意的。

商羊说，那我去试试。

商羊回到家，却意外地看见屋里坐着一个人，"帝王"酒家的老板张大嘴巴。张大嘴巴属于社会上黑白两道都混得很滋润的人，和镇上的一个主要领导还是亲戚，前些年因诈骗犯事进过牢子，出来后就在仙女村开了这家酒店，很豪华，里面不但有吃的、有喝的，还有玩的。他还从外面找了些来历不明的女孩子，引得很多有钱人开着车来玩，街上被弄得乌烟瘴气，可村里人敢怒不敢言。这其中还有一个原因，张大嘴巴和马甫仁好得几乎要穿一条裤子。马甫仁大半时间都住在"帝王"酒家，听说张大嘴巴专门给马甫仁开了一个单间。马甫仁当然啥都向着张大嘴巴，村里大的消费都在"帝王"酒家，每年都上十万。商羊曾跟村委提过这事，但仙女村街上除了"帝王"外，再没有别的上点档次的酒店了，上面来了贵宾总不能让人家去朱吉子的小店，商羊只好住了口。

张大嘴巴跟个江湖好汉似的对商羊抱了抱拳，说，商代表，打扰了。

商羊诧异地说，你咋在我家？

张大嘴巴说，我就不能来商代表家反映问题？

商羊看着张大嘴巴，想自己和他平时没啥交往，他今天咋会来了？就说，张老板恁忙，一定不是来串门的吧？

张大嘴巴说，是有点事，想让商代表给帮帮忙。

商羊笑了，说，你是大老板，我一个种地的，有啥能耐帮你，你这是在笑我呢。

张大嘴巴说，真的是找你帮忙。说着从随身带的包里拿出一沓子票，放在商羊面前，你看看，还是把章子给摁了吧，现在做个生意也不容易。

商羊翻了翻那些票，都是自己退回给马拐子的，商羊就明白了，马拐子看他报不了，就把票给了张大嘴巴，让张大嘴巴来找自己报。

商羊说，这些票不在报销范围，再说报这些票得村里人集体决定，我一个人做不了主的。

张大嘴巴看着商羊说，我知道你能做主，仙女村的事只有你和马甫仁能做主，你就把这些票给摁了吧。说着把票重新推到商羊面前。

商羊又把票推回去，说，这真不是我一个人说了算的。想了想，又不软不硬地说，这报销票据应该由马拐子拿来才对！

张大嘴巴脸黑下来，看着商羊，一字一句地说，你就给我签个章吧。

商羊的手有些抖，可他还是把票又推回去，说，我真的做不了这个主。

张大嘴巴的拳头在桌子上砸了一下，说，你真的不给我盖章？你这是在逼我呢，你们村里在我那儿吃饭却不给我报，你们这是在逼我犯法呢。张大嘴巴眼睛盯着商羊，说，你为啥不给我报？你信不信我揍死你？

商羊的倔劲也上来了，他迎着张大嘴巴的目光，说，你找我干啥，谁在你那儿吃的你找谁！那些票，不是我一个人说了算的，你说你想揍我，那就来，我好歹也当过几年兵，练过几下拳脚，咱们就比划比划。

张大嘴巴嘘了口气，盯着商羊看了足有五分钟，然后说，算你有种！说罢摔门而去。

九

天刚晴开一点，鸟还没在太阳下晒干翅膀，商羊就迫不及待开始了他的工作。工地上汪着一洼洼的水，和泥灰倒是省了劲儿，就是泥太大，粘脚。商羊索性赤了脚，拎着灰桶青蛙似的在工地上跳来跳去。

这天，商羊正欢快地跳着，就看见马甫仁领着两个人往这边来，商羊认出来人就是要承包东山的盛大公司老板张广州。马甫仁他们在工地上转，商羊的工地秩序井然，水泥、砖块、钢筋等都沿着墙分布，士兵似的。再看砌好的墙，严丝合缝，房子轮廓已经初现。马甫仁看得脑门子出汗，这个商羊，还真他娘的能鼓捣！

马甫仁站在下面喊，老商，有人来看你了。

商羊站在架子上，看他们一眼，没有吱声，自顾自地往砖上抹灰。

马甫仁有些难堪地搓搓手，又喊，老商，这是张总，听说你盖房子，就专门来看你。

商羊的泥灰用完了，他提着灰桶往下走，到了他们面前，咣地扔下灰桶，看着他们。

马甫仁忙堆着笑说，你看你忙的，张总刚从广州那边过来，听说你在盖房，就一定要来看你。

张广州没有说话，看着房子的外形，说，你这人脑子不错，有点想法。想想又说，这房子是谁设计的？

商羊说，我设计的。

张广州有些不相信地看着商羊，真的，你的图纸呢？让我看看！

啥图纸？我没图纸，想到哪儿干到哪儿。

张广州张大嘴巴，你说你是想到哪儿干到哪儿？

他的样子倒让商羊有些奇怪了，说，咋了？

站在边上的马甫仁忙说，老商脑子好使，以前专门在城里给人造房子，盖的房子听说还得过啥"人居"奖呢。回到村里，又创新了村民代表制度，省、市、县领导都来调研过，可是个宝！可惜生在咱仙女村，在城里恐怕省长都干上了。

张广州摆摆手，马甫仁住了口。

张广州围着房子转了一圈，说，你这个人有想法，我喜欢，说不定将来我盖房子也找你去盖。说着对后面的人一努嘴，跟班立刻走过来，对商羊说，盖房子是大事，张总一直记挂着，这是张总的一点心意，按咱这儿的规矩，叫随个份子，祝贺祝贺。说着把一个鼓囊囊的信封塞到商羊手里。

商羊下意识地捏捏信封，凭感觉，至少有五千元钱，商羊吓了一跳，明白了他们的意思，拿眼去看马甫仁，马甫仁正笑着看他，他激灵一下，就说，我起这房子没请任何人，村里人都没请，再说，乡下人盖房子咋能惊动张总呢。说着把信封重新塞给了跟班。

跟班说，你就收下吧，这是张总的心意，张总可是一直把咱仙女村的乡亲们当朋友看待的，这次来就是为了帮咱仙女村致富的，你可不能冷张总的心。商羊说，张总的心意我领了，但这钱是万万不能收的！跟班回头看了看张总，张总的脸色有些难看，甩了甩手，扭头走了。

马甫仁急忙跟上去，走了几步，又转了回来，跟商羊说，你这个人……你这个人让我咋说你呢，说你死脑筋吧，看你把这房子盖的，说你脑子灵活吧看你把这事弄的，人家张总不过当你是朋友，给你随个份子钱，你以为人家是在贿赂你啊？你有啥值得贿赂的，你是镇长、你是县长，还是市长？看你那架势，跟国家总理似的，你这人咋这样啊！

商羊站在架子上，说，我就是一个村民，我凭啥收人家的东西，我不收人家东西，就不用担心干坏良心的事。

马甫仁说，老商你这话是啥意思，谁收人家东西了？谁干坏良心的事了？

商羊说，我谁也没说。

马甫仁不乐意了，说，商羊，你下来，你今天得把话跟我说清楚，你意思是我收人家东西了？我干坏良心的事了？

商羊说，那可是你自己说的，我没这样说。

马甫仁说，你的意思就是这！你以为你是谁？你以为你那"代表"有多了不起？蹬鼻子上脸的，我看你能蹦跶到几时？

这话就有些伤人、有些挑衅了，商羊右手拎着一块砖头，左手提着灰桶下来了，径直朝马甫仁这边走来，马甫仁有些紧张，说，老商，你这是干啥？你这是想干啥？

商羊走到马甫仁面前，马甫仁两手抱住头，就要蹲下去，额头上的汗亮晶晶地浮了一层。

商羊看看马甫仁，又看了看手里的砖，忍不住笑了，把手里的砖扔了，推开马甫仁，重新把灰桶装满，爬上脚手架。

马甫仁擦擦额头上的汗，转身就跑。马甫仁边跑边说，村里那些反对户村委都说好了，就剩下你了，跟你实话实说，你同意也得同意，不同意也得同意，这合同马上就签了，你看着办吧。

商羊对着马甫仁的后背说，没有我那半截章子看你咋签合同。

看没啥危险了，马甫仁停下脚步，说，咱骑驴看唱本——走着瞧，我就不信少了你那半截章子咱村就不开展工作了。

十

农活忙起来后，商羊不得不停下自己的工程，忙着种花生、辣椒去了。

商羊的庄稼种得好，每年都有两三万的收入，再养几头大牲畜，一年的收入也不比出门打工差，这是商羊不再出门的原因。当然，秋枝瘫痪了，就是让他走他也走不开。秋枝为这整天哭，跟商羊说，你就让我死了吧，去弄包老鼠药让我吃了，就不连累你了。商羊就训秋枝，说啥死啊活的，现在这日子多好，有吃有喝的，过去饿着肚子也没听你说死呀死的，日子好了，你倒想这些乱七八糟的事了。秋枝就捂住脸，说，我不能连累你啊，地里的活儿恁忙，你还要盖房子，还要照顾我，看把你劳累成啥样子了。商羊就说，没事，累点好，人闲了容易生外心。

晚上，商羊翻来覆去睡不着，躺在边上的秋枝伸手摸了摸商羊，说，想那事了？

商羊扭过身子，说，想啥啊，我只是有点累，一时半会儿睡不着。

秋枝说，你肯定是想那事了，以前你干活，越累越想那事，哪晚都要折腾几下，可我成个废人了，不能给你解闷了。

商羊说，睡吧，明天还要早起呢，东边那二亩地我今年想腾茬改种花生，估计明天得忙活一整天。

秋枝睡不着，她把手伸到商羊的身下，抓住他的下身，头抵在他的背上，轻声哭起来。

商羊把秋枝的手拿开，拍了拍她的脸，也不知道说啥好。

秋枝又啜泣了一阵儿，突然说，让朱吉子来吧。

商羊吓了一跳，转身看着秋枝。

秋枝说，我知道你的心思，也知道她的心思，这些年我让你受累了，现在我啥都不能帮你做，反得让你伺候我。这屋里屋外的，确实要一个女人来撑着。朱吉子那女人我知底，身世苦，心肠好，我们以前就是好姐妹，她来了，你的日子就好过了。

商羊看着秋枝，又说胡话呢，我咋能丢下你不管呢。

秋枝说，你没弄懂我的意思，我意思是让她到咱家来，咱们就是一家人了。

商羊说，那咋成呢，一个屋子里两个女人，让外人看着算咋回事。

秋枝说，还是过日子要紧，就不要让人家再等了，如果人家真走了，你可要后悔一辈子。

商羊说，你容我再想想。

4月眼看就要过去，下种早的，花生已经露出了两瓣月牙。玉米地里已是一片葱绿，再过几天，地里的活儿就弄完了。商羊站在地头，估摸着秋天的收入，如果雨水对劲的话，应该不会差的。正寻思着，却看见豆丁向这边跑来，豆丁边跑边喊，不好了，不好了，我妈……我妈……

商羊拉住豆丁的手，说，啥不好了，你妈咋了，慢慢说！

豆丁说，不是我妈，是我妈让我来告诉你，你家房子的墙倒了，你快回去看看。

墙倒了，商羊吓了一跳，撒腿就往家里跑，边跑边问跟在后面的豆丁，那你秋枝姨呢，她有事吗？

豆丁说，是新房子，不是老房子。

商羊嘘了口气，转而向新房子那边跑去。

商羊跑到工地上，一堵墙确实倒了，沾了泥灰的砖块散乱跌落在地上，露出了嵌在里面的钢筋。商羊围着墙转了一圈，所幸倒塌的只是一堵墙。他把目光重新投在断墙上，在断墙上发现了一些血迹，他猜想一定是推墙的人不小心，手被划破了。这时，工地上已聚了很多人，都看着商羊，商羊就说，偷偷摸摸的算啥能耐，有本事就明着对我来呀！

站在边上的人都没有说话，一会儿就散了。

商羊正犹豫着是不是把这事报告给派出所时，又发生了一件事。这天，商羊回家，发现屋子有些乱，好像是招贼了，急忙打开抽屉，发现自己一直放在抽屉里的那半截章子不见了。商羊的心就咯噔一下，果然出这事了。商羊没有犹豫，找到驻村的派出所民警小梁，报了案。

小梁是警校刚毕业的大学生，刚毕业的学生都分在基层锻炼，小梁就分到了仙女村驻村。乡村荒凉，没有年轻人愿意待，小梁整天都在想着破一桩案子，好回到县里，哪怕是镇上也行。听了商羊的诉说，他立刻戴上帽子，穿上制服，还拿了些警用器材，往商羊家走去。他的后边，跟着很多人，大多数人都知道，村民代表的那半截章子让人给偷了。

小梁的勘察还没结束，商羊就被马甫仁叫去了。马甫仁说，你把章子给弄丢了！

商羊没有承认也没有否认。

马甫仁显得很激动，你看你弄的啥事，做官的连印都弄丢了，你这官是咋做的？

商羊说，我会把章子找回来的。

马甫仁说，这可是大印哪，村里这么多事，哪一天离得了，你把印章弄丢了，咱这工作还开展不开展？

商羊仿佛这时才想起来，纠正说，章子不是我弄丢的，是被人偷走的。

马甫仁摆手，我不管是被人偷走的还是你弄丢的，总之现在章子不见了，咱这工作没法开展了，你得想办法，我给你半个月时间，你快点把章子找回来，不然——

商羊看着马甫仁。

马甫仁吭哧一阵，不然……你就得给全村一个说法！把章子都弄丢了，这算是啥事，真保管不了就不要管了！

商羊突然笑了，他们把章子偷走恐怕就是不想让我管了！

马甫仁愣了愣，说，你这话是啥意思？

商羊说，没啥意思。

两个人正掐着，小梁警官进来了，梁警官对商羊说，你过来，我还有些事要问你呢，在这儿吵吵啥！？

商羊抬头看了眼马甫仁，跟着梁警官出去了。

十一

盛大公司大张旗鼓发承包费的那天，商羊一边忙着工地的活儿，一边忙着破案。商羊手提着瓦刀，脑子里却想着这几天发生的事。想着想着，眉目就清晰起来，像一句话里说的，拨开云雾见晴天。为了验证自己的想法，商羊留神观察村里的每一个人，果然看到一个人的手用布包着，跟自己猜测的一点都不错。

眉目一清，商羊反而不着急了，他在工地上忙忙碌碌，青蛙似的跳来跳去，就像是在跳舞，嘴里还唱着歌。他的歌唱得不太好听，但还是引来了一群麻雀，它们看着这个跟自己一样上蹿下跳的人，疑为同类，也跟着商羊一起唱起来。

村里人都以为商羊疯了。王合作拎着茶杯过来，说，商羊，你这是咋了，说着就把手放到商羊的脑门上。商羊把脑门上的手拿掉，说，不咋，挺好的。王合作就说，真的没事？商羊说，没事，我会有啥事！王合作又看了看商羊，说，没事你咋唱呀跳呀的，一个人盖房子，够操心的了，你还有精神唱？商羊说，我有啥愁的，你看我这房子不也快盖起来了吗？王合作看着商羊的房子，确实快盖起来了，就剩下起二层了。王合作说，商羊，你这房子，盖起来可是咱仙女村第一房啊！

商羊说，我就是要盖仙女村第一房！你等着瞧，我这楼板浇好后，在上面再起一个屋架，全部用琉璃瓦做坡，屋檐飞得高高的，到时候你再来看吧！

看来你真没事，王合作说着走开了。

晚上，马甫仁来了，他是来问公章的事的。商羊说，就快找到了，梁警官说快破案了。马甫仁说，真的？当然是真的。商羊破天荒地给马甫仁发了根烟，一脸轻松的表情。梁警官说，他已经查到偷章子的人了，现在就等着他投案自首呢，说是给他一个机会，我想着梁警官这样做也对，都是一个村子的，低头不见抬头见，直接抓出来让那人以后还咋在村子里做人，你说是不？

马甫仁的脸无端有些红，说，这样说偷章子的真是咱村的人？商羊说，肯定是咱村的人，外村的人要那半截章子干啥？只有能用得上的人才会偷章子。马甫仁说，也是，也是。可是很快他就感觉出了商羊话里的意思，把嘴里的烟甩了，说，商羊，你这是话里有话呢，现在谁用这章子，还不是咱村委用，哦，你意思是咱村委偷章子了！

商羊说，马主任你多虑了，咱这章子用处大得很，很多人都惦记着咱这章子呢。

一切果然如商羊所料。

过了一个星期，商羊正在工地上干活，看见马绿头的新宅基地动工了。商羊抽空去了一趟镇土地所，看到了村里出具的证明，上面盖着村里的印章，商羊心里有底了。

晚上，商羊请马绿头在朱吉子的小店喝酒。喝到差不多时，商羊说，你的宅基地批了？马绿头乜斜着商羊，村里同意的。商羊垮下了脸子，说，马绿头，你撒谎，我商羊啥时间同意你新占宅基地的。马绿头涎着脸说，商代表，你这是贵人多忘事啊，我那天给你送了几条烟、几瓶酒，你就把章子给我摁上了，你现在咋就不承认了？不过，不承认也没关系，反正你是摁过章子的。商羊在口袋里摸了摸，摸出了那份证明复印件，说，是这份吧？马绿头看着证明吃了一惊，说，证明咋会在你手里？商羊把证明重新塞回口袋，说，马绿头，你把那半截章子给我拿出来！

马绿头仿佛被烧红的铁片烙着了，一下子蹦起来，你胡说！商羊说，你把章子还给我，我就放你一条生路，不把你揭发出来。你如果顽抗到底，就是死路一条，我这就去跟梁警官说，他现在正愁没有案子呢。慌乱了一阵，马绿头镇定下来，说，我还说是你偷的呢，你凭啥说是我偷的？商羊说，你是不见棺材不掉泪啊。说着重新把那个证明拿出来，你马绿头也不是做案子的料，你就没想想，你在我丢章子时出的这个证明，不就证明这章子在你手里吗？马绿头说，你以为我是傻瓜啊，我刚才不是跟你说了，是你给我盖的章子呀。商羊说，可你这上面的日期却是才不久的事，你咋解释？马绿头的脸真的绿了。

商羊说，我实话告诉你，我的章子根本就没有丢，你拿走的是个假章子，你就没看到那上面的字比另外那两截章子上的字要小一些吗？

马绿头急忙去看那张证明，这一看，还真看出问题了，一边的字确实小一些。

商羊说，我就估摸着有人要打章子的主意，才在外面放了个假的，没想到，还真让我猜中了，现在你说，那章子是不是你偷的？我那墙是不是你推倒的？你推墙时把手弄破了，那几天全村就你手上缠着绷带，这些我早都弄清了。还有，偷我建筑材料的事也是你干的吧？全村就你和驴子家还用着拉车，你说这几件事是不是你干的？今儿跟你算总账，你说这事咋办，是我去告官，判你个三年五载，还是咱们私下里解决？

马绿头扑通一声跪下了，说，商代表，商大哥，你就饶过我吧，都是我一时糊涂，才干出这事的。我就是想盖房子，你不给我盖章子，我心里有气，才干出这傻事的。

商羊说，那好，这事我先不报官，你先把章子还给我，再给我写个字据。可这事不算完，咋处理看你以后表现，再跟我胡来可别怪我不客气。

马绿头唯唯诺诺地走了。

马绿头走后，朱吉子走出来，要收拾桌子上的东西，商羊拉住朱吉子的手，说，你坐下，陪我喝几杯。

朱吉子说，你今天好像格外高兴？

商羊说，总算把这个王八蛋给收拾了。

朱吉子说，那我重新去炒两个菜，陪你好好喝几盅。

朱吉子重新炒了菜，两个人坐下喝酒，朱吉子说，这事恐怕没那么简单，马绿头后面说不定有人呢。

商羊说，我就是要敲打敲打他们，不要以为我商羊好欺负。

可破案的高兴劲儿很快就被盛大公司和马甫仁给弄没

了。这天早上，商羊刚上到脚手架上，就听见村里很久没响的大喇叭嘶啦嘶啦响了，马甫仁在喇叭里说，今儿个盛大公司给全村人发钱，要全村人速来领。

盛大公司发钱搞得很隆重，镇上来了一个副镇长，搞了一个小仪式。先是副镇长讲话，接下来是盛大公司老板张广州讲话，最后是马甫仁。马甫仁大呼小叫说了一通，大意就是，村里能得到这个工程，村民们能吃到这个天上掉下来的馅饼，都是他马甫仁的功劳。说话中，不免夹枪带棒把商羊和一些不太听话的村民捎带一通。村民们都听明白了，这钱是盛大公司发的，也是他马甫仁发的，以后不跟着他马甫仁，啥好事都别想。

然后发承包费，根据承包地的多少，村民都领到了五百到一千的承包费，但不是真钱，是盛大公司的一张凭证。马甫仁说，等协议签了，就可以拿着凭条去盛大公司兑付现金。即使这样，村民们也很高兴，捏着纸条喜笑颜开。发完了，马甫仁说，好事还没完呢，我再给大家宣布个好消息，经过村里和盛大公司协商，盛大公司同意，洗煤厂建成后，给全村人入股，咋样？

村民们都拍手。马甫仁的脸因激动而涨得通红，螃蟹似的挥舞着手臂，张老板还说了，以后公司的生意好了，也有大家的好处。马甫仁说得两嘴冒白沫，学着电视上一个广告的样子说，跟着我马甫仁干，没错的！

这天，商羊自然没去，他坐在朱吉子的小店里闷着头抽烟。

朱吉子说，你也不能怪乡亲们，农村人就是这样，只看眼前利益。现在承包方把承包费加到每亩二百元，这样一个数目，谁都会同意的。洗煤厂建成后还有干股，一户每年也有上百元，这么优惠的条件谁不愿意！

商羊说，我就不懂，建一个洗煤厂就有那么多利润，还给干股？那地方真能屙金尿银？我觉得这事有些邪门，里面有些咱不知道的事。

朱吉子说，那倒是！我听说这个厂子是马甫仁和盛大公司老板合伙开的，马甫仁占的股份还不小呢。

商羊一下子站起来，我说这王八蛋咋会恁积极呢，原来也有他的份儿呢，可他建这个洗煤厂干啥用？马甫仁可是贼精，吃亏上当的事他绝不会干，这里面肯定有啥咱不知道的秘密。说着，商羊抓住了朱吉子的手，朱吉子把脸埋在商羊的手里，轻轻摩挲着。

那你准备咋办？

我要弄清楚这里面究竟有啥猫腻。商羊说。

我说咱们的事呢，朱吉子看着商羊说。

商羊说，我也想通了，我他妈的想通了，我商羊要干一件惊天动地的大事了！

十二

商羊的工程进入了攻坚阶段，整个房架已经搭起来了，外墙贴了瓷砖，金光闪闪，就像小姑娘穿了一件漂亮的丝绸衣裳。下一步就是浇筑楼板，这个工作比较复杂，但这难不倒商羊。他先把钢筋扎好，然后一段一段浇筑，虽然慢了点，但效果一点也不比别人的差。他认为古人说的话就是对，只要功夫深，铁杵磨成针，现在他是反其道而行，他在把一个小针变成一个大棒槌。

秋老虎还很厉害，商羊只穿一个短裤头，猴子似的架上架下跑，把人们的眼都看花了。他们站在自家门前的树荫下，看着商羊忙碌，心里五味杂陈，说不上来是啥感觉。

引起这种感觉的除了商羊，还有一个人，是朱吉子。这个女人已经公开出现在了工地上，开始还躲躲藏藏，后来就挺起了胸。又过了几天，朱吉子的身影开始出现在商羊家里。搬家的那天，商羊开着他的"螳螂头"把朱吉子的日常生活用品装到车上，两家就合到了一起。

朱吉子还在招呼她的小店，但大多数时间都会拎着茶瓶到商羊的工地上，给商羊满上茶，然后，或是给商羊打打下手，或是就那样站在下面，温情脉脉地看着在上面干活的商羊。仙女村村民惊奇地看着这情景，便私下里说，怪不得商羊有这么大的精神，原来是有精神支柱呢。男人说，如果我有一个相好的，我也能盖座房子。男人的话立刻招来女人的笑骂。有些人则说，这下马甫仁恐怕是没戏了。

这事对马甫仁打击很大，有一个星期仙女村的人都没有见到他。一个星期后马甫仁再次出现在了商羊的工地上，朱吉子也在，正跟商羊说笑，看见马甫仁，两人就住了口，朱吉子把脸扭到了一边。

商羊说，主任找我有事？

马甫仁说，有事，是东山承包的事，镇上催得紧，村委已经跟其他村民做通工作了，现在就剩下你一家了，你准备咋办？

商羊说，我不同意！

马甫仁说，我也没指望你同意，但你得把章子盖了。

商羊说，那不成，咱们说过了，有一家不同意，这章子就不能盖。

马甫仁的脸黑下来了，说，你要弄清楚，你不同意不代表大家不同意，更不能因此把持着章子侵害全村人的利益。

商羊张了张嘴，用力咳嗽几声，才说，那也未必，我就不信全村人都同意这事。

马甫仁说，这你就不用瞎操心了。说着从兜里掏出一沓子纸片，这都是村里跟他们签的协议，他们都在上面签了字了。

商羊接过那些协议看，黑纸白字的，确实都签着村民的名字。

咋样，你没话说了吧？

商羊看着马甫仁，马甫仁也正看着他，马甫仁一副胜利者的姿态，说，如果没有啥问题，就带着章子到村部，把协议签了吧。

商羊被逼到了墙角，可他脑子里突然闪过一个念头，他对马甫仁说，章子不是弄丢了吗？等章子找着再说。

马甫仁说，你的章子不是没丢吗？

商羊看着马甫仁，谁说我的章子没丢？你咋知道我的章子丢没丢？

马甫仁目光躲闪了几下，我也是听别人说的，说你丢的章子是个假的。

商羊一本正经地说，可不能瞎说，我那半截章子丢了，报过案的，梁警官也到现场做了勘查的。

马甫仁有些急了，说，那咋办？不中咱们重新刻个章子。

商羊摇头，说刻章可不是闹着玩的事，听说要到公安局申报、审批，程序很麻烦的。我听梁警官说，那案子很快就能破，没必要费那事了。

马甫仁在原地兜了几个圈子，然后站在商羊面前，盯着商羊的眼睛说，你不要跟我要心眼，我看你还能拖几天。说完，扭头看了一眼朱吉子，气呼呼地走了。

商羊暂时把建房子的事停下来了，他想再去做做那几户的工作。丢章子不可能阻挡马甫仁对外承包的步伐，现在唯一的办法就是说服几家不同意承包，那他马甫仁就没话说了。

可商羊找了几家，对方都避而不见，见到的，也只是木木地看着商羊，说，一亩山坡地每年承包费二百块，抵得上一亩上好地的承包价了！

商羊垂头丧气地往回走，不觉就来到村东的那座小山边，那里，几个人正在地上画线、打桩子，快成熟的玉米都被毁掉了。商羊看看那些人，都不认识，就问，你们在干啥？一个中年人说，没看见我们在打桩吗？商羊说，打桩干啥？那人看了商羊一眼，说，你说打桩干啥？盖房子呗，建洗煤厂呗。商羊就有些急了，说，谁让你们毁庄稼的？谁让你们盖房子的？那人说，是你们村主任马甫仁。商羊说，不可能，你们先把工停下，等我把情况弄清楚再说。说着把身子挡在那些干活人面前。那些人不耐烦地推开他，说，我们只是干活的，有啥事找你们主任说去。商羊说，不行，我就是不让你们盖，我是村民代表，我不同意你们就不能盖房子。中年人看着商羊，哦了一声，说，知道了，你就是商羊，听说你一个人都能盖一座房子，真了不起，你来跟我干，我一个月给你开两千。商羊说，开一万我都不会让你们在这儿盖房子。中年人就有些不高兴了，说，你这人真是死脑筋，关你屁事，快闪开，不要影响我们干活。可商羊还是紧紧地把身子挡在桩前，中年人一招手，过来几个人，把商羊往外拉，撕扯间，商羊倒在地上，头正好磕在钢钎上，血汩汩地流出

　　　　　　　　　　　　　　　　村歌嘹亮

来。

十三

东山洗煤厂是10月份正式开工的。开工这天，县镇领导专门来剪了彩，县电视台记者也进行了采访，当晚的本县新闻中，就有《盛大洗煤厂落户仙女村，外资助推地方经济发展》的报道。画面上，马甫仁的腰弯得跟虾米似的，跟一个又一个领导握手，没有手握的时候，就挺直了腰，跟在领导身后，一脸的严肃。画面的背景，是一大群村民，还有仙女村小学的学生，小学生的手里拿着一面小红旗，摇来摇去，瘦弱的身子在炙热的太阳底下变成了一个个小麻花。

开工这天，村里人都去了。本来，人家盛大公司请的是外面的啦啦队，但马甫仁执意要马拐子给仙女村每家每户说。马拐子知道这是在做给商羊看，就拐里拐外地满村跑，对村民说，盛大公司请老少爷儿们去捧捧场，中午盛大公司置席管饭。

有饭吃，似乎就没有不去的道理。这天上午，全村男女老幼都去了。马拐子清点一下来人，让大家排好队，然后说，一会儿领导要讲话，电视台要录像，看见我鼓掌你们就跟着鼓掌，我不鼓掌你们就不要鼓，听见没有？村民都说，听见了。马拐子想了想，把马绿头几个人叫到前面，随手从学生手上拽了几把小旗子，让他们每人拿一把，说，你们没事就把旗子摇摇，会吧？几个人都说，会，不就跟电视上看到的那些摇着小旗子摇头晃脑的年轻人一样吗？马拐子忙说，是的，就跟那差不多。这时，一个人过来给了马拐子一条烟，马拐子背过身，往兜里装了两盒，然后才把剩下的烟拆开，一个个地散，没有散完的，就又揣进了兜里。

剪彩结束，头面人物都去了"帝王"酒家。马拐子让大家在原地等着，老半天，才颠颠跑回来，后面跟着"帝王"酒家的两个伙计，每人肩上担着两个饭桶。到了跟前，马拐子招手让大家过来，说，开饭了，开饭了，说过请大家吃饭的，就一定会请大家吃饭。村民围过来看，是捞面条，还有米饭、大锅菜。马拐子说，吃吧，吃吧，管饱。村民们嘟哝着说，他们去坐桌子，却让我们在这儿吃面条。马拐子听见了，就说，人家是啥？是领导，咱是啥？是百姓，想跟人家一起吃大席，你咋不混到人家那个位置上呢？说着端起一碗面就吃，村民就不吭声了，但也有几个年轻人把碗给扔了，大概是看不惯这些做派。

这天，商羊自然不会去，他甚至都不知道究竟发生了什么事。鞭炮响的时候他还躺在床上，头上裹着绷带，脸色蜡黄，动一下头还有些晕，看来那天血肯定流的不少。鞭炮绵延不绝的响声吓了他一跳，他问守在床边的朱吉子咋回事，朱吉子说，可能是谁家有喜事了。

不是的，商羊支起耳朵听听，有礼炮的声音，到底是啥事？

村歌嘹亮

朱吉子看瞒不过他，就说了，是盛大洗煤厂正式动工了。

商羊一下子从床上坐起来，说，动啥工，村里跟他们的承包协议都没签，他们咋能动工？

朱吉子说，你真的以为那半截章子能卡住人家吗？不签协议人家照样干。

商羊说，那不行，他们不能这样搞。说着就要起来，可是头晕得厉害，身子摇摇晃晃的要倒下。

朱吉子急忙把商羊扶住，说，你千万不能去，今天县上、镇上的领导都在，你去不是找晦气吗？

商羊说，不行，我就是要去跟他们说，他们这是胡来。说着又要起来，但被朱吉子按住了。

几天后，商羊出现在了东山工地上。工地上机声隆隆，人来人往，房子根基都打好了。那些割倒的玉米已经干了，但在一些空隙里，没有被割倒的玉米仍旺盛地生长着，红缨子已经冒出老高，青枝绿叶，耀人的眼。商羊把干枯的玉米秆抱在怀里，就像搂着自己的孩子，眼泪下来了，嘴里一个劲地说，作孽呀，作孽呀！

马甫仁正在监工，老远就看到了商羊，他走过来，满嘴的酒气，说，商代表来视察工作，也不提前打个招呼。又说，听说你受伤了，严重不严重？本来要去看你的，可村委的事太忙，就搁下了，没事吧？

商羊脸色铁青，说，死不了，这事还没完呢，我咋能死呢！

马甫仁讪笑着说，看你说哪儿去了。

商羊说，这协议没签他们咋就动工了？

马甫仁装出一脸的委屈，苦着脸说，可不是，我也是这样想的，可镇上不同意，镇长说，不能再拖下去了，不能因为半截章子毁掉一个好项目，镇长把我好一顿训，我都恨不得钻地缝了。

商羊说，马甫仁你少他妈的在这儿充好人，这都是你在中间捣鬼，你要把仙女村害苦了。

马甫仁的脸色也变了，说，商羊，你说话得当心点，这事是镇上定的，村里人除了你之外都同意，到底是谁在害人？你把持着章子，是你坏了大家的好事，白白给村民几百块钱是好事还是坏事？活恁大岁数了，话都不知道该咋说。

商羊说，马甫仁你个王八蛋，说着抢起手里的棍子朝马甫仁打去。马甫仁闪了下身子，没打着，可吓得够呛，忙退着说，你干啥？商羊说，老子今天豁出去了，打死你这个王八蛋，让你以后少害人，说着举起棍子又打过来。

马甫仁沿着地边跑，一边跑一边喊，商羊疯了，商羊打人了。工地上有很多人，还有村里人，可是没有人劝架。马甫仁就朝着他们喊，你们看啥，还不拦下那疯子。可边上的人只是笑，并不动身。马甫仁又喊了几遍，看没有人来帮他，挥舞的棍子又跟得紧，只好往村里跑。到了村边，正好碰见张蚂蚱，张蚂蚱说主任你跑啥哩？马甫仁说，要杀人了，快……快把他拦住。张蚂蚱往马甫仁身后看了看，有些奇怪地看着马甫仁，说，没有人啊，谁要杀你。马甫仁还在跑，说，是商羊，他要杀了我。张蚂蚱一把拉住马甫仁，说主任你别跑了，这哪有商羊，你是不是酒喝多了。马甫仁止住脚步，往后看，哪儿还有商羊的影子。马甫仁站直身子，把衣服上的灰尘弹了弹，腰也挺直了，说，这个刁民，看我以后咋收拾他！

商羊的伤稍好后，就开始跑镇进县，反映盛大公司违规征地建设问题，跑了半个月，进了很多门，人家都把材料接了，说下来调查，可就是不见人来。朱吉子说，算了吧，马甫仁和上边都穿着连裆裤，你咋能告得赢！商羊说，告不赢我也要告，我就不信他们能一手遮天。

朱吉子叹了口气，收拾碗筷去了。

十四

商羊的工程这一段儿进展得还算顺利，房子落成的这一天正好是元旦，是商羊特意选定的日子。他买了一挂大鞭，一万响的，足足响了半个钟头。村民围过来看热闹，商羊的桌子上放着烟，可他一个人都没给，只是自己吸。朱吉子则笑着从兜里掏出糖和瓜子，散给围在身边的孩子和妇女，有的推辞几下，最后还是接住了，便都说些房子如何漂亮的话，说了几句，似乎也觉得这个话题不太合适，就张着嘴，一脸傻笑，有些尴尬。

商羊的房子造得真是漂亮，主房二层架构，琉璃飞檐，挑起很高，就跟展翅欲飞的大雁似的。墙壁镶了瓷砖，太阳光下，闪闪发光。商羊在铺好最后一片瓦时，一下子瘫坐在屋顶上，抽噎着哭起来。为了掩饰自己的哭声，他把身子伏在琉璃瓦上，一趴就是半个上午，泪水把面前的红瓦都湿透了。朱吉子送饭上来，问他咋了。商羊抬起身子，揉着红肿的眼睛，说，没事，高兴，就是高兴，房子终于盖好了，这顿饭咱们不用再在房上吃了，咱下去吃，消停地吃。朱吉子看了看房子，又看了看商羊，说，你稍等一下，我马上就来。

朱吉子再过来的时候，提了一个篮子，篮子里盛了四个菜，两荤两素，还有一瓶二锅头。商羊把饭菜放在砖头上，朱吉子把酒给商羊满上，商羊喝一杯，眼泪又要下来了。朱吉子说，今天是我们的好日子呢。商羊把脸一抹说，他娘的，盖了大半年的房子，没流过一滴眼泪，这房子盖好了，还流啥眼泪。朱吉子也抹了抹眼，说，这是高兴，高兴的泪！

房子落成后，除了王合作晚上过来说几句话外，再没有其他人过来，就连老喜欢跟在他屁股后面转悠的马拐子这月也没了踪影，商羊有些不明白，他马拐子难道不需要章子了？这章子还在他商羊手里呢！

还是王合作的一句话提醒了他，王合作说，马拐子他肯定不会来找你了，他在等着新代表呢。

商羊哦了一声，心里也明白了大半，马上就要选举，也就是说这半截章子马上就要易人了，如果是马甫仁举荐的张蚂蚱当选，马拐子就不用整天像个影子似的跟在他身后了。商羊的身子瑟缩了几下，觉得有些冷。

王合作说，你也不要太在意，这农村就是这样，都说选举好，可真选举了，他们又不把手里的选票当回事，只认眼前的那点利益，谁给的好处多就选谁。有钱有势就能选得上，这选举又能起个啥作用？再说，马家在村里是大族，有些马家人虽然和马甫仁不和，可遇到事，还是向着马甫仁，这你清楚。

商羊说，他这是在搞贿选。

王合作说，马甫仁想得周到，他借的是盛大公司的手，可村里人谁不知道好处是人家马甫仁给争取来的，你能说人家是贿选、玩心眼吗？你玩不过人家马甫仁。说句实在话，现在形势都一边倒了，如果真不成，你就放手算了，免得到时候丢人。

商羊看着王合作，神经质地去摸烟，摸到一支，衔到嘴里，手哆嗦着点不着。商羊捽了手里的火机，说，我不会放手，我就是要看看村民们的眼睛是不是都让钱给糊住了？

王合作叹了口气，你能一个人盖座房子，不过，这个事，可不是你一个人能弄得了的。

王合作说完就走了。

商羊站在门外，风吹得他连打几个寒战。他用力揉搓着脸，往新房子那边走去，直到看到他那在月光下闪着光的房子，他的心才稍微好受一点。

商羊又去了一趟县上。回来的路上，遇到两个小青年，说商羊撞了他们，要商羊赔医药费。商羊不干，两个青年就把商羊打了。商羊回到家时，头上还流着血，冲得脸上的灰尘一道一道的，衣服也跟在土里揉过似的，辨不清颜色。朱吉子一看见就哭了，说，咱不当这个代表了，人家愿咋干就咋干，咱们不当了，好吗？

商羊擦着脸上的血，说，不行，他们越是不想让我当村代表，我还越要蹚这浑水，我就跟他们耗上了，看他们还有啥花招，还能把我商羊给剁剁喂猪了？

朱吉子拿来止血带，给商羊裹上，说，你就不要管了，你这代表连着几次挨打，图个啥？

商羊说，挨打说明咱触动那些人的利益了，让他们不舒服了，说明这个代表当成了。

朱吉子叹了口气，说，反正就要重选代表了，你也干不了几天了。

商羊一下子站起来，把朱吉子推了个趔趄，气呼呼地冲着朱吉子说，连你也说我选不上代表。

朱吉子惊惧地看着商羊，这是半年来商羊第一次对她发脾气。朱吉子哭了，抽噎着说，这事不是明摆着吗？大家都这样看、都这样说，你咋就不面对现实呢？

商羊过来，拭掉朱吉子脸上的泪，朱吉子把商羊抱住了，说，我不是不想让你选上，我只是想，一直这样下去他

村歌嘹亮

们会毁了你还有这个家，我已经丢了一个丈夫、一个家了，我不想再失去你！

商羊说，不用怕，他们也就是使个小动作，我知道他们，不敢把咱咋着的。

朱吉子说，那你还要参加选举？

商羊说，我当然要参加，即使选不上我也要参加！

十五

元旦过后，人们闲下来，也到了村民代表选举的时间，村里就开始筹划第二次村民代表选举，时间初步定在元月15日。

因为仙女村的村民代表制在全县乃至全市都是首创，上过电视和报纸，也来人参观过，县上、镇上对这次村民代表选举很重视，村里早早就挂上了标语，县上派了民政局一个副局长来指导监督。

这些天村里的气氛有些不一样，人们见面了不再跟以前一样有说有笑，只是点下头，就过去了。一定要说句话，也是东拉西扯，不着边际，显得莫测高深。有些耐不住性子的会问，这次选谁呀？被问者就会说，那你选谁呢？问者才发觉自己的唐突，笑了笑，走了。

按照仙女村村民代表选举办法和程序，要想当村民代表，首先要有人推荐，没有人推荐，也就没了当代表的资格。推荐的这天，村民都集中到马甫仁家前的空地上。首先是马拐子推荐的马绿头，台上坐着的李副镇长问，同意的请举手，稀疏的有几个人举手。工作人员在身边的小黑板上写上票数。然后又有几名村民推了几个，得票都不多。接下来就轮到了马甫仁举荐的张蚂蚱，张蚂蚱今天穿了一身西服，正襟危坐，跟个成功人士似的。李副镇长把举荐的人名说了，然后看着下面说，同意的请举手。开始举手的不多，李副镇长又重复了两遍，马甫仁也往下面看，目光就像锥子一样，在每个人的脸上剜，举手的就多了起来。李副镇长接着问，还有谁举荐代表，连问了三声，下面没有人吭声。大家都把头扭到边上，那里蹲着商羊。商羊低着头，现在连举荐他的人都没有了，他觉得有些羞愧，仿佛是自己做了对不起人的事。

李副镇长连喊三遍，然后说，如果没有人举荐，今天的预选就结束了，明天开始正式选举。这时，下面突然有人喊了一声，是个女声，说，我举荐！我举荐商羊！

大家都往发出声音的地方看去，是朱吉子，她站在人群的最后面，谁也没有注意到她。朱吉子的脸有些红，嘴角微微牵动，眼里似乎还有泪花，手紧紧攥着衣角。

马甫仁看了看朱吉子，悄声对李副镇长说了几句话，然后说，一家人不能举荐一家人，你的举荐无效。

朱吉子说，为啥无效？我还没嫁给他商羊，还不能算是一家人。

马甫仁笑了，说，你没跟商羊结婚，住到人家屋里算啥？

人群里有笑声传出来。

朱吉子抬起头说，这是我的私事，和举荐代表无关。

咋能无关？马甫仁说，仙女村历史上可没出现过这样的事，没结婚就住到人家屋子里，何况人家屋里还有一个女人，这算啥？

朱吉子说，那你马甫仁半夜摸到人家屋子里，让人家男人打出来，又算啥？

你胡说！马甫仁脸红脖子粗。

谁胡说，仙女村谁不知道。还有，你整天腻在酒店里找小姐，连派出所都抓过，谁不知道？

场面有些乱，大家交头接耳，嬉笑不断。李副镇长拍了拍桌子，示意大家安静下来，然后说，既然这样说，这位大姐的举荐符合选举程序。再说，商代表是仙女村的老代表，是村民代表的创始人，当然应该参加这次选举，下面同意的请举手。

场上鸦雀无声，村民们相互看看，然后又往台上看，除朱吉子外没有人举手。

李副镇长连问两遍，就要让工作人员把票数写到黑板上，可朱吉子说话了，她说，等一下，我想说几句。朱吉子的眼里噙着泪水，她看着村民们，说，商羊不是一定要当这个代表，是要大家讲点良心。这几年，商羊为村里、为大家办了多少好事，大家现在咋就忘了呢？为办这些事，他跑东跑西，受过多少气，可他没有怨言。大家都是一个村子的，都是低头不见抬头见的老少爷儿们，他做这些图的啥？他得过大家一丁点好处没？他盖房子，村里没有一个人来帮忙，多寒心哪！人心都是肉长的，那些得过好处的人，晚上回家就睡得着吗？再说这次建洗煤厂的事，还不是为村民的利益着想，他是没有钱给大家，可他给大家的是心哪！

朱吉子说着哭了起来，抽噎得说不成话，在场的人都低下头。

台上的马甫仁忙对着全场说，别听她胡说，今天的预选就结束了，稍后进行正式选举。

下面的人有些骚动，更多的人低着头不说话，默默往外走。

十六

年前这一天，是商羊交接的日子，交接的也就那半截章子。商羊拿出那半截章子，轻轻在手里摩挲，内心隐隐作痛。

新代表是张蚂蚱。张蚂蚱站在一边，稍稍有些不自在，没话找话说，商羊，不，商代表，这章子我先替你管着，有啥事你尽管跟我说，我一定会给你盖的。

商羊没有应声。正要把章子递给张蚂蚱，突然脚底下传来一阵地动山摇的响声，房子都在摇晃，人也跟着东摇西晃。张蚂蚱从地上爬起来，章子也不要了，转身就往外跑，说，地震了，地震了。到了外面，看见大家都在往外跑，都是惊慌不已的表情，相互问着是不是地震了。

下午传来消息，是盛大公司洗煤厂发生爆炸。接下来，仙女村的人得到一个令人震惊的消息，盛大公司是在开矿，他们打着建洗煤厂的幌子，在下面采煤。爆炸就是煤井里发生的，有十多个人没有出来。

在这次爆炸中，仙女村的房子受到了不同程度的损害，一些房子已成了危房，唯独商羊的房子纹丝不动，一点受伤的痕迹都没有。

至于那半截章子，现在仍躺在商羊的抽屉里。

（原载《长江文艺》2012 年第 1 期）

约巴马的尖叫

1

张支农怀里抱着一只小猪，在信用社门前站了很久。

猪是王更田给他的。早上，张支农刚走到信用社门前，就看见王更田蹲在那里，一锅一锅地抽着旱烟，腾起的烟雾几乎把王更田给淹没了。王更田的身边，站着一头小猪，没有拴，也不跑，专注地看着王更田抽烟。被烟熏住眼了，就抬起两个前腿在脸上扒拉，扒拉得眼泪汪汪的。张支农看着这只小猪，觉得挺有意思。

看见张支农，王更田急忙站起来，大手在嘴巴上一抹，然后又在身上擦了擦，说，可等到你了。张支农说，钱凑齐了？王更田把手在身上又擦了擦，说，凑个屁！张支农说，没有你找我干啥，跟我说得再好也不当钱花。王更田说，我想了一个办法。张支农说，啥办法？不是又来糊弄我的吧？王更田的脸红了下，说，不糊弄，我是真心的，你看这样行不？王更田说着指着脚边的那头漂亮的小猪让张支农看。张支农看着小猪，说，你让我看小猪干啥？再看也就是一只小猪，不会变成一大堆钞票。王更田说，我的意思是用它先抵这个月的贷款利息。啥？张支农吓一跳，用小猪抵贷款利息，张支农的脑子还没转过弯来，下意识地看着面前的小猪，小猪在他的脑子里跑了几个来回，他才总算弄明白王更田的意思，但又不确信，就求证似的小声说，你说是用它抵这个月的贷款利息？王更田肯定地点点头，然后把小猪放到了张支农的怀里。

张支农怀里抱着小猪，四下里看了看，几个同事正好经过，看见张支农怀里抱着的小猪，就围过来看，说，看这小猪长的，跟猪八戒的儿子似的，多漂亮。就跟张支农说，你啥时候也开始养宠物了。张支农说，养什么宠物！你要？两千元给你。两千元！同事们摇着头走开了。

张支农把王更田拉到一边，说，你个王更田，都说你难缠，你可真是难缠。你让我把它带回去，我咋跟主任说？我说我收回一头小猪，账上就记一头小猪？张支农说着自笑起来，你个王更田，你这是跟我寻乐子的吧？王更田愁着一张脸说，我的情况你又不是不知道，一个场子的猪，都这个样子，价钱还低，都赔死了，我没钱还贷款，就把这头猪给你牵来了，勉强能抵这个月的利息。我算过了，这个月的利息是两千多一点，我这小猪三十斤重，按一斤八十块钱算，应该是两千四百元，那多出来的算罚息。张支农扽搦着双手说，多少？你说多少？一斤八十元，你说话也不怕风大闪了你的舌头。王更田说，这不是你们当初给定的市场价吗？张支农说，是镇政府给你定的，不是我张支农定的，你可得弄清楚。更田说，镇政府和信用社，你们不都是一起的吗？张支农说，镇政府是镇政府，信用社是信用社，镇政府是老大，咱信用社要受人家镇政府管。更田说，那就更没错了。张支农摆摆手说，跟你说不清，你干脆把猪拉到市场上卖了，把钱给我得了。更田说，能卖我早就卖了。张支农想了想，说，也是，就咱这地方，二十块钱一斤都没人吃，在咱这儿弄这玩意儿不是胡搞吗？王更田听张支农这么一说，立马来了气，说，不是你们撺掇着让我们养什么荷包猪也不会弄到这个地步，还要贷款，按我想的，一分钱都不还你们了。张支农四下里看了看，说，话可不能乱说，钱是你们贷的，项目是镇政府找的，现在项目失败了，可不关信用社啥事，有问题你们去找镇政府去。王更田说，咋不关你们的事？钱根本就没有经我们的手，直接就给了镇政府，你说关不关你们的事？张支农说，可合同上都是你们签的字，你们是同意的，你怪谁。王更田说，当初还不是让镇政府那帮浑蛋给糊弄了，糊涂着就把字签了。结果他们给我们提供的猪苗根本就不是合同上写的荷包猪，我要找他们赔偿。

张支农把王更田又往边上拉了拉，站在一堵墙的背后，指着脚下的小猪，说，这真不是荷包猪？更田说，不是的，我问过了，说是巴马香猪，猪苗给弄错了。张支农说，你真要找镇政府说事？王更田说，真要找他们！张支农说，你可要想清楚了，人家是镇政府，别到时候没逮住黄鼠狼又惹一身骚。王更田看了眼张支农，说，你操啥心？是不是你也拿黑钱了？张支农呸呸吐了几口唾沫，说，你个臭嘴，拿黑钱也轮不上我一个信贷员。算了，不说了，我只是提醒你，这事你还是谨慎点，别到时候给自己弄得下不来台。王更田说，我也不想去，如果你不要贷款了我就不去找他们了。张支农说，好心当成驴肝肺，我不说了，我只要我的贷款，再收不回来我这个月的工资就别想要了。王更田说，那小猪你还要不要，不要我还抱回去。说着就来抱小猪。张支农忙说，要！咋不要！小猪我先收下，给你三天时间把利息还上，小猪你还牵走，还不上我就送给西街的王老五猪肉铺，宰了抵债。王更田说，我这可是荷包猪，八十块钱一斤的，你卖给王老五能换几个钱？张支农撇了撇嘴巴，说，拉倒吧你，八十块钱一斤，你当你这是金猪了，除非你卖给镇政府，别人谁要？王更田说，我就是要卖给镇政府，他们拉下的屎他们来收拾。

2

更田回来，气都不敢喘一下，就忙着收拾猪圈，给猪弄吃的。去拌饲料，却发现饲料袋早就空了，几十个袋子乱糟糟地堆在墙角，就像蛇蜕下来的皮。更田把所有的袋子重新扒拉一遍，然后看着老伴儿，说，一点饲料都没有了？老伴儿说，一点都没有了。更田说，不是说叫你去借一下，先应个急吗？老伴儿说，昨天我去了几家，可人家都说没钱，亲戚家也问了，钱都紧张。老伴儿说着顿了下，看着更田，咱几乎把亲戚朋友都借遍了，又还不上，谁还肯借给咱。更田抱着头，在屋子里打转转，最后说，先去弄点玉米糁子，度个急。老伴儿说，那可是咱的口粮哪，喂它们了咱吃啥？更田就有些火，躁躁地说，一顿不吃会死啊！

老伴儿回村上去背玉米糁，走了两步，回过头说，刚才老孟来了，问咱拿人家的两千块钱啥时候还，我说等你回来再说，你给人家回个话。更田没有说话，看着老伴儿的身影在岗子上消失，心里毛躁得就像是塞了一把茅草，钱哪，钱哪，都是要钱，上哪儿弄钱去？更田把目光落到他的这些猪身上，看着面前这些似乎永远长不大的妖精猪，心都要碎了。这些该死的猪哟，自己当初咋就糊里糊涂地听了他们的呢？

事情还得从一年前说起。

一年前，镇上响应新农村建设号召，在全镇搞"一村一品"工程，具体到沿江村，就是养猪。沿江村紧靠丹阳河和伏牛山，山大滩涂大，镇里来考察过几次，就决定在沿江村搞养猪基地。可是包村干部说破嘴皮子，就是没有一家愿意养。包村干部就把眼睛盯在了更田身上。

盯住更田，是因为更田本来就在滩涂上养猪，已经养了几年了，但养殖规模不大，品种也是当地的土猪，只有几十头，基本上是散养，满山跑，把猪养得跟野猪似的，敢下河捉鱼吃。靠着这些猪，王更田的日子过得不错，在村子里也算是个富裕户。

包村副镇长李为民就找到了王更田，说，你就要发财了！

更田正在给猪挠痒痒，说，发什么财呀，不就这几头猪吗，只是够个吃喝。

李为民说，你可以扩大规模呀，你看你这条件多好，自己有养殖经验，场地又不掏钱。你有没有想过，这一河滩都是猪，都是你养的猪，你是全镇，不，全县最大的养殖专业户，那多牛。

更田心动了，可他说，没有钱呀，我哪有那么多钱，这一河滩的猪要多少钱？

李为民说，镇政府给你出钱，你愿不愿意养？

更田张大了嘴巴，老眼看着天，看是不是天上真的掉馅饼了。

李为民说，你看天弄啥，天上也不会掉下钱来，是镇上，镇上帮你弄钱，你看着我就行了，咋样？

更田说，哦！

李为民说，可不是你养的这些土猪，不是十几块钱一斤的，是特种养殖，荷包猪。

更田说，哦！

李为民说，一斤可以卖到八十块钱，到时候你不想发财都不行！

更田说，哦！

李为民说，那种猪，你恐怕一辈子都没见过，就像一只荷包，花里胡哨的，听说是从江香猪和槐猪杂交，还和野猪杂交，还有啥，反正是很多种猪和本地猪杂交培育出来的。对了，听人家养殖场技术人员说，这猪还有外国血统，和外国的什么约克夏猪也杂交过。总之，社会关系比较复杂，正因为社会关系复杂，才产生了优良品种。现在人找媳妇，不都是想找个外国媳妇吗？啥原因，杂交的才聪明，就是这个理儿。听说人家养殖基地培育这个新品种就花了十几年时间，麻烦得很。

更田听得头发晕，想了想才问了一句，那它的爹到底是谁？

李为民说，你管它爹是谁，咱是养猪，不是养它爹。

更田说，哦！

李为民说，仔猪六百元一头。

更田说，恁贵？

李为民说，特种猪啊，猪肉都卖到八十元每斤了，一头猪出栏时长到八十公斤，算算多少钱，一头猪就是一万多，老天，简直比印钱还来得快，更田你真的要发财了！

更田的脑袋晕晕乎乎的，感觉自己像坐上了飞机，心忽上忽下，把腹腔都撞得咚咚直响。好一阵子，更田才回过神来，有些不好意思地说，我真的没有钱。

李为民说，我说过你不用考虑钱，你只考虑你想不想扩大规模，想不想发财，想不想当个农民企业家，想不想……

李为民一连串的"想不想"像一块块砖头把更田砸晕了，可这是一种幸福的晕眩。他有什么理由拒绝呢，只有傻瓜才会拒绝这样的好事。他看着眼前的这一大片河滩，如果都养上猪，那又会是个什么样子。满河滩的猪，就像这脚下踩着的沙子，就像满地的庄稼，就像天上的星星，哎哟，那可怎么得了！更田想得心惊肉跳，老脸上的麻子砰砰地跳，身子也柔软起来，几乎要飞起来了。

半个月后，李为民来了，手里拿着几页纸，说是合同。李为民说，钱的问题已经解决了，由镇上协调，向信用社贷款。

原来是贷款。更田有些失望，可他很快就笑起自己来，几十岁了，还真指望天上掉馅饼啊，人家镇上凭啥白给你钱，真是糊涂得没边了。就是贷款，除了人家镇政府出面能弄来，别的谁能贷得来，上河村的刘柱子，都是老板了，照样一分钱都贷不来。更田想到这儿，心就又舒展起来，他和六子和苗蛮子几户一起听李为民给他们念合同。

李为民说，这钱可不能乱用，信用社管得紧哩，人家说了，贷款要封闭运行，钱不能经过贷户手，由镇上统一组织到外地购进猪苗，镇上直接把款项打进供应商账户。

更田不懂啥叫贷款封闭运行，但贷款不经贷户的手这话他还是听懂了，更田觉得这有些别扭，自己贷的款咋能不经过自己的手呢？

李为民解释说，这是人家信用社提出的条件，怕你们把钱贷出来用到别处，人家这叫专款专用，贷款养猪就只能养猪，而不能去养牛、养羊，或者是养女人。

人家似乎说的也在理，信用社也是吃过这亏了。前些年一些光棍到信用社贷款，说是搞什么养殖的，结果却拿了钱去四川、贵州买媳妇，有的鸡飞蛋打，现在还欠着人家信用社的钱，你说人家能不小心吗？

更田的思路通了，就在合同上签了字，在他的带领下，六子、苗蛮子也在合同上签了字。在他们的眼里，眼前那一个个方块字，已变成了一只只漂亮的小猪，猪嘴里衔着一摞摞金元宝，正向他们奔来。

猪苗弄回来了，三百多头，一个个跟绒线球似的，在河滩上乱滚。更田在河滩上新盖了猪舍，像伺候亲爹一样伺候着这几百头小猪。可一年过去了，小猪还是那样一个小猪，最大的也只有三十多斤。一年里长的这点肉卖了连贷款利息都不够，还不说赔进去的那些饲料钱。更田急啊，急得嘴唇冒泡、鼻子喷火，张支农来要贷款利息了，张支农扒拉着算盘珠子跟更田算账，一个月得好几千，不给就坐在更田的屋子里不走。更田急啊，看着这群始终长不大的猪，愁得眉毛都结成疙瘩了。

可自己的猪咋就长成这个鬼样子了呢？

从车上卸下猪苗的那一刻起，更田无疑是把自己的身家都搭进去了。以前养的猪少，有时他还能够回家吃顿饭、打个盹，反正村子离他的养猪场也不远。可现在不行了，更田把家搬到了养猪场。不单如此，更田又借了些钱，把猪场重新翻盖、粉刷，还购买了一些现代化的设备，他的猪场几乎就是一个现代化的养殖场了。李镇长来看，乡亲们来看，都佩服得不得了，说更田能干，是个企业家了。更田也高兴，他想，等这一批猪出槽，他就可以把欠信用社的贷款还上，余下的那点钱就不用着急了。

更田把自己的希望全部寄托在了猪身上。他每天早上起来的第一件事，就是跑到猪舍里，看他的猪长大了没有，长高了没有。然后就是给猪操办饮食，清扫卫生，给猪防疫。他听镇上的吴兽医说，猪也要讲卫生，猪圈要经常清洗，还要给猪做保健。更田不知道啥叫给猪做保健，吴兽医说，很简单，就是要给猪挠痒痒、逮虱子，有条件的还可以给猪放音乐，总之是让猪有一个良好的生长环境。更田想，这猪不是要成精了，是要当爷了。可想归想，更田还是按照吴兽医说的办了。给猪放音乐，更田做不到，他就给猪挠痒痒，一个一个挠，挠得猪们舒服得直哼哼。有一天，老伴儿看见了，就说，我跟你生活了一辈子，给你生儿育女，可我连个猪都不如。更田知道老伴儿是说气话，话说过了，气就没有了。果然，老伴儿也蹲下来，和他一起给猪挠。这还不算完。有一天，李镇长来了，李镇长说，更田你咋能一直把猪圈起来呢。更田不明白，说，不圈在圈里，放哪儿？李镇长说，更田哪，你以为你养的什么猪？你养的是特种猪，上市要卖八十块钱一斤的，咋能和别的猪一样，一直圈在圈里呢。你要把猪放出来，让它们活动，让它们跑。为啥跑？跑起来它们才能长瘦肉，人家出八十块钱买啥，买你那一堆肥肉？你没看现在买肉的，有几个是买肥肉的。更田想想也是，就在自己的日程上加了一项，按照李镇长的要求，每天至少让猪跑上两个钟头。猪们放出来很不老实，就跟下课的孩子一样，几百头猪在专门为它们准备的空地上追逐打闹，东跑西颠，一会儿这个翻过栅栏上山了，一会儿那个下河了，更田小跑着去撵，头上的汗从没有干过，晚上躺在床上，连翻身的力气都没有。更田有时想，这不是在养猪呢，这是在养爷呢。

可更田的内心依然欢喜，六十多岁的更田知道，好日子是熬出来的，苦尽甜才能来。可半年过去了，甜似乎离他还有很远。更田发现，他的猪几乎就没有多大的变化，还是跟绒线球一样在地上滚来滚去，一个个油光水滑的，可就是长不大。一开始他以为是自己伺候得不好，就去镇上买更好的饲料，还把家里打下来的玉米面加进去。可仍然没有多大的变化，更田就有些心慌了。他以为是他的猪生病了，天哪，生病了，那可咋办。更田慌里慌张去了镇上，找来了吴兽医。吴兽医看了看那些活蹦乱跳的猪，又抓住一只，仔细看了看，说，你的猪好好的，哪里有啥病？更田说，没病它们

村歌嘹亮

咋不长呢？都半年了还是这个样子，就跟吃了铁似的。吴兽医又看了看，肯定地说，这个品种的猪就是这样的，叫巴马香猪，长不大的，真长大了还没人要呢。更田看着吴兽医，他觉得吴兽医今天的说话有些奇怪，啥叫长大了没人要？不长大我要它们干啥？养着自己玩啊？吴兽医仿佛看懂了他的心思，临走时说，你老王现在养殖也在赶时髦啊，开始养玩物了。

啥叫养玩物？更田心里有些不舒服。吴兽医走后，更田猛然想起和他一起搞养殖的还有几家，就想着去他们那里看看。可没等动身，西村的六子和苗沟的苗蛮子就过来了，他们和更田一起贷的款，引进的也是同样的猪苗，不过规模都没有更田大。他们在猪场里转了一圈，就愁着脸不说话了。更田看着他们的样子，脊背已是一阵阵发凉，可仍存着侥幸问，你们的猪咋样了？六子说，咋样？还能咋样？跟你这一样！更田说，也是不长？苗蛮子说，可不是，跟吃了铁似的。六子说，这镇政府给咱们引的是啥猪种，这不是坑人吗？更田想起了吴兽医说的话，他说，吴兽医咋说这是玩物呢？六子看着更田，更田就把找吴兽医的经过说了一遍。苗蛮子说，吴兽医他是啥意思，得找他问清楚，我们养猪咋成赶时髦了？六子的眉毛愁得结成了疙瘩，几乎是带着哭腔说，这可咋办？我算了算，都赔进去几万了，再这样下去连本都要赔光了。苗蛮子也说，可不是，前几天张支农就找我要利息，可我一分钱都没有，人家说这几天还要来找我呢，你呢？张支农找你了没有？王更田说，咋没找，我也没有钱。六子说，以后可咋办呢？更田也说，以后咋办呢？

老伴儿把玉米糁背回来放在地上，说，我去地里了，该给玉米锄草了，说完就跛着腿走了。更田看着老伴儿越走越远的身影，突然就有些愧疚，自从这些爷爷猪来了后，老伴儿就一刻也没消停过，以前猪养的少，地里的活儿主要是更田做，老伴儿身体不好，到地里也就是打打下手、薅草间苗。可现在，一群始终长不大的猪把更田拴住了，一步也离不开，地里的活儿只能丢给老伴儿。看着老伴儿越来越消瘦的身子，每天晚上揉腿的时间越来越长，更田心里难受，都是自己造孽啊，弄回来这群要命的东西，以后的日子可咋办呢？

3

张支农把更田的猪又给送回来了。

早上，更田正在清理猪圈，就看见张支农牵着一头猪往河滩上来了。猪圈里弥漫着一股股清涩的臭味，他知道那是因为他的猪吃了太多的青草，青草没消化完，随粪便排出来，才发出这种味道的。还有一些猪，吃青草吃得直拉稀，时间一长，拉得东倒西歪，瘦得就跟排骨似的。可更田有什么办法，他已经穷得连饭都吃不饱了，哪儿还有钱喂这些猪，能保住性命就不错了。

更田看着张支农越走越近，那牵着的猪也渐渐看清了，是那头用来抵贷款利息的小猪。

张支农找了个石头坐下来，说，我把你的猪送回来了。

更田说，我看见了。

张支农说，你说你给我一头猪干啥？让我挨主任好一顿训，说我这工作是咋干的，收利息收回来一头猪！在会上说的，让我的老脸都没处放。回家了媳妇也说我，说我挣不来钱就算了，指望弄回来这一头猪能发财吗？

更田说，我也就只剩下这些猪了。

张支农说，这可咋整呢？这贷款咋办呢？这款可是我放出去的，主任催得火起，话都撂出来了，收不回来不但拿不到工资，还要受处分。

更田说，你这贷款我恐怕还不了了。

张支农说，你可别这样说，那不是要了我的命了，你是在为难我呢。

更田突然说，我都弄清楚了，你们这是在变着法儿坑我，这贷款我不还了。

张支农直起身子说，老王你这话可得说清楚，你拍拍心口说我拿你一分钱好处费没有？你咋能说我坑你呢？

更田说，我不是在说你，我是说镇政府，还有你们信用社。我都弄清楚了，这猪根本就不是荷包猪，是叫什么巴马香猪的。更田说着踢了下身边的小猪，镇上原来说给我们提供的猪苗是荷包猪，可结果给我的是巴马香猪，为啥？巴马香猪苗便宜，一头小猪才二百元，给我就是五六百。这还不算，镇上拿着钱，把考察、游玩、宴请、找女人啥东西都算到我们头上，你说这是不是坑人？

张支农睁大眼睛，说，你听谁说的？

你别管我听谁说的，你说这是不是事实？

张支农说，你可别听外人瞎说，让人听到了可不好。

更田把烟袋锅在石头上磕得砰砰响，说，瞎说？我这猪都是证据，合同上明明写的是荷包猪，可我这猪根本不是荷包猪！那荷包猪能长到七八十公斤，要不了一年就能出栏，可我这都养了一年多了，还是这个鬼样子，你说它们是啥猪？

张支农说，我哪儿知道？

更田说，我要去找镇政府讨个说法，我已经和其他几户联系好了，镇里要赔我们的损失。还有这贷款，你们叫镇政府还吧，反正当初我们也没见到你们的钱！

张支农说，老王你这样说就不对了，丁是丁，卯是卯，贷款合同上白纸黑字可是你签的，你咋能让我去找镇政府要呢，你这不是让我为难吗？

更田缓了口气说，我的情况你也清楚，吃了上顿没下顿的，贷款还是等事情解决了再说吧。

张支农说，今儿我就是为这事来的，我想到了一个办法，上面给的母猪补贴不是快到了吗，不如用那钱先把贷款利息还上，回去我也好给主任有个交代。

更田翻了翻眼珠，说，坑坑洼洼你倒摸得清啊！你要惦记着那笔钱你就等着吧，他们年前就跟我说快到了，可到现在也没见到钱的影子。

张支农说，这事我打听清楚了，最近镇上就在发补贴，我也跟镇上做通工作了，如果你同意，他们就可以把钱转过来，抵贷款利息。张支农说着，拿出一个委托协议书给更田，说，我把委托协议都写好了，你在上面签个字就行。更田看着那些密密麻麻的小字，感觉就像是回到了一年前的某一天，也是这样的协议，也是让更田签字。更田的手像是被烙铁烙了，手一抖，协议掉到了一摊猪粪上。张支农忙把协议捡起来，放在嘴边吹了吹，说，咋样？你就签一下，这半年的贷款利息就不用操心了。更田心里憋气，就说，你不知道我不会写字，让我签啥协议？张支农说，那你就摁个指头印，也管用的。更田说，咋恁复杂，你去跟他们说，我更田同意，让他们直接把钱打到你那儿就行了。张支农说，光说不行的，人家不会办。更田说，那咋办，这指头印我不会摁的。老辈儿上摁指头印都摁怕了，不是卖地就是卖儿卖女，都跟我们说过的，再难也不能摁指头印。张支农说，那是旧社会的事，现在是新社会了。更田说，在这事上我看没啥差别。张支农搔了搔头，说，那咋办？不如这样，镇上离这儿也不远，咱们去镇上，你亲自跟人家说，咋样？更田说，不咋样。张支农不高兴了，说，老王你是不是不想这样做呀？那你说这贷款利息咋办？你总不能让我贴钱吧？更田被逼到了墙角，只好说，那我跟你去镇上。

到了镇上，张支农很熟练地敲开一间办公室，跟里面的人说了几句话，然后招手让更田进来。更田不进去，说，你跟他们说清楚就行了。张支农又说了一阵儿，又把更田指给一女的看。好一阵子，总算把事情说清楚了。那个女的也把头探出来，问更田，你真的同意？更田说，同意了。那人就说，那就这样办了。

张支农满面春风走出来，好像打了一个大胜仗，他拍拍更田的肩膀，说，这利息终于解决了，我给你卸了个大包袱。你不知道，原来人家说，这笔钱要第三批才来，我跟人家做了工作，人家才同意提前到第二批，不容易呀。张支农说着看着更田，好像更田占了他多大的便宜似的。张支农因为高兴，话越说越多，就由这半年说到后半年，张支农说，我给你说个法子，你一直这样撑着也不是个事，一天得耗多少饲料钱？我看你还是先处理一批，缓解一下资金紧张，也能把后半年的利息结了，你看咋样？

更田感觉自己的脑门上的青筋一个劲地蹦，蹦得脑门子疼。更田的手在脸上抹几下，牙疼似的咧着嘴说，好，好，就按张领导说的办，我回去就办。

张支农这才高兴地走了。

看着张支农走远，更田返身回到那间办公室，对刚才那女的说，那补贴你还是要发给我。女人愣愣地看着更田，好一阵子才想起来就是刚才来的那人，就说，你不是同意把补贴钱转到张支农账上了吗？更田说，我们刚才又合计了，他说暂不转了，让我回来跟你说一下。女的哦了一声，说，搞什么搞，一会儿这样一会儿那样的，说着砰的一声把门关上了。

更田扯开步子往回走，脸上难得露出一点笑容。

4

更田要卖猪了。

做出这个决定实在是无奈之举，张支农说的话也不是没道理。更田感觉自己几乎山穷水尽了，这些都是张嘴的畜生，一顿不喂就叫得天要塌下来似的。可喂又怎么样，光吃不长肉，每天都要倒贴几百块，简直是吃他更田的肉呢。现在，饲料已经喂不起了，更田就把猪往山上赶，好在，这山上有的是鹅肠菜、猪耳朵草、鸭掌芹、灰伶伶、鸡血草等，这些都是猪喜欢吃的野菜。有这些野菜，猪们啃啃就能解决个半饱。猪们吃草的时候，更田也不闲着，他要打猪草，给它们解决晚上的饮食。更田知道，他现在打的不是草，而是钱，他多打一捆草，就可以少投入几元钱。

不但更田自己打，老伴儿也来了。老伴儿是个病身子，干不了活儿的，可看到更田艰难的样子，也上山了。更田看着老伴儿跛着一条腿，颤颤巍巍，风一吹就要倒的样子，就伤心，这火气就不打一处来。都是这些猪害的，自从这些猪来到他家，他一天安生日子都没有过，跟伺候爹一样小心伺候着，结果呢？想到这一点，更田手里的镰刀重重扎在地上，真想骂上一通，骂谁呢，骂自己贪心，好好的养几头猪，过个安稳日子就行了，非想着发什么财，这下倒好，弄了一群砍脑壳的，你他娘的去发财呀！还骂谁呢，他要骂镇政府那些人，把他当傻子一样来骗，骗就骗吧，钱你使就使了，也该给我弄点好猪苗，可你们弄来的这是啥，这是一群爷，一群长不大的爷，这不是要我的老命吗？我这日子往下可咋过呀？

更田蹲在地上，双手抱住脑袋，恨不得往石头上磕。可就是把脑袋磕掉又咋样？更田伤心地想，那些猪也不会长大，欠信用社的钱还是要还。他站起身，开始捆草，然后再往山下背。可即使这样，更田也知道，他根本撑不了多久，现在猪们还能上山啃啃草，秋天呢？冬天呢？再说，一直这样下去，还不把它们一个个啃得瘦成妖精，那他又是图的啥呢。还有，张支农跟个影子似的总跟在后面，更田知道，利息还不上，张支农就会一直跟着自己。说不还钱也是一时的气话，更田知道欠债还钱的道理，自己一辈子没欠过谁，老了更不能背这个恶名。考虑了很久，更田决定，先出售一部分猪，回笼一下资金，给自己减轻点压力。

更田去卖猪前，带着那头叫"约巴马"的小猪先去了一趟镇政府。

更田去得早，镇政府还没有人上班，更田本想去吃点饭，可又怕把人等丢了。就忍着饥，蹲在镇政府门前，盯着进进出出的人。到了半晌午，才看见李为民和法庭的魏庭长说着话过来了。李为民看见站在一边的王更田，愣了下，说，刚和镇长说到你，你就到了，我正找你呢。

更田的心里一热，忙说，找我？

李为民说，是找你，有个事，说大不大，说小不小，不过需要你的配合。这不，市里要搞"一村一品"工程观摩，咱县这边就数你的养殖场搞得好，镇里就把你那儿作为一个点。你回去把场子打扫打扫，拾掇得干净点，墙壁也要粉刷，另外你那儿现在总共有多少头猪？

更田说，三百多头。

不行，有点少了，到时候再从别的地方弄些过来，规模弄大点，这个工作我来做。你要把外观形象搞好，还要刷上标语，这是市里组织的观摩，规格很高，县里特别重视，听说还有省领导参加呢，千万马虎不得。

更田有些失望，低着头不说话。

李为民看着王更田，想了想说，忘记告诉你了，去年的母猪补贴就要到了。你那儿上次统计的是多少？一百多头，一头补贴一百，下来就是一万多，估计下个月就能拿到手了。

更田又听李为民啰唆着说些别的，可始终没有说到他关心的事上。外面都有人喊李为民了，更田才说，我上次跟你说的事咋办？

啥事？李为民一愣。

就是猪的事，上次我跟你说过的，你说到我那儿去看看，可一直没去，我就把猪带来了。更田说着把拴在外面的小猪拉过来。

看什么？李为民仍是一脸疑惑，你带个小猪干什么？你说它有啥事？

更田说，它有事，这猪都养一年了，还是这么大，我可咋整哩？

不是吧？李为民瞪大眼睛，往前走了一步，扒拉着小猪，除了瘦，我看着挺好的，你说它有啥事。

小猪认生，一个劲地往外跑，发出尖锐的叫声，把李为民吓了一跳。

更田把小猪拉过来，说，我栏里的猪都是这么大，都一年了，还是这么大，你说是咋回事？

李为民摸摸脑壳，说，你不是跟我开玩笑吧，一年了还是这么大，是不是生病了，还是其他啥原因？

更田说，我也找兽医看了，人家说这猪根本就没病，我问那为啥不长，人家兽医说，这猪就长这么大，说是什么巴马香猪，根本不是合同上说的荷包猪。

李为民似乎意识到问题的严重了，说，这话可不能乱说，当初引进猪苗的时候，都是慎之又慎，有专家跟着的，绝对不会出错，你还是回去查查有没有别的问题。

更田说，我不是乱说话，我这猪就是证据，我问过了，也查过资料了，我这猪根本不是荷包猪，是巴马香猪。还有，荷包猪猪苗价格高，巴马香猪长不大，猪苗价格低，我都问过养殖场了。

李为民说，你这话是啥意思？你意思是镇政府用高价进了低价的巴马猪苗，政府拿钱了。

更田不说话。

李为民把小猪拉过来，扒拉过来扒拉过去地看，半天才说，你知道你这样说的后果吗？这事我会跟镇上汇报，等弄清楚再说，记住，回去不能乱说。

更田说，可啥时候能弄清楚，我这都撑不下去了，这些东西要吃要喝的，还光吃不长肉，我咋整呢？

李为民说，先等等吧，等市里的观摩团走了再说。说着，又看了下小猪，说，你的猪不会都这么瘦吧？

更田说，没有东西喂，可不都这么瘦。

李为民说，那怎么成，让观摩团去看你那儿一群瘦得跟妖精一样的猪吗？你回去抓紧时间给猪抓膘，啥好吃喂啥，啥长膘喂啥。

他娘的，说得多容易，我自己吃饭都成问题了，还有啥东西喂它们。更田一边往回走一边骂，猪的事还没解决，又给自己找了一堆别的事，真他娘的见鬼了。

更田最后的一点希望破灭了，现在除了卖猪已经没有任何办法了。更田从猪舍里把大的稍微肥一点的挑出来，说是大的，也只是相比较大一点。更田在猪舍里转得晕头转向，汗如雨下，也才挑了十来头，装到"三马车"上，就去了县里。李为民跟他说过，你这猪是特种猪，一斤要卖到八十元钱的。更田就想，乡下是没有人愿意掏八十元钱来买他的猪的，镇上也不会有，李为民说的那些大城市他没去过，他就去过县上，他想，县城就是不小的城市了，他的特种猪是有人买的。

到了县城，也不知道该往哪儿去，给城管交了一百元钱后，更田才来到一个集贸市场。这里有很多屠户，都是现宰现卖，更田又交了五十块钱的摊位费，才把车停在一个指定的地方。更田也不知道推销自己的产品，只是坐在车上，一袋一袋地抽烟。这些袖珍小猪吸引的第一批客人是一群放学的孩子，他们围着更田的小猪大呼小叫，把小猪抱在怀里爱不释手。更田的脸上难得露出了一点笑容。但他们很快就被大人拉走了。然后，有大人围过来，啧啧地称赞着，说，养到家里也是个不错的玩意儿，但立马有人拿出猫狗来做比较，结论是还是养猫狗好些。更田不得不站起身，纠正他们说，我这是肉猪，是特种猪，肉好吃得很。就有人问价格，更田把价格说了，立时惊倒一大片。

过了中午，猪一头也没有卖掉。更田想是不是自己的推销有问题，就转而去问那些屠户，问他们要不要他的猪。那些屠户过来看，这一看，嘴巴里就像塞了几个核桃，半天才说，我杀了一辈子猪没见过这样的，它们是不是猪啊，不会是珍稀动物吧？更田肯定地说，是猪，是特种猪。一个屠户摸摸小猪，说，不会是"猪麒麟"吧？我从儿子的漫画书上看到过，就跟这个东西一样。屠夫们七嘴八舌说起来，争论了很长时间，最终认定这确实是猪，因为一个见多识广的屠户说，他好像在一个地方看见人们拉着这么一个东西，或者抱在怀里，稀罕得就像自己的孩子。另一个屠夫说，我也到过一个地方，看见过这种东西，人们把它们架在火上烤，连毛都不除，烤好了，在上面撒上大料，就开吃了。开始我还以为他们烤的是兔子，可人家告诉我，这是烤猪，还说我傻。几个屠夫笑起来，但仍有少部分屠夫坚持自己的疑问，说，猪咋只长这么大？这咋赚钱呢？更田只好再次跟大家解释，说，我这猪可不是一般的猪。屠夫们就问多少钱一斤。更田想起刚才吓倒的那一大片，咬了咬牙，说，七十块钱一斤。屠夫们的眼睛瞪圆了，脖子伸得老长，仿佛被鬼掐住了，好半天才缓过劲儿来，哇的一声喊，立时四散奔逃。

更田待到天快黑，他的猪一头也没卖掉。猪们大概是饿极了，在车上哼唧乱叫。更田也饿了，可他身上已经没有钱了。他用仅剩下的两个硬币，买了两个烧饼，自己吃了一半，猪们吃了一半。

5

更田再找李为民，却咋也找不到了。

其间，李为民来过更田的猪场一次，是和观摩团的领导一起来的。那天，更田的猪场打扫得干干净净，还按照镇上的指示，把墙用白灰抹了一遍，在墙上刷写了致富口号。做这些，更田花去了大半个月的时间。开始，更田也是不想做的，可村主任来看了看，说，更田，你必须按镇上说的做。更田说，为啥？主任说，就为那母猪补贴钱，你做了就可能领到那笔钱，你不做恐怕就别想领了。更田憋了一肚子气，可他没办法，猪卖不出去，他现在还真指望那点钱快回来，多少能应个急。可更田仍说，这刷墙啥的要花钱，我哪儿来的钱？村主任说话也不客气，说，你的猪场，总不能让村里出钱、让我出钱吧？更田知道再多说话也没啥意义，就去村里找盖房子的借了白灰，师傅请不起就自己刷。字是请村小学的曲老师写的，虽然有些歪扭，可白底一衬，还是很鲜艳。至于缺的那些猪，镇上早已送过来了，几百头清一色的长白条。更田看着这些送过来的猪，看得眼泪都下来了，这都是他以前养的猪种，省料，还长得快，出栏就是二三百斤。可看看自己养的那些猪，还跟刚生出来的猪崽似的，更田看得泪眼婆娑，连死的心都有了。

观摩团来的那一天，更田想好好跟李镇长说说猪的事，说说谁该对他的猪负责，该咋个负责？如果可能的话跟来的大领导说说也行。领导们过来了，一溜的小车，一溜的衣着光鲜，一阵阵的灯光闪烁。更田被这闪光刺伤了眼睛，不自觉地缩到一个角落里，直到一个胖胖的人问起来，李镇长才把他从旮旯里拽出来，送到一群人面前。更田觉得自己的脑子蒙了、傻了，也不知道人家都问了啥，也不知道自己都说了啥，只知道自己跟个傻瓜似的僵着一张脸，早先的想法都不知道跑哪儿去了。领导们也就是问了几句，就去看猪了，就看到了那些袖珍猪。领导们来了兴致，说，没想到在这里竟然能看到这些猪，真是生活水平不一样了，连农村都有人养宠物猪了。然后，领导开玩笑说他家里的那头巴马猪是不是就是从这里出来的，身边的人都跟着领导笑。可更田发现陪同的镇领导笑得有些僵硬，有些牵强，更田知道，他们一定是有愧了，如果他们意识到自己错了，就会赔我的损失了。领导继续往前走，可是看着看着脸色就暗了，领导说，这些猪咋都这么瘦呢？一个个跟柴火棍似的。跟在边上的书记忙说，这是标准的瘦肉型猪，严格按订单要求养的，回购企业就是这样要求的。现在没人喜欢吃那些肥肉，养猪的就尽可能往瘦里养。领导似乎明白了，哦了一声。

观摩团很快就走了，李镇长留下来，但他不是为了更田的猪，他是要把送过来的那些猪快速送到另一个猪场，因为领导们还要去那里观摩。猪都装上车了，李镇长也要上车了，更田只好拉住李镇长的胳膊，说，你都看到了，你说咋办？李镇长被更田拉扯得有些烦，说，你自己养不好你怨谁？更田有些吃惊地看着李镇长，说，你咋能说出这样的话？明明是你们把猪种弄错了，咋还把责任推到我身上？李镇长严肃地说，谁说我们把猪种弄错了，你乱说话可是要负责任的。更田也有些生气了，说，连领导都说我这猪是巴马猪了。李镇长说，领导随便说一句你就当真，领导拉下的屎都是香的，你吃不吃？更田气得有些头晕，哆嗦着从兜里掏出一张纸，这合同上都说好的，荷包猪出栏就能长到八十公斤，可我们养这猪早都到出栏的时间了，还只有这么点。李镇长说，那也不能肯定你这猪就不是荷包猪，也不能说它们就是巴马香猪。更田说，那你说它们是啥猪？你告诉我为啥都养了一年多了还是这个鬼样子？李镇长说，我现在什么都不能说，我回去会汇报，等领导研究了我才能说。

从那天起，更田再也找不到李为民了。找不到也得找，找不着李为民，就找书记、镇长。可书记、镇长说，你去找李为民。更田说，我找不到他。书记说，你继续找。更田说，我都找了十多天了，还是找不着他。镇长说，那是你们的事，镇上不管。更田说，可他就是镇上的人。镇长说，他是他，镇上是镇上，谁也代表不了谁。更田听不懂这话的意思，推来推去推得更田也有些生气了，说，你们真不管，我就告你们了。镇长说，告，你告去，该咋告就咋告！

更田从镇长办公室出来，在院子里呆站了一会儿，魂魄才又回到他的脑壳里。更田突然想哭，但终于忍住了，手在脸上抓了几把，抓出了几把眼泪。更田把手在身上擦了擦，四下里看了看，这才走出镇政府的大门。

更田在街上转悠，想着下一步该咋办，却看见张支农正从信用社出来。更田想躲开，可张支农已走过来了，隔着老远就说，你个王更田，看你挺实在的，还挺会耍人的，把我害得好苦。更田想到那事，也有些不自在，就说，我也是实在没办法了，等那笔钱救急呢，你不是不知道，我那猪饿得都快吃人了。张支农说，光靠那点钱也解决不了问题啊。更田说，我知道，可我有啥法子，你说的法子我也用了，可猪拉到县上根本没人要，找镇政府人家根本不管，我都要跳河了。张支农忙一把拉住更田，说，你可不能跳河，你跳河我咋办哩，总不能跟你一起跳。更田说，实在没办法我就告他们。张支农身子紧了下，说，你告谁？更田说，我要告镇政府。张支农说，你可得想清楚。更田的脸阴沉沉的，几乎能拧出水来，说，我真的没办法了，我啥办法都想过了，可还是解决不了。李为民找不着了，镇长说他们不管，我咋办？几十万的贷款哪，还有这鬼样的猪。更田越说越生气，越说越伤心，手一个劲地在脸上划拉，脸上被划拉得红一道白一道的。

更田又划拉几把终于平静下来，说，我就是要去告他们，告镇政府，告李为民，除了这我已经没路可走了。张支农叹口气，说，都说冤死不告官，你还是想清楚。更田说，我还有啥办法，除了死我真的没有别的办法了。张支农叹口气，说，那你就告吧，也许告一下，我那贷款还有可能活了，我要被他们给坑死了。

更田不知道该去找谁告状，他想到镇上有个巡回法庭，经常在乡间跑，就去找巡回法庭。转了几个圈，问了几个人，才在一个住宅区找到他们。那里的空地上围了很多人，人群中间，放了两个桌子。桌子后面坐着魏庭长他们。更田明白了，这是巡回法庭在现场办案。更田听了一会儿，明白了事情的原委，就是一家的公鸡跑丢了，鸡的主人说是跑到邻居家，被邻居家捉住了，由于两家的鸡都没有记号，谁也无法断定那鸡到底是谁家的。两家就吵，由吵发展到骂、到打，最后告到巡回法庭。魏庭长听了两家陈述，就想出一个办法。魏庭长的办法很简单，就是把那只惹祸的公鸡放出来，让它自己找家，有点古人审案的味道。

抓人心的那一刻终于来了，公鸡被放了出来，所有人的眼睛都盯着公鸡看。公鸡很傲慢，看看在场的所有人，若无其事地在地上叨几口青草，然后扭着屁股进了附近的一个人家。有人跟了去，出来却笑起来，说，那王八蛋到隔壁院子里找母鸡搞男女关系去了。在场的人都围过去看，又都笑着跑回来。有的看着魏庭长笑，原来鸡进去的这家根本不是吵架的那两家。围观的人都笑起来，魏庭长也笑，说，这些东西，尽想着干坏事，把正事都耽搁了，改天再审吧。

更田看着他们嘻嘻哈哈的样子，突然就有些失望，但他还是走了过去。

6

更田正在山上放猪，却被山下火烧火燎的声音惊到了。

天还没亮，更田就早早把猪赶上了山。由于猪太多，更田不得不把猪们轮流放。开始，更田把猪一下子都放出来，猪们在山上乱跑，跟没了王的蜂一样，跑得满山都是。更田就满山撵猪，可更田咋能跑得过猪呢，晚上一拢圈，还是丢了几头，幸好第二天被村里人逮住，给送回来了。更田不得不改变办法，给猪们轮班，这样，猪们在山上的时间就少了很多。为了让猪们多吃点草，更田只有早起，猪们还没睡醒，就被更田喊起来了。它们不情愿地哼唧着，挤挤撞撞地跟在更田后面，新的一天就这样开始了。

更田把猪领到草厚实的山坡上，自己坐下来抽烟。烟锅子的亮光像星星一样在黑暗中闪烁，照着更田沧桑的脸。更田在明灭的暗光中想着心事，他想起昨天晚上做的那个梦，梦见他的那些猪，都变成了狼，龇着獠牙向他冲来，更田挥舞着手，想把它们推开，想从它们的身边逃开去，可他失败了，他的胳膊被咬住了，肚子被咬开了，他感受到撕裂般的疼痛，眼看着自己只剩下骨架，只留两个眼珠还在骨碌碌转。更田一下子醒过来，手脚还在四下挥舞着，就像一只螃蟹。它们真的就是一群狼啊。更田看着满山乱跑的猪，对自己说。

天亮了，地上的一切都活泛起来，那些人啊、鸟啊、草棵下的虫子啊，甚至那些植物们，伸懒腰一样抖擞着身子，把露水抖落掉，去迎接崭新的太阳。更田也站起来，抖擞几下身子，利索地撒下一泡尿。小猪也活泛起来，满山遍野地跑，更田就跟在后面撵，往一起拢。有时拢着拢着就少了一头，一头猪光苗钱就五六百呢，更田就四下里找，运气好了，会在一簇树丛里，或者一个半人深的坑里发现小猪的踪影。运气不好，就永远找不着了。更田知道这山上近来出现了一些野兽，像狼、豺狗等，更田就发现过几次，它们鬼鬼祟祟地跟在他后面，等待着机会。还有一次，晚上，正在睡觉的更田被一阵猪叫声惊醒，急忙爬起来去看猪，看见两只豺狗正在往外拉一只猪，可怜的小猪肚子已经被豺狗咬开了。更田伤心地抱着死去的小猪，一个晚上都没睡觉。更田正慌张地撵着，就听见山下传来一阵叫喊声。

喊他的是六子和苗蛮子。六子爬上半山，呼哧呼哧地说，更田叔，巡回法庭来了，来给咱们解决问题了。

更田跟着他们回到猪场，果然看见一辆写着"巡回法庭"字样的车停在空地上。车上下来的是魏庭长和一个年轻的书记员，跟来的还有村委一班人。更田急忙引魏庭长过来坐下，老伴儿早已把茶端过来。魏庭长摆摆手，从车上拿出矿泉水，拧开喝了一口，说，你就是王更田。更田赔着笑，手里拿着的烟也不知道该不该发。

魏庭长四下里看了看，说，走，去看看你的猪。更田急忙走到前面，带着魏庭长他们一个圈一个圈地看。魏庭长只是看，不说话，看完了，就说，准备开庭。

那边，早按书记员的要求，摆上了两张桌子。两边围了一大群人，都是沿江村的人，听说法庭来审理案子了，都跑过来看热闹。

　　　　　　　　　　　　　　　村歌嘹亮

魏庭长让捉一头猪来。

更田就唤约巴马，逮过来了，就是那头经常抱来抱去的小猪。约巴马没见过这么多人，哼哼唧唧，一个劲地想逃走。更田抓住约巴马，约巴马踢腾累了，才安静下来。

魏庭长说，你说你养的猪不是合同上写的荷包猪，而是巴马香猪，有啥证据？

六子抢先说，这不是明摆着的事吗？这明明就是巴马香猪！

魏庭长摇头，说，法庭判案靠的是证据，光说不算数。

苗蛮子说，我们有专业鉴定，说着拉出人群后的吴兽医，他说的话肯定没错。

魏庭长说，他是谁？

更田忙说，是吴兽医，我们这一带的神医，看牲畜一看一个准，懂得多，啥样子的猪都见过，他说的绝对没错。

是这样的吗？魏庭长皱着眉头。

吴兽医忙走上前，说，我查过资料了，他们养的确实不是荷包猪，而是巴马香猪，两个猪种有些相似，但仔细看，还是能辨别出来的……

魏庭长似乎听得有些烦，摆了摆手，吴兽医住了口，人群也静下来。魏庭长突然走到约巴马跟前，蹲下来，眼睛直直看着约巴马，然后轻声说，你到底是荷包猪，还是巴马香猪？约巴马看着魏庭长，身子往后缩了缩。魏庭长说，那你是荷包猪？约巴马还是不说话。那你就是巴马香猪了。约巴马还是不说话，只是哼唧了两声。魏庭长站起来，突然踢了约巴马一脚，约巴马尖叫一声，拱到更田的脚下瑟瑟发抖。

魏庭长转过身，对吴兽医说，你说的也不算数，刚才我问过猪了，它也不知道它是什么猪，你知道它是什么猪？你比它都能？

人群哄一声，都笑起来。吴兽医红着脸，急忙躲到了人群后面。

所以说，现在还不能判定这猪到底是荷包猪还是巴马香猪，你们双方的证据都不充分，你们说这是巴马香猪，可人家镇政府说这就是荷包猪，所以这个案子还得找证据。魏庭长说。

更田小心地说，找啥证据，这不是明摆着的事吗？

旁边的书记员说，就是找它是巴马香猪的证据，譬如说，找一家权威的鉴定机构，他们出具的证明就可以作为证据。

书记员还要说，被魏庭长瞪回去了。

魏庭长说，这个案子先这样，有证据了我们择期再审。

魏庭长得胜还朝般走了，人群也散了，连六子和苗蛮子也失望地走了。场子里只剩下更田，约巴马仍蹲在他的脚下发抖，更田突然也来了火气，对着约巴马喊，你抖啥？你怕他们干啥？你说你连自己是谁都不知道，你不是在坑我吗？你们还想坑我到啥时候？约巴马看着更田，也不说话。更田有些恼了，说你看我做啥？你还委屈呢？说着踢了约巴马一脚。约巴马突然冲过来，把更田撞了个趔趄。更田抽了棍子去打，可猪已经跑没影了。

中午，老伴儿把饭送过来了，小米稀饭，一个馒头，一碟咸菜。更田边吃饭边听老伴儿说话。老伴儿说，咱的官司能赢吗？都说冤死不告官呢！更田说，咱占理，怕啥？老伴儿说，占理的事多了，可最终还是输了。更田说，我就不信黑的他们还能说成白的。老伴儿说，你还是"一根筋"。说着老伴儿转了话题，说，家里的玉米也不多了，这段儿猪陪着吃，就剩个缸底了。麦子还有些，可不能再把麦子也喂它们了，再喂咱真要断炊了。更田抬起头，说，那你说喂啥？总不能让它们饿死？那都是钱呢。老伴儿说，钱呢？钱在哪儿呢？钱都让这些畜生给吃了，我看也快把我们给吃了。一口饭噎到嗓子里，更田咳嗽了半天才缓过劲儿来，他放下碗，看着老伴儿，说，你怨我呢？那我就去死，好不好？老伴儿受了抢白，捂着脸出了屋子。不大一会儿，却传来老伴儿惊惧的叫声。

更田急忙奔出去，看见老伴儿正站在一个猪圈前，嘴巴张得老大。更田急忙问，咋了？老伴儿指着猪圈让更田看，只见猪圈门开着，里面多了两个鸡，鸡是更田养的，不知咋就跑到猪圈里了，一群猪正在撕扯鸡，一会儿鸡就被拽得七零八落的，被猪吞下了肚，连肠子都没留下。老伴儿的脸色都白了，手捂着胸口，说，老天，这猪咋还吃鸡呢？我活这么大还是第一次见，真是遭天杀的。更田说，是饿的吧？老伴儿说，再饿也不该吃鸡啊，真是作孽啊。更田没再说话，进了猪圈，把鸡的羽毛收拾净。更田做这些时，猪们就看着他，那是一种什么样的眼光啊？那是猪的眼光吗？更田的心咚咚跳着，急忙离开了猪圈。

7

六子和苗蛮子来的时候，更田正在河滩上挖坑，他的身边挺着几头小猪，早已死翘翘了。

猪是从 8 月份开始死的，开始是一头、两头，后来就是成批死。更田慌了，急忙去找吴兽医。吴兽医看着面前瘦得皮包骨头的小猪，说，你都给猪喂啥了，咋这么瘦？更田说，还能喂啥？钱早都没有了，只能去山上弄些草草秧秧的来喂。吴兽医撬开猪嘴巴看，又凑近嗅了嗅，说，你这猪中毒了。更田说，咋会中毒呢？中啥子毒了？吴兽医说，是不是吃了有毒的草？说着就去检查更田打回来的猪草，就从草堆里翻出些葱兰、粗肋草、姑婆芋和彩叶芹，吴兽医抖着这些草，说，这些草都是有毒的，你咋能让猪吃呢？

更田拍着脑袋，想着自己这是咋了，咋会把葱兰都打回来了？更田抱着脑袋一句话都说不出来。

吴兽医说，按说这点毒草也不至于要了猪的命，从猪拉稀的情况看，可能是你的猪吃了带露水的草。最主要的是你的猪太瘦了，抵抗力太弱了，俗话说壮汉不敌三泡稀，何况这些瘦得都要倒的猪呢？你应该给它们喂些饲料，草草秧秧的只是帮它们保个性命。

更田苦着脸，我想给它们喂点好饲料，可哪儿还有钱呢？

吴兽医说，这些猪跟着你也是受罪，这镇政府也是作孽啊，弄这些东西让你养。

更田把坑挖好了，把死猪放进去。六子帮着填土。六子说，啥毒死的，我看是饿死的！你咋不去问镇政府要补贴呢？那笔钱早就回来了，要回来，起码还能多维持几天，猪也不至于死了。

更田看着六子，说，不是没去过，是去过几次都空手回来了。前天，他进了发补贴那个办公室，却看见一直没露面的李为民也在那里，李为民就说，这不是更田吗？你来干什么？你能耐大呀，连镇政府都告了，还要啥母猪补贴？更田红着脸，听李为民数落。李为民说够了，最后像是给他，更像是给屋里的人说，补贴还没回来呢，回家等着吧。更田小声说，可别的户都领了。李为民不愿意了，说，你是不是也想告呀，告镇政府贪污你的补贴钱？你去告呀。更田把头埋进衣领子里，缩着肩膀往外走，恶声恶气的声音追着他跑出来，不知道这补贴是一批一批的来？是猪吃还是你吃？没这补贴就活不下去了？

六子说，他们是存心找你的茬，这镇政府也太欺负人了。

两个人好长一段时间都没说话。

六子和苗蛮子是来和更田商量下一步咋办的，状子已经递上去，开弓没有回头箭，只有硬着头皮走下去。他们就说起那天魏庭长的审案，说如何寻找证据。六子说，明明就是巴马猪，他们为啥说证据不足，这猪不就是证据？他们是不是跟镇政府一个鼻孔出气，存心不帮我们说话？

苗蛮子说，啥叫专业鉴定机构？干啥的？我咋就听不明白呢？

更田说，就是鉴定猪的，你没听魏庭长说的，是不是荷包猪咱说了不算，吴兽医说了也不算，得人家鉴定机构说了才算。

苗蛮子说，那镇兽医站算不算权威机构？

六子说，应该算吧，那也是国家设的机构。

苗蛮子说，那我就去找兽医站，我还有个亲戚在那里，让他们给咱的猪做个鉴定。听说上外面找鉴定，还要出大钱，可我哪儿还有钱，这爷爷猪弄得我裤裆里只剩下俩蛋蛋了。

更田赌气地说，那就把你那俩蛋蛋给人家。

8

早上，更田正和老伴儿铡猪草，主任急吼吼地来了，说，更田，魏庭长找你，要你快到镇上去，要开庭了。村主任说完就走了，一边走嘴里还嘟哝着，我这村主任都成你更田的通信员了。

更田带着约巴马去镇上。从镇上走过，不时有人和他打招呼，有些认识，有些不认识。认识的人说，更田，让我看看你的小猪。说着把约巴马抱过来，就像抱一个婴儿，一边抖着一边说，是不是长了一年多就这么大。也不等更田回话，接着说，听说一斤要卖到八十元哪，都成金猪了。还有人说，就该告他们，那些人整天吃饱了没事干就钻在屋里编圈圈，去年让我种黄姜，说市场上十几块钱一斤，还包收。可我种出来了，五毛钱一斤都没人要，全烂在地里。找他们，可一个个都属王八的，没一个人伸头，一年亏了我好几万。还有人说，他们撺掇着让我养野牛，是美洲野牛，也说帮我贷款，幸亏我没同意，不然也要赔得连裤子都没了。

更田低着头，从人群中穿过，到了人民广场，六子和苗蛮子已经到了。

一会儿，魏庭长就过来了，说，我想再做次努力，那天调解的事，如果你现在同意还来得及。

更田说，不是我不同意，是他李为民根本就不想解决问题，那条件，傻瓜都不会愿意。

现在，更田和六子他们站在前面，李为民坐在边上。因为搞的是封闭审理，现场并没有几个人。

魏庭长看了看下面，威严地咳了几声，说，人都到齐了吧？书记员看看下面，说，人都到齐了，可以开始了。说着指了指更田，意思是让他先说。

更田往前走了一步，还没张口，魏庭长突然说，等一下，说着指着更田后面的猪，说，把它带到前面来。

更田看看魏庭长，又看看约巴马，还是把约巴马抱到前面。一下子把自己置于众目睽睽之下，约巴马有些害羞，拼命地往后扯。更田不得不紧紧抓住它，看着魏庭长。

魏庭长威严地看着约巴马，说，它叫什么？哦，对了，叫奥巴马，不，叫约巴马，我就问你，你到底是荷包猪还是巴马香猪？

约巴马看着魏庭长，眼里尽是惶恐和疑惑。

魏庭长拍了下桌子，说，如再不老实招供，拉下去打四十大板。

约巴马还是不说话。约巴马的沉默对魏庭长来说是一种蔑视，从它的眼里能看出来。

魏庭长最终意识到自己一无所获，让更田把约巴马抱走了。魏庭长开始听取各人的申诉，苗蛮子就把兽医站出具的鉴定书拿出来，魏庭长看了看，在书记员耳边说了几句话。

一会儿，镇兽医站的小吴来了，小吴是个年轻人，刚大学毕业。魏庭长说，你说说看，眼前这只小猪究竟是个什么猪。小吴不明就里，就过来看猪，蹲下身子，把约巴马翻过来覆过去，还把约巴马的嘴巴打开。小吴一边查验，一边念念有词，说，这猪体躯短而矮小，被毛黑白相间，颈部短而细，背腰稍凹，腹部较大，斜尻，尾较长，四肢短细，前肢姿势端正，四蹄如梅花型，按这些特征来看，应该是产自我国广西的巴马香……小吴的话还没说完，李为民就说，你个小吴在这儿胡说啥哩？多识那几个字拿到这儿显摆来了，连给牛配种都不会，真不知道你还能干些啥？回去，去，叫你们刘站长来，就说我李为民找他。

小吴被李为民的一顿话说得面红耳赤，捂着脸走了。一会儿，刘站长来了，对着魏庭长笑，也对着李为民笑。李为民说，笑啥哩？指着庭长面前的鉴定书，说，这鉴定书是你们出的？你们一个兽医站，当自己是国家鉴定机构了，是不是又收人家钱了？出这些纸片片。还有，看看你引进来的那些人，连个猪种都弄不清楚，这工作咋干的？

刘站长被李为民没头没脑地一顿抢白，也不知道咋回事，就赔着小心说，是，是，他们才进来，没经验，也怪我，没培养好。

李为民说，那你来看看，这头猪到底是个啥品种的猪？

刘站长领了任务，像小吴一样蹲下来，但刘站长只是看，一句话也不说。看了足有半个小时，看得约巴马都有些羞愧了，刘站长才站起身，一本正经地说，从外形看，既像荷包猪，也似巴马香猪。

魏庭长说你个刘滑头，你这样说不等于没说，我等着你的话来判案呢。刘站长委屈地说，目检只能做出这样的判断，要想真正鉴定出是什么猪，只能用科学的方法。

魏庭长说，那你说用什么样的办法才能鉴定出来？

刘站长说，跟人一样，采集猪身上的血液、毛发和粪便，拿去做鉴定，就像给人做 DNA 鉴定一样。你那儿放的那个鉴定，我也知道，只是目检，不科学的。

李为民说，那你还犹豫啥，赶紧采集毛发、血液啊，赶紧拿去鉴定啊，还等啥？

刘站长不好意思地说，咱这地方条件差，做不了这高科技鉴定。

李为民骂了一句，说，你个刘站长，今儿回去就把你那兽医站给撤了，啥都干不了还要它干啥。

刘站长的脸绿了，看着李为民，说，其实也不是不能做，就是需要置办些设备，如果有这些设备，鉴定还是能做的。

李为民说，原来你是想借此问我要钱啊，你是在要挟我呢！

刘站长说，哪儿敢。

李为民说，需要的东西你列个清单，今儿这鉴定你必须给我做，还不去取样？

约巴马又被抱出来，四脚朝天放倒在地上。约巴马用力挣扎，可在人类面前，它的力量显得如此弱小。它羞愧地闭上眼，如果这时地上有道缝，相信它一定会钻进去。很小的时候，妈妈就告诉它，猪可杀而不可辱，可他们今天不但要从自己的身上剪毛发，还要从自己的身上抽取血液。更要命的是，他们还要让它在大庭广众之下大小便，老天，那是一种怎样的羞辱啊。约巴马想着，忍不住哆嗦起来。

　　鉴定结果出来的那一天，更田正和张支农说话，张支农说，你这次真把我害苦了，主任让我停岗收贷，收不上来就不让我上班了。更田说，不是我害你，是镇上害你，也是你们自己害自己。张支农说，咋能这样说？更田说，你们不放这些款不就没这事了。张支农叹口气说，事情复杂着呢，县上、镇上压下来，谁能顶得住，下面就是一帮跑腿的。更田说，娘的，这一开始就是个圈套，让我们往里钻呢。张支农说，那你的官司咋样了？更田说，镇兽医站正做鉴定呢。张支农说，镇兽医站？让镇兽医站做鉴定，你们脑子是不是进水了？更田说，咋了？张支农说，你说咋了？看你耍我那个机灵劲儿，你没想想镇兽医站能做出啥？更田说，是李为民让做的。张支农说，那就更完了，在李为民眼皮子底下能鉴定出啥？

　　事情果然如张支农所说。更田他们按时来到镇上，魏庭长拿出一张纸片，说，鉴定结果出来了，你看看。更田拿着纸片，纸片上鬼画符一样爬满了数字和符号，更田一个也看不懂。更田拍下纸片说，你就给我说结果吧。魏庭长说，鉴定结果是荷包猪。更田有些不相信地看着魏庭长，又看着站在边上的刘站长，刘站长低着头。更田说，这咋可能呢？明明是巴马猪，咋就鉴定成荷包猪了？魏庭长说，你得相信科学，这都是科学鉴定的，你也看到了，把猪的毛发、血液、尿样进行化验才得出这个结果，不会错的。更田说，咋不会错？肯定是错了，明明是巴马猪，你们咋会说是荷包猪呢？刘站长你说说。刘站长不得不从旮旯里站出来，嗫嚅着，这都是仪器说的，仪器说它就是荷包猪。更田生气了，说，你那是啥仪器？人家的仪器都说真话你那仪器净说瞎话，我不相信这个结果。魏庭长说，更田你可不能这样说，现在啥都可以不相信，但你得相信仪器，仪器就是科学，仪器说的肯定不会错。更田说，那仪器也是人控制的，还不是人想叫它说啥它就说啥，再说，谁知道那些毛发拿回去化验了没有。刘站长仿佛找到了说话的勇气，化验了，真的化验了，一样一样化验的，谁骗你谁就是那头猪。更田把约巴马往身边拉了拉，说，有些人恐怕连头猪都不如。刘站长红了脸，说，你怎么骂人呢？更田说，我骂谁了，心里没鬼就不怕半夜鬼敲门。

　　魏庭长觉得这样吵下去有失法庭尊严，就说，你们不要吵了，让我再问问这头小猪。说着，伸手去拎约巴马的耳朵。约巴马受到突然袭击，急忙往后面躲，钻到了桌子下面。魏庭长不得不站起来，去捉约巴马。约巴马更紧张了，满屋子乱窜。魏庭长撵得呼哧呼哧的，把办公用具都弄翻了，也没有捉住约巴马。魏庭长就说，更田，快把你的猪捉住。更田看着螃蟹一样的魏庭长，说，你捉它干啥？魏庭长说，我要亲自审问它。更田说，你不是问过它了吗？它又不会说话。魏庭长说，那是它不老实，这次我要给它讲明政策，再不老实我就不客气了。更田嘟哝着说，可它不过是一头小猪。

终于把约巴马抓住了，魏庭长满心欢喜，拽住约巴马的耳朵往前拉，约巴马不肯，使劲往后坐，魏庭长累得满头大汗，终于把约巴马弄到面前。魏庭长在约巴马的头上敲了一记，说，你再不老实，就活不成了。约巴马仿佛被魏庭长的威严给吓住了，不再试图逃跑。魏庭长拍了下桌子说，你到底是什么猪，快给我如实招来。约巴马惊恐地看着魏庭长。魏庭长在约巴马的脑袋上又敲了一记，说，你看我干啥？让你说话呢。约巴马不说话，更惊恐了。魏庭长有些不耐烦，说，你说你连自己是啥猪都不知道，还活个啥劲，说着手不停地在约巴马的头上敲，敲鼓一样。约巴马感觉自己的头隐隐作痛，它再次试图逃跑，可耳朵被魏庭长牢牢抓着，耳朵几乎都要扯裂了。约巴马的叫声几乎把周围的人都吸引来了，他们看着魏庭长满脸惊奇。魏庭长觉得自己下不来台，就说，你不是不说吗？我就来看看，你到底是个什么玩意儿。说着，一用劲，把约巴马弄翻在地，像给病人做检查似的，看看这儿，摸摸那儿，甚至把约巴马的阴茎都翻出来。一边翻弄还一边问边上的刘站长，说，这猪的阴茎这么小？刘站长期期艾艾说，应该是荷包猪吧。说着看了看周边围着的人，人们也在看他，就加了一句，说，这个我还没做专门研究。围着的人哄一声都笑起来，有人说，刘站长你连这都不研究，你研究啥，总不是整天研究母猪那东西？人们都笑起来，笑声震得虫子都从屋顶掉下来。

约巴马匍匐在地，那种耻辱感又来了，铺天盖地地涌过来，一瞬间就把它包裹起来。它抬头看四周，人们都在看着它笑，张开的嘴巴足可以塞进一把草料。它感觉自己的心在抽搐、在哭，它突然站起来，愤怒地看着周围的人群，然后尖叫一声，以迅雷不及掩耳的速度向外冲去。

9

更田踏上了去县上的路。

那天，更田问魏庭长，那事咋说？魏庭长说，啥咋说？鉴定说是荷包猪，那就是荷包猪。更田说，他们那是啥鉴定，我不信那个鉴定，我要去找县上、市上，实在不行就去省里，找那些大机构，找他们鉴定去，我还要找纪委说事去。魏庭长看着更田，半天才说，你真要去找县上、市上？更田喘着粗气说，他们哄我，我就要去县上，市上。

更田很少出门，刚一下车，那熙攘的人流就把他给吓住了，天哪，咋这么多人哪，比丹阳河里的鱼都要多。吓住老汉的还有那么多的部门，他不知道该找哪个。那天临走时，魏庭长说，如果你对判决不服，可以申请复议，然后给他说了复议的部门和程序。更田听得头大，也没有记住几个字。最后，他想了一个笨办法，案子不是巡回法庭办的吗？巡回法庭是县法院的，他就径直去找法院，法院的人又给他指了路，接连跑了四五个办公室，说得嘴唇都要肿起来了，才找

村歌嘹亮

到要找的地方。更田把自己的事说了，也把巡回法庭的判决说了，那人戴着眼镜，很斯文的样子，就指点他该怎样做。更田终于听明白了，所谓复议就是重审，不同的是，换个地方，再换些人。更田就说，法院咋会说自己的法庭输理呢，他们说不定还是会维持以前的判决。眼镜的脸色不好看了，说，老乡你怎么这样说话，法院是主持公道、匡扶正义的地方，怎能是你说的那样？更田说，那我那猪明明是巴马香猪，魏庭长他们为啥说是荷包猪？眼镜就问判决的过程，更田也说了。眼镜就笑了，说，法庭判的没错，鉴定说是荷包猪，那就该这样判。更田倔强地说，可那明明判错了。眼镜就给更田指路，说，如果你认为他们判错了，那你就要重新找一个权威鉴定机构，对你的猪进行鉴定，让他们给你出具鉴定书，这鉴定书就可以作为新的证据。更田说，啥叫权威机构？我们镇上那兽医站算不算权威机构？如果他们算，那我就不做了。眼镜笑了，笑得眼泪都出来了，说，兽医站能算啥权威机构。更田就说，那法庭判决依据的就是镇兽医站的鉴定。眼镜愣了愣，说，真的？更田说，真的。眼镜说，老魏也是胡来。然后就给更田说了些单位，像省里的农科院、牲畜研究中心等。更田一一记下，说，那我就去找他们给做鉴定。眼镜说，人家可是要收钱的，而且鉴定费不便宜。更田说，这个我明白，就跟打官司要收钱一样。眼镜瞪了他一眼。

从法院出来，更田想着要不要去纪委，可看了看天，心疼那一晚上二十块钱的住店费，还担心家里那群爷爷猪，就先回了家。

更田上市里省里给猪做鉴定，去纪委反映问题的事很快就传遍了全村、全镇。更田到镇上去，熟悉的朋友就问，更田，你真的要到省上给你的猪做鉴定？更田说，我不单要给猪做鉴定，我还要上纪委呢。熟人说，上纪委给猪做鉴定，纪委还管这事？更田说，我上纪委反映他们吃拿回扣的事。朋友说，那可不是小事，不过，这猪的事他们也弄得太不像话了，明眼人一看，就知道是弄错猪种了，他们还在那儿胡说，这天下还有没有公理了？尤其镇上那兽医站，也是大睁眼睛说瞎话，镇长一生气立马就软了，连句实话都不敢说。熟人正说着，扭了下头，突然就住了口。更田也转过身，看见刘站长正站在他们身后，脸涨得通红。熟人打了个哈哈，急忙走开了。刘站长看着更田，好一阵子才说，更田，我知道你难，大家都难啊，该怎么做就怎么做吧。说着拍了下更田的肩膀，走开了。

更田到镇政府，正遇上李为民和魏庭长说话，他们看见更田就住了口。李为民看着更田，目光像锥子，似乎一下子要扎到更田的心里去，说，你来干啥？更田说，我那补贴到底啥时候能发？李为民翻翻眼珠，说，更田，你不是能耐大吗？工作都做到省里去了，听说你还去纪委，你去纪委干啥？谁使你的钱了，你知道诬告镇政府和领导的后果吗？更田不理李为民的话茬，说，我跟你说补贴的事，等着用钱呢，猪都快饿死完了，饿得连老鼠青蛙都吃呢！边上的魏庭长说，用钱就用钱，瞎折腾啥哩，我跟李镇长说说，把你的补贴钱早些给你，你就不要折腾了，行不？更田说，那是两码事，如果镇上给我的损失赔偿了，我就不折腾了。李为民黑了脸，说，去，去，去，你就去折腾吧，看能折腾个啥结果，你以为那纪委是你家开的？至于补贴的事，钱还没回来，等回来你再来领吧。说着就伸手推更田，嘴里还在说，这真遇见鬼了！更田回过身，看着李为民，说，我才是遇上鬼了呢，大鬼小鬼一群活鬼！

更田往回走，却看见村小学的曲老师慌慌张张跑过来，上气不接下气地说，更田叔，你快点过去，出事了。更田说，出啥事了？曲老师说，你过去看看就知道了，你的猪把放学的孩子咬伤了。更田一怔，说，猪咬孩子？这咋可能呢？曲老师说，你跟我去看看就知道了。更田就跟着曲老师往前跑，很快就到了现场，地上坐着一个孩子，正在哭，是老孟家的孙子，几个孩子围在边上。更田看了看，孩子的腿被咬流血了，是皮外伤。更田还是不相信，就说，猪咋会咬人？是不是看错了？曲老师说，你问孩子们。孩子们就七嘴八舌说了事情的经过，大致就是，放学后孩子们正回家，忽然从地里蹿出几只小猪，围着一个孩子就咬，要吃人似的，其他孩子又是喊又是叫才把猪吓跑。更田说，你们看清了，不是狗，是猪？孩子们几乎同时说，真的是猪，就是你养的那种猪，我们都识得。正说着话，孩子的家长也过来了，问了事情的经过，还好只是皮外伤，更田带着孩子去了诊所，给孩子伤口消毒包扎。回来后，又带着礼品去了老孟家，老孟说，没事，伤口长住就好了。就是你那猪可真是邪门了，猪咬人还真少见，你还是当心点。更田说，这些猪不规矩，可能是没圈好，跑出来了，我回去就把圈门重新收拾收拾，不让它们再往外跑了。

10

这天，更田正在山上耕地。更田的地全在山上，这儿一片那儿一片，羊粪蛋子似的散落在山上。地贫瘠，连草都不长，这些年年轻人都出了门，山地几乎没有人种。更田原来也不种了，但今年又把这些撂荒的坡地重新捡起来，还新开了一亩多地。没有办法，更田现在连吃的问题都解决不了，不种点地还能干什么。

更田正挥汗如雨地忙着，却听见老伴儿在坡下面嘶哑着声音喊，更田看看天，还没到吃饭的时间，老伴儿喊自己干啥。更田又埋了头，继续锄草，可老伴儿"啊啊"的声音不依不饶地从坡下传上来，更田骂了句："老婆娘，死人了，在这儿鬼喊鬼叫的。"

下得山来，老伴儿牵着他的胳膊就往家里走。老伴儿的眼里满是欢喜，更田的心就放下了一半，跟着老伴儿回到猪场。

猪场里，两个人正坐在板凳上抽烟，一个岁数大点，一个是年轻人，他们的身边停着一辆"三马车"，上面装了几十头猪，几乎和自己的猪一样。年长的见更田看车上的猪，就说，这是我们刚收来的，就是离你这里不远的两个养殖户。他们跟我说你这里也有，我们就过来了，看你卖不卖。更田又凑近看了看，的确是六子他们的猪。更田的精神有些黯然，说，他们咋一下子把猪都卖了呢？年长的说，因为我们出的价钱好啊，每斤比你们卖的多出三块钱，他肯定要卖了。更田说，这不是卖猪这是糟蹋猪呢，这猪应该卖到八十元一斤呢。年长的笑了，说，还在做你的春秋大梦呢，又不是金子，咋能卖那么贵，被人忽悠了到现在还不明白。更田说，这个萝卜价卖了我还不赔死。年长的说，你看看你养的那些猪，都成什么样子了。年长的人说着走到猪圈前，看看，一个个鹤发童颜的，瘦得都成神仙了，拎起来就是一张皮，现在拿到市场上恐怕连个市场价都卖不到。再说，这马上就冬天了，你拿啥喂这些猪，总不能把你自己这身老骨头拆了喂它们。更田内心最虚弱的一块儿被触动了，他闭了嘴，狠劲抽着烟，半天才说，一斤多加五块钱。年长的想了想，又跟一直坐着的年轻人耳语了几句，回过头说，就照你说的，可有一条，你的猪我们全部收走。全部收走？更田怔了怔，说，为啥？年长的说，不为啥，我们这也是舍本做一次，少了划不来。更田下意识地说，我卖给你们一百头，剩下的我养着。收猪人说，那不行，要收我们全部收走，少了我们就不划算了。更田说，那我留下小半，其余的二百头都给你们。收猪人说，你留着干啥，都给我们算了。实话告诉你，我们收这一批猪是要运往香港的，听说那里的人喜欢这种猪肉，才赌这一把的，你不知道我们冒多大的风险。再说，看看你这猪，瘦骨伶仃的，回去我们还得贴膘，麻烦得很，风险大得很。更田说，可我还是想留一部分，说不定啥时候真能卖个高价呢。

更田卖猪的事惊动了村里人，大家都到猪场看更田卖猪。大家七嘴八舌的，六子他们也来了，六子说，卖了吧，卖了省心，看看这猪把咱整的，出去打工一年也挣个两万多，现在倒好，一年多净赔两万多，里外拐就是四万多，还有贷款，他娘的镇政府把咱的好日子都给搅没了。更田说，你把猪全卖给他们了？六子说，全卖了。更田说，那你不找镇政府索赔了？六子说，赔啥？自古冤死不告官，告不赢的，即使跑到县上、省上，结果也不会好到哪里去。卖了算了，赔了算了，重新过日子。可也有人说，更田你可不能卖，你已经投下去恁多钱，这一卖不就亏定了，不卖说不定还真如镇上说的将来能卖个好价钱。即使卖不了，咱也可去找镇上去，让他赔咱损失，如果你卖了，啥都没有了，人家给你赔啥！

更田的头有些蒙，那两个人也有些焦躁，来回踱着步子。年轻人忽然就停了步，把更田拉到一边，悄声说，我再给你加一块钱，咋样？更田说，不行，要加就再加两块。两

村歌嘹亮

块就两块，年轻人说，那就这样说定了，这些猪全部归我们了。

称好猪，等到装车时，更田又犹豫了，说，我还是留下一半吧。年轻人有些不耐烦，说，你这个人咋这样，出尔反尔的。更田咬着烟袋锅子，半天才说，我也是心里没底，你们就给我留个念想吧。年轻人说，这猪是你婆娘还是你老子，还要啥念想？更田说，毕竟养了它们这么长时间，石头也要焐热了。

收猪人走后，更田看着空荡荡的猪圈，身子也像被抽了骨架，一下子瘫软下来。正自懊恼着，却看见张支农进了院子。更田没好气地说，你的鼻子倒挺灵的。说着往厕所走，张支农紧紧跟在后面。更田说，你跟着我干啥，你看着我尿都尿不出来。张支农说，你尿你的尿，我尿我的尿，我咋影响你了？更田把裤子提上，说，你真能嗅到钱的味道呢。张支农没有理会更田的挖苦，自己搬个椅子坐下，说，我这次可是来给你劝告的，不听将来你可别后悔。更田看着张支农，张支农说，你把你的猪都卖了？更田说，卖了。张支农说，全卖了？更田哦了一声。张支农说，我觉得这事有些蹊跷。更田说，有啥蹊跷？张支农说，凭空突然冒出来一个收猪的人，以高于市场价几乎一倍的价钱收购，你说这事是不是有些蹊跷？更田说，可人家真的出钱了，说着把那些钱拿出来，递给张支农，说，你看是不是假钱？张支农把几沓钱翻了翻，说，是真钱。更田透了口气，说，吓死我了。张支农说，我不是怀疑钱有问题，我在想他们为啥要高价收购你的猪，我听说这些人把六子他们的猪全收了，我就想，如果你把猪全卖了，你再去镇政府索赔，人家说给你的猪都是荷包猪，你有啥证据说人家给的不是荷包猪？更田又出了一身冷汗，说，你说他们是想毁灭证据？张支农说，我也是猜测，如果真是这样，你就麻烦了。更田说，幸亏我还留下一半。张支农走到猪圈前看，说，还好你这脑子没全进水。更田说，那以后咋办？张支农说，啥咋办？把这些猪养着，初一都熬过了，还能过不去十五？更田说，可我没钱啊，说着去拿张支农手里的钱，可张支农的手躲开了。张支农取出一小沓给更田，把剩下的装进口袋，说，不要怪我，我也是没办法，这点钱先还一部分贷款和利息，先保我个职位，其余的，等你把赔偿款要回来，再还给我。不过，你可要小心，如果我没猜错的话，那些人隔些天还会来向你收猪，你可不能再卖给他们了。

果然如张支农说的，隔了几天，那两个人又出现在更田的猪场，鬼鬼祟祟的，执意要收更田余下的猪。更田多了个心眼，装作很高兴的样子，和两个人说话，就说到了猪的去向。年轻人说，你那猪还叫猪，我们拉回去杀了两头，吃着简直就像是老母猪肉，难吃死了。更田说，你们不是说要往南方运吗？中年人拿眼剜年轻人，说，这不是嘴馋吗，都说这肉好吃，就杀了一头，吃着还不错。中年人说着吧嗒着嘴，很受用的样子。更田说，看来我这猪确实是好猪，那我就不卖了，留下卖个好价钱。两个人相互看了看，中年人忙说，别，别，你就卖给我们吧。更田说，不卖。边上的年轻人有些急了，说，你就行个好，卖给我们，不然回去领导都要批评我们了。更田抬眼，说，谁批评你们？中年人忙说，老板，是老板。

更田在猪槽上磕了磕烟袋，说，那我问问我的猪们，看它们愿不愿意跟你们去。说着，对着身边的猪们哇啦几句，那些正在地上乱拱的猪抬起头，看着更田，呼啦一声就扑过来，把更田吓了一跳。

11

晚上，更田吃了碗红薯稀饭，在猪场里转了转，就睡下了。更田太累了，累得身子骨就跟拆卸下来似的，更田把它们胡乱凑在一起，就睡下了。

后半夜，他被一种奇怪的声音弄醒了，是小偷吗？以前养猪时，更田遇上过小偷偷他的猪，可自从养上这群"妖精猪"，小偷也懒得光顾了。更田这样想着，还是睁开了困乏的眼睛，可他看到了什么呀——微弱的手电光下，是几个晃动着的模糊身影。还没弄明白是咋回事，他就被绑起来了，嘴里还塞进一个毛巾。然后晃动的身影开始向猪槽里倾倒些什么，那些还在昏睡的猪被赶起来了，它们向发出香味的食物走去，吃了几嘴，很快就躺倒在地上。再看地上，已经横七竖八躺满了猪。现在，晃动的身影已开始把倒下的猪往外抬，外面停着一辆汽车。更田突然生气了，他们咋能这样？他们咋能这样？更田就只有这些"妖精猪"了，可他们连他最后的财产也要拿走，这不是要更田的命吗？更田拼命站起来，幸好绳子绑得不紧，更田把身上的绳子解开，迅速冲出屋子，向村子跑去。

更田领着村里人赶来时，车子刚装了一半，看见村民们举着火把拎着铁锨，那些人匆忙发动汽车，一溜烟跑了。

早上，清点猪，丢了三十多头。更田报了案，镇上派出所来了两个人，照了几张相，问了更田几个问题，就走了，说是让更田等着，可从此再也没有音信了。

静下来的时候，更田就想，谁会来偷猪呢，而且明显不是偷，是抢，把自己都捆起来了，不是抢又是什么。更田就想到张支农的话，心里咯噔一下，头发也竖起来，一脑门子的冷汗。

更田猪场被偷，不，应该说是被抢的事很快就传遍了镇上，传遍了丹阳河两岸，最后连县上、市上都知道了。热心人开始把矛头指向当地的公安部门，质疑一个乡村案件为什么到现在还没破，更质疑地方上的治安为何如此差，竟然有贼人开着车偷，不是，应该是抢。报纸、电台、网络都登出来了，公安上的压力很大。于是，公安上的人又来了，所长亲自来了。公安看来是下了决心了，在更田的猪场待了两天，但收获并不大。临走时，所长指着卧在边上的约巴马说，你说你养个猪咋这么多事，又是假猪苗，又是告镇政府，又是镇上不给你补贴，都成你的事了，现在又把事弄到我这儿了！更田木着脑壳，说，我也不想。所长说，啥不想，你说你这猪给我们找了多少事？所长说着更生气了，指着边上的约巴马说，当时这头猪在现场吗？更田说，在。所长就拽着约巴马的耳朵，把约巴马拉过来，说，你知道那天晚上发生的事吗？你告诉我。约巴马看着这个陌生的身上透着杀气的男人，不由把身子往后缩了缩，满脸的惊恐。所长继续问，那你告诉我，到底是谁做的？约巴马还是不说话。所长有些生气，说，那你就告诉我点什么。约巴马还是愣愣地看着所长。所长真的生气了，踹了约巴马一脚，说，你他妈真是一头猪啊！所长说着，回身对更田说，这头猪我们先带走，也许还能从它身上弄出些信息。更田说，它不就是一头猪吗？它能帮你们什么？所长说，在案子没破之前，我们要搜罗所有有价值的东西。这头猪在现场，我们现在有很发达的科技，把一个仪器安装在猪头上，说不定它就可以把那天晚上发生的事告诉我们。更田无奈地看着约巴马，说，你就跟他们去吧。

过了两天，派出所通知更田去接约巴马，更田去了，可他看到了一个怎样的约巴马哟——约巴马瑟缩着站在门口，身子就像一片秋叶，它的一条腿瘸了，身上布满了血印，勒痕就像是一条粗壮的蛇缠在脖颈上。跟出来的人说是跟狼狗打架打的。更田看着约巴马，约巴马也看着他，眼神里满是痛苦和仇恨。真是作孽呀，更田牵着约巴马，一瘸一拐地往家走，两个瘦小孤独的身影在山间小路上移动，仿佛一个灰色的剪影！

12

这天早上，天没亮更田就起来了，第一件事就是到猪圈查看。昨天晚上，圈里的猪几乎叫了一夜。开始更田还以为是有贼人来，和儿子起来几次，可啥都没看到。手电光打到猪圈里，看见一群猪围在一起，正起劲地撕咬。更田也没在意，就去睡了。睡到半夜，更田做了一个梦，梦里到处都是血，把整个屋子都染红了，血染红的地上，躺着一个人，脏器都被掏空了，只有头还是完整的，可怜的人手伸着，似乎想抓住身边的东西，可迎接那只手的是一张张血盆大口。更田打了个冷战，醒了，更田想起，自己以前也做过这样的梦，咋老是做这样的凶梦呢？

更田进了圈，除了几头猪身上有些伤痕外，并没有发生多大的意外。更田稍稍放心了些，他去外边拿了些干红薯秧，放在猪槽里，可猪们只是看了看，动都没动。更田骂了句"砍脑壳的"，把最后一点饲料拿来，和草一起拌了，饲料的香味吸引了其中的几头猪，它们围过去吃起来，可更多的猪还是站着，用有些敌意的目光看着更田。更田真的生气了，抡起手里的棍子，朝身边的猪打去，可那猪不但没有像往常一样逃跑，反而冲过来，把更田撞了个趔趄。更田爬起来，看着身边的猪，突然就有些心慌，急忙走出来，摸摸头，已是一脑门子的汗。

更田发了会儿呆，突然想到昨天镇上邮局打来的电话，要他去取一个邮件，更田知道是鉴定书来了，就让儿子去取。更田也不回去，简单吃了个冷馒头，喝了点水，就背着背篓上山了。

草已彻底枯干，猪又不是牛，它们比牛金贵，是不会吃这些枯草的。可它们不吃枯草又咋办呢？借来的那点红薯秧也快吃完了，更田又有啥办法呢？他现在一分钱都没有了。昨天孙子过来问他要钱，更田摸了摸身上，连五块钱都摸不出来。更田就说，回去问你爹要。孙子说，爹说他没钱，让我来问你要。更田说，爷也没有了，等猪卖了就给你。孙子就哭了，孙子说，这钱是用来买红领巾的，老师说了，如果钱拿去晚了，学习成绩再好也拿不到红领巾。更田就木木地站着，一下一下摸着孙子的头，可再摸也摸不出钱来，孙子还是伤心地走了，一边走一边回头看他，那眼光让更田一辈子都忘不了。

更田在山上转，可即使枯草也难以寻得来了，它们已被风干，抓在手里轻轻一搓，就变成了一团碎末。更田就去找槐树的叶子，槐树叶子好，即使干了也不苦，羊最喜欢吃了，猪饿极了也会吃的。更田原来想着再去村里借点红薯秧，可他扳了扳指头，村里种红薯的，几乎都借个遍了，再说人家也是养有牲畜的，更田就把这个念头打消了。更田也把所有的喃都想个遍，可条条都是死道。

又是手抓，又是笆子拉，总算把背篓装满，更田已经累得气喘吁吁。他在地上坐下来，靠在一块突出的岩石上，太阳是暖的，岩石是暖的，更田的眼皮耷拉下来，昏昏欲睡。这样的日子多好啊，一直这样下去该多好啊！

当一阵阵寒意袭上来的时候，更田醒了，看看太阳，已经落到山的那一边，自己睡了多长时间呢？更田摇晃着站起来，可头有些晕，身子也是软的。更田想自己是不是病了，也许是老了，不中用了，躺下就起不来了。更田看了看太阳，估摸下时间，应该是下午四五点，自己的肚子都饿得咕咕叫了，那些"砍脑壳"的猪一定也饿坏了，更田想着，摇晃着身子往山下赶。

回到猪场，把草弄碎，更田出了一身虚汗，站都站不稳。可他还是稳稳心神，把自己熬粥的玉米弄出来一些，和草拌了，天已经黑下来了。儿子不知怎的还没有回来。更田没缘由的就感到心慌，这种感觉是近来才有的，他怕见到那些猪，怕它们看他的眼神，是自己亏欠它们了吗？他问自己，可自己又有啥办法呢？

更田打开猪圈，昏暗的光线下他一时看不见那些猪都聚在哪儿，他想拉开电灯，可想了想，还是松开绳子，那都是钱呢。更田摸着黑往里面走，猪圈里悄无声息，就像这些猪突然消失了。更田踩着这寂静往前走，内心的那种慌乱又来了。这些猪们都是咋了，是饿晕了吗？还是饿得不会吭也不会动了？更田的步子越走越沉重。他还是把电灯拉亮了，他看见了，看见了一双眼，一双即使在黑暗中也足以穿透一切的眼神，那是多么熟悉的眼神啊！更田轻声叫着，约巴马，是你吗？该吃东西了，你们还匿在那里干什么？

约巴马不吭声，它的身边开始聚拢更多的猪，它们以同样的眼神看着更田，确切地说，那不是猪的眼神，是狼的眼神，是噬血的野兽的眼神。更田的腿哆嗦起来，拿在手里的草料也掉在地上，脑子里，又想起昨晚做的那个梦，汗一下子就下来了。

约巴马过来了，它围着更田转了一圈，又转了一圈。更田不知道它要干啥，不知道这头平时有些忧郁的猪要干啥，他试图像往常一样伸出手，在约巴马的身上摩挲一下，可约巴马闪开了，躲得那样快，那样坚决。

更田想退出去，可他往后看，发现他的身后已经站了几头猪，它们已经把他的退路切断了，它们想干什么？更田模糊地想，手不自觉地抓了根棍子，和那些鬼魅一样的眼睛对峙着。

猪越聚越多，他还听见另一个圈里猪骚动的声音和它们撞栅栏的声音，它们这是咋了？是疯了，失心疯了？更田见过那些失心疯的猪，那些猪跟野猪没什么两样，甚至比野猪还要凶残，什么都咬，什么都吃。更田闭了下眼睛，汗水如雨般流下来。

天已经完全黑透下来，村庄上的灯火已经亮了，老伴儿应该把饭做好了，儿子应该回来了。对了，那个鉴定书肯定拿回来了，他就可以凭着这个鉴定书去打官司了，他就可以获得赔偿了，有了钱，他就可以把欠这些猪们的东西给补回来。这一年多，它们跟着他受尽了罪，一定对他心怀怨恨，是这样的，一定是这样的！

约巴马转动的身子终于停下来，它抬起头，发出一声凄厉的尖叫。随着那声尖叫，那些猪，不，应该是那些狼，冲了上来……

（原载《鸭绿江》2012年第3期）

新生活

1

孟三省在芭马村宣布以后不再使用货币，这是他基于自己大半辈子牛一样辛劳却仍然无法获取哪怕是维持最简单生活所需要的金钱而做出的悲壮决定。然后，孟三省把所有的农活交给了媳妇迟桂花，他自己则开始潜心研究建设无货币区的宏伟构想。

孟三省是个特立独行的人，这与芭马村的水土和历史有关。芭马村地处三省交界的大山深处，依山傍水。俗话说一方水土养一方人，和其他地方相比，这里似乎更是一个出思想的地方。历史上名人辈出，各种奇思妙想更是层出不穷。譬如大家都比较熟悉的历史名人孟元，东晋人，是个自然主义者，也是个无政府主义者。孟元一辈子不穿衣裳，光着身子走来走去，扰得四邻不安。他却说大家不理解他，一气之下，钻进深山，除了读书就是和动物说话。他学会了鸟语，和其他动物交流自如，却丧失了与人交流的语言和能力。他让老虎给自己当看门狗，让狼给自己弄吃的，活得就像一个神仙。他根据自己的经历和研究写出了一部叫《自然主义》的书，比世界上那些研究自然的论著早了上千年。在他的带领下，芭马村进入了一个思想喷发的时代，此后每隔几十年，总会有彩虹悬挂在芭马村上空，历时七天方才散去。看到这个景象，人们就知道，又有闪光的思想或者异人出世了。有好事者对这种现象进行了研究，得出了一个结论：异象每隔三十到五十年就会出现一次。这个结论让芭马村的所有人都陷入了恐惧和期待中。期待自然不难解，谁都想名留青史。恐惧是因为历史上的这些名人似乎都没有一个好下场。像那个孟元，最后被给他看门的老虎给吃掉了。但不管怎么说，芭马村不是一个寻常的地方，按村里孙神算的说法，这里是卧虎藏龙之地。孙神算的话不能不信，他曾成功地卜算出吴家的母猪生崽的数量，而且判定是十公八母，还卜算出刘家儿子一个当高官，一个进牢狱，结果都丝毫不差。卜算能力为孙神算带来了耀眼的光辉，过多泄露天机也给他带来了灭顶之灾，那是后话。村里人在这种恐惧和期待中一等就是几十年，却没想到等到的那个人是孟三省。

　　事后，芭马村人想，历史早已在孟三省的名字前画了个圈，而他自己由于疏懒却没有发现。孟三省住在芭马村的前头，用孙神算的话说是在龙头的位置。一条叫芭马的河自山间穿洞窟而来，左折右拐从孟三省门前流过。村里曾有人说这条河最终流到太平洋，但有些人持反对意见。为求证，芭马村人顺流而下，穿越密林，九死一生，最终发现那河水流到了太平洋。这件事也证明了芭马村人追求真理的执着，这些特质在孟三省身上很早就体现出来了。孟三省是一个很有思想的人，他很早就开始思考一些玄而又玄的问题，譬如说，人生是什么？孟三省根据自己的思考，得出一个结论：人生就是臭鸡蛋，闻着臭，吃着还他妈多少有点味道。孟三省之所以会思考这些问题，跟他的经历有关。他初中毕业后当过多年小学教师，一心盼着转正终不得，在苦熬十年之后毅然回村务农。可他回来第二年，那些仍坚持在岗的民办教师就迎来了黎明的曙光，这对孟三省无疑是个巨大的打击。受到打击后的他开始变得沉默，从不扎堆儿，一个人离群索居，在村里人眼里他成了怪人。他读书，还订了一份报纸，没事就坐在破落的院子里阅读。他能说出很多村里人不知道的事情，从国家大事到金融货币利率以及外星人等村里人从没有听说过的东西。他思考的问题更是天马行空，超出常人。随着日子越来越艰难，他思考的问题也逐渐从虚空落到现实。譬如，自己的日子过得艰难是因为缺少钱，还有很多和他一样的村民也是因为缺钱。自己和乡亲们整天跟牛一样辛苦，却换不来够用的钱，而那些坐着不动的人，钱却多得花不完，这是啥原因？孟三省的思考并不因此止步，他沿着这个线头往前撵，既然挣不来，干脆不用它好了，大家都不用。那些富人占有财富的主要形式就是金钱，那样他们的财富不就没有了？不就实现均贫富的梦想了？这个想法让孟三省很兴奋，但还没有来得及跟别人分享，想法就被迟桂花粗大的嗓门给惊飞了。迟桂花说，孟子，愣怔啥，还不去打猪草？孟子，在那儿挂着个死人脸干啥？还不去喂牛、还不去锄地、还不去浇地……想能想出钱哪！迟桂花的粗嗓门像一场炮击，轰得他晕头转向，那些个想法也像受惊的鸽子呼啦啦飞走了。

迟桂花是个好强的女人，和孟三省整天胡思乱想相比，迟桂花更相信行动。在村子里，迟桂花干什么都走在前面，干活更是没啥说，两个男人都不一定抵得上她。迟桂花的目标不高，就是在村子里做一个中上等人家。但心强命不强，自从跟了孟三省，日子就没有爽快一天，先是送走了两个长期患病的老人，接下来是供应儿子读研究生，几番折腾下来，家里已进入赤贫，生计都成问题。迟桂花憋了一肚子气，而且这气还在不断胀大。迟桂花喜欢比较，什么都要跟别人比，吃的喝的穿的，比得孟三省一败涂地，比得迟桂花火气越来越大。迟桂花又哭又闹，她的眼泪让孟三省自觉无地自容。钱，钱，钱！花花绿绿的纸头整日在孟三省的眼前浮动。渐渐的，那纸头就变成了一把把匕首直刺他的心，疼得他浑身颤抖。时间长了，孟三省变得有些神经质，只要谁在他面前提起钱，他就浑身颤抖，跟得了疟疾一样。孟三省内心对那个叫钱的纸头充满厌恶。

有时，孟三省的心头会再次闪过那个念头，如果自己能印钱该多好啊，那样自己就会有很多钱，有多得数不过来的钱。那时她迟桂花就不会整天对着他大喊大叫了，他会对迟桂花说，去，给我打盆水来，给我洗洗脚。迟桂花一定会乖乖地去打水给他洗脚。孟三省想得笑起来，可看见站在面前脸始终阴着的迟桂花，他立马把笑容收起来，乖乖站在一边。迟桂花说，发财了？看你那样子，嘴巴都咧到后脑勺了！啊，啊！孟三省忙不迭地回答，不知道说啥好，他想起前一天在后山挖地，挖到一个罐子，说不定能卖好多钱哪，就跟迟桂花说了。迟桂花的眼睛猫眼似的亮起来。孟三省急忙跑到屋后，把那个被泥巴包裹着的东西拿出来，迟桂花左看右看，然后小心地把上面的泥土剥开。孟三省看着迟桂花的表情，那表情由紧张兴奋最后变成失望和愤怒。孟三省去看那个罐子，去掉泥土后终于露出了真面目，原来是个夜壶，还是个破的。迟桂花一脚把夜壶踢飞，然后去抓孟三省，幸亏孟三省跑得快，身后只留下迟桂花的叫骂声。

朱十八发钱让孟三省的心理彻底崩溃了。朱十八是南山县民营企业家，他的企业经营范围涵盖工、农、商、金融、交通和房地产等，据说他的企业从县城开始一直绵延到芭马村。朱十八喜欢把自己打扮成救世主的模样，他一年到头只穿白衣服，因为救世主都是一身白衣，喜欢戴一顶帽子，帽檐用金线织成，上面还嵌了宝石，据说价格超过十八万元。朱十八最喜欢说的一句话是"我要养活全县人民"，他还要用赚来的钱把美国买下来，那气势确实非同凡响。

朱十八发钱是发利息钱。年初，朱十八到村里宣传，说要回馈乡亲，乡亲们可以把手头的闲钱放到他那儿，月息按三分算，而且是一月一付息。村里一下子炸开了锅，都伸着指头算，一万块钱一年就是三千多，放在信用社才一百多元，上哪儿去找这样的好事，就都去信用社把钱取出来，十万的、五万的，不管多少，都放到朱十八那里了。迟桂花把这个消息告诉了孟三省，孟三省说，那叫非法集资，有风险的，如果厂子破产了，还不上钱咋办？迟桂花看着孟三省，看了足足有两分钟，孟三省看出了迟桂花眼里的含义，他只有低下头。今天是第一个付息日，村里的人都去了，孟三省和迟桂花也去了，他们想不出自己去的理由，自己又没在那里存钱，可他们还是跟着浩荡的队伍去了。兑现点就设在鸵鸟饲养场大门口，朱十八头戴金冠亲自坐镇，旁边的桌子上码着一沓沓钞票，快要堆到天上去了。会计念着名字，算出每户人家的月息。兴全老汉把这些年在外打工挣的准备盖房子的十万元钱全放在了朱十八那里，一个月就是三千块。兴全老汉拿着利息钱的手直发抖，说，恩人哪，你就是财神爷啊！说着话，又把手上的利息钱交给朱十八，说，我把这利息钱还存在你这里行不？朱十八说这钱你就拿回去吧。兴全见朱十八不收，就有些急，说，我不用钱，就放在你这里吧。其他的人都看着朱十八。朱十八好像很为难，好像受了很大委屈，终于说，那就破个例。其他的人也说，我也把利息放你这儿，还有刚寄回来的钱。结果，朱十八桌子上的钱一分没发出去，又多出了几百沓钱。

这时，一直站在队伍里的孟三省说话了。孟三省说，这是非法集资，不保险的。声音虽然不大，可朱十八还是听见了，朱十八的脸一下子阴下来，说，这不是孟老先生吗，哪阵风把你吹来了？这饭可以乱吃话可不能乱说，我知道孟老先生这阵子紧张，在外面欠了人家十几万，儿子读研究生都没有钱，害得闺女都辍学了。听说你连埋老娘的钱都是借的，没有钱买寿材就把老娘用张席片一卷埋到地下。不过，没关系，我借给你。说着拿过一沓钱，我连欠条都不让你打，你不放心我，我完全放心你。朱十八的话说得有理有节，滴水不漏。孟三省涨红着脸，看着周围人的眼神，恨不得找个地缝钻进去。他回头看迟桂花，迟桂花捂着脸走开了。孟三省说，朱十八，我会去找你，今天的事你得给我一个说法。

孟三省果然去了，朱十八正在镇上他自己的宾馆里喝茶，看见孟三省，朱十八笑了，说，你果然来了。孟三省不敢说话，怕一张嘴，憋在心里的那股气就散了，劲儿也散了。孟三省说，你得给我道歉！朱十八翻了翻眼，为啥？孟三省说，你那天侮辱了我。朱十八笑得眼泪都出来了，说，侮辱？啥叫侮辱？我实话实说，你是真没钱。钱是男人的脊梁，你看你腰塌得跟个虾米似的，为啥？没钱撑着哪！孟三省聚了聚气说，钱不过是一张纸，在用它人的眼里是钱，在不用它的人眼里它连张纸都不是，纸还能擦屁股。朱十八拍拍手，说，有学问，都说孟先生是这十里八乡有学问的人，果然如此。既然连张纸都不如，还要它干什么？朱十八说着拿出一沓百元大钞，用火机点燃了，火苗闪着暗绿色的光。朱十八又拿出一沓，说，我很少用钱，它在我这儿就成纸了，不如给你算了。孟三省的脑子热了下，看着朱十八。朱十八说，但有一个小小的条件，你得说一句"求你养活我"，你说了，这钱就全部给你。孟三省的血一下子涌到头上，下意识地伸手，在朱十八的脸上刮了一巴掌。朱十八摸着脸，然后挥了下手，早有几个黑衣人过来，把孟三省摁在地上一顿痛打，然后扔到门外。

孟三省回来后，一个月没有说话。他不再去有人的地方，整天把自己关在屋子里，不出门，也不接受别人的拜访。幽闭在屋子里的孟三省看书，更多的时间是发呆，有时还自言自语。迟桂花吵过几次后，还是没有一点变化，迟桂花有些担心，悄悄去问了医生。医生根据迟桂花的描述，得出一个结论，这可能是精神分裂症的前兆，叫迟桂花不要刺激他。迟桂花回来后偷偷哭了一场，遵从了医生的话，不再和他吵架，还把地里的活儿都揽过来，种苞谷、花生、辣椒，收割麦子。迟桂花做这些，孟三省大多不管不问，这使迟桂花忍不住又哭了一场，眼前的这个男人已经魔怔了，如果他得了精神病可咋办，日子可咋过。迟桂花哭过一阵儿后，认清了现实，把这个人养着，自己终究是个女人，有男人跟没男人不一样，有这个人跟没这个人不一样。

没了农活的羁绊和迟桂花的唠叨，孟三省有更多的时间进行自己的思考和研究，他不再漫无目的地胡思乱想，缺钱成了他的心事，也成了他挥之不去的阴影。他把思考的焦点集中到钱上，他想如果能把这个问题解决了，那就等于解决了中国一大半人的问题，世界三分之二贫困人口的问题。那么，货币是什么？为什么要把钱作为财富的标志？也就是说人们心中为什么要有钱这个概念？不用钱这个世界又会咋样？为了求证这些问题，他把儿子读过的书找出来，儿子在学校读的就是金融学，书籍都是有关金融的，像《世界货币史》《中国货币史》《货币研究》等。孟三省如获至宝，一本一本研读，以他的知识层面一下子读懂这些高深的理论是不可能的，他就一遍一遍思考，实在解不开的，就去查金融大辞典，但辞典里的解释同样隐晦难懂，他就在屋子里来回踱着步子，屋子里的灯能亮到半夜。有时迟桂花一觉醒来，看见屋子里还亮着灯，总是又气又心疼，起来冲一杯麦片粥，放在孟三省面前的桌子上。这时，孟三省总会抬起头，看看迟桂花，满脸疑惑，迟桂花的突然出现就像《聊斋志异》里面的那些兔子、狐狸突然变成人的模样，让他百思不得其解。

在经过近一年的潜心研究后，孟三省最终得出了结论，即货币是万恶之物，是阶级之间剥削的工具，是造成贫富差距的主要原因。同时宣布，他拒绝使用货币，也倡导所有人都不要使用货币。如果大家都不使用货币，那些富豪拥有的货币将变成一堆废纸，均贫富的日子将会不再遥远。

2

孟三省有关货币的宣言像平地惊雷，让芭马村人震惊不已。芭马村自古以来不乏异端邪说，各种离奇的思想就像花草一样枯荣频现，但像孟三省这样提出这种论点的人，在芭马村历史上还是头一遭。人们预感到，一场可能改变芭马村历史的风暴正悄然来临。

迟桂花默默看着孟三省跟个幽灵似的在院子里飘来飘去，他就像是隐在云端里，模糊得让她辨不清面目。她说，不用货币是啥意思？

就是——那个隐在云端里的人说，就是不用钱了，我以后再也不用钱了。

不用钱？迟桂花重复一句，一时还不能明白这句话的意思，不用钱用啥？

以后这个家里再也不需要钱了。他说。

不用钱咱咋买东西？咋给大平交学费？迟桂花想了一阵儿，想出了一个个很现实的问题。你总不能让大平背着粮食去交学费！

孟三省说，咋不能？我们上学那会儿不都是提着粮食换饭票吗？

迟桂花捂着脸哭了，她想眼前这个影子似的人一定是疯

262　　　　　　　　　　　　　　　　　　　　　村歌嘹亮

了，彻底疯掉了。迟桂花哭着伸手去摸男人的脑袋，可被挡回去了。孟三省斩钉截铁地说，就这么定了。家里还有钱吗？你该把它拿出来扔掉。他看迟桂花没有动，就回到屋子里，一阵翻箱倒柜，却只找出三百多元的零钱。他看着手里的一小沓零钞，说，家里就这些？迟桂花说，你以为家里还有多少啊？你这一年给家里挣过一分钱吗？迟桂花说着伸手想抓过那点钱，可被他灵敏地躲开了。他的目光开始盯在迟桂花身上，说，你身上的钱呢？迟桂花下意识地捂住口袋，身子往后退。孟三省扑上去，开始掏迟桂花的口袋。迟桂花拼命按住自己的口袋，说，孟三省你个挨千刀的，你疯就自己疯吧，还要把全家都带上，你看这个家都成啥样子了，你想让我们娘仨都去死啊？那点钱是大平这个月的零花钱哪。孟三省不为所动，只顾去撕扯口袋。迟桂花喊一阵，意识到不可能感化孟三省后，就拼命护住自己的身子。最终，依靠干活练就的强壮身体迟桂花占了上风，她把孟三省压在身下。但从这天开始，孟三省开始在家里寻找钱，而迟桂花则在家里寻找藏钱的地方，两人之间藏钱和寻钱的较量从此就再也没有停止。

迟桂花从孟三省的身边逃开去，可并没有走远，她还操心着丈夫手里那点钱的命运，她躲在墙角，看着丈夫的一举一动。孟三省的注意力也从逃跑的媳妇身上转移到手上的那点钱上，拧着眉头想着消灭它们的方法，在考虑了无数个方案后，他还是选择土葬它们，他相信世间的一切都入土为安，最终化为尘土。他在门前转了转，最终选择了一个地方，挖了一个坑，把那点钱放进去，用土盖上，转身走了。一直躲在边上的迟桂花急忙跑过去，把钱挖出来，紧贴胸口，这才长出口气，满面笑容地干活去了。

孟三省不再使用钱的消息在村子里不胫而走，他在推出自己的宣言时也做足了理论准备工作。他的宣言支撑点主要有两个，一个是货币是剥削的工具，使用钱你就要承受被剥削的命运；二是货币交易只会使你的财富越来越少，因为每用货币交易一次，你就要交税一次，那叫增值税。孟三省一改过去闭门不出的矜持，净去人多的地方，宣传自己的观点。刚过完年，人们闲得蛋疼，就拢在一起闲聊，孟三省的理论一开始让大家吃不消，可很快就吸引了大家的注意。有人问，这钱咋就越用越贱，越来越不值钱了？孟三省说，道理简单得很，你们想想看，这通货膨胀多厉害，过去一个鸡蛋五分钱，现在要五毛。同是一块钱，过去能买二十个鸡蛋，现在只能买两个鸡蛋，这钱的购买力是不是越来越弱了。这方面村民们体会深，他一说大家都明白，都说，可不是吗，这钱不就是越来越贱了吗！真是这个理。那咋办呢？开小卖部的柱子问。不用它不就行了吗！孟三省说。柱子摸摸头，说，不用咋买东西呢？买啥东西能离开钱呀？孟三省接着说，你只要去购买，就要上税。比如说，你买一个五毛钱的馍，就要交一毛钱的税，这都要自己出。想想看，这一年我们要买多少东西，要交多少税？问话的村民拍了下脑袋，说，今天就让媳妇蒸馍，不去街上买了。孟三省说，只有停止货币交易，你才能保住你的财富。村民们说，那以后买东西咋办？现在哪样东西不要钱？孟三省说，其实很多东西不用钱我们就可以自己解决，我们可以拿东西相互交换，过去的人不就是这样过来的？村民们想了想，也是这个理，又说，可很多东西不去街上根本买不来，像肥料，咱又不会造。孟三省说，咋不会造？以前日子是咋过的？用土粪。现在人们不是提倡绿色食品吗？听到这儿，村民们觉得孟三省的主意有些玄，但大家还是承认受启发不小。孟三省的话值得考虑，有些事情可直接进入操作程序，如馒头类的一些吃食，可以自己做，还有肉，自己养有家畜，啥时候想吃就自己杀。能少买东西就少买东西，像洗衣机这类东西，买着花钱，用着费电，能不买就不买了。这样就可以少花钱，也就可以减少被剥削的机会。

孟三省的宣传吸引的第一个人是村西的孟发明——村里人更喜欢叫他发明家。发明家在村里属于不受人待见的那类人，原因不仅是他作为一个农民却从不下地，整天在屋子里摆弄那些盆盆罐罐，更在于他自觉高高在上，认为村里的其他人只是一群干活和吃饭的机器，空长一颗脑袋却没有一点思想。这话不知怎的就传到了村民耳朵里，村里人对他的印象就更加恶劣了。这样直接带来两个严重后果，因为专注于自己的发明创造，不事稼穑，他的老婆实在忍受不了，出门打工再也没有回来。唯一的儿子大学毕业后也是音信全无。

又因为他的高高在上，村里人很少和他交往，私下里称他为"芭马二怪"，当然另一怪就是孟三省了。村里也只有孟三省会到他那儿去，两人聊一些别人想都没有想过的问题。发明家喜欢喝酒，但缺钱，他吃的很多东西都是在村小卖部和镇上赊的，包括油、盐、米、面等。时间长了，赊欠的数字像物价指数一样疯长，却没见他去还过一次，人家就不再赊给他了，镇上的店铺看见他来甚至要把门关上。发明家不得不忍受缺吃缺喝的折磨。孟三省知道后，有时就带瓶酒、带碟花生米过去，两人边说边喝，天南海北，自觉是伯牙遇上子期，但用村里人的话说却是臭味相投。

发明家一生取得了数十项发明专利，很多东西都超出了村民思维的上限，也给村民带来了好处。像他发明的炸鱼机，只需把洗净的鱼往机器里一放，把几个按键按一下，十分钟后取出，一道色泽金黄、香味扑鼻的炸鱼就做成了。过去村民们要想吃鱼，就会放在锅里煮，煮出来的鱼跟木柴差不多，味道寡淡得很。有了这个东西，村民们想吃鱼就变得简单多了。炸鱼机发明的一个恶果是，那段时间，芭马村的上空始终飘着炸鱼的味道，历时半年。鱼的香味引来了成群的鹭鸶和鱼鹰，它们在芭马村的上空盘旋，有时会俯冲下来，攻击人类，小孩子们吓得钻到屋里不敢出门，大人出门要随手拿根树枝。这种情况持续了半年之久，直到香味散去，它们才呼啸一声，不见踪影。更严重的是，绕村而过的芭马河，由于人们的过度捕捞，鱼虾已经绝迹，要想再见到鱼虾的样子，恐怕要等几个世纪以后了。除了炸鱼机，发明家的另一项发明同样让村民们惊诧并受益匪浅，就是利用物体平移原理平移房子。据说现在遍布世界的物体平移术都源自他的发明。按村民们的描述是，当看到发明家把一座房子放在几个轮子组成的物体上，顺利移动到十几米外的地方时，一个个都吃惊地张大嘴巴。这个发明带来的直接好处是，一些不满意自己住地的村民，可以运用平移术把自己的房子搬到自己满意的地方。可这样一来，原本就规划混乱的芭马村更加凌乱不堪了，村主任庆来为此把发明家叫去狠骂了一通。但发明家吸着村民敬上的好烟，早把村主任的叫骂忘到一边了。那段日子，对发明家来说，是人生的巅峰，有吃有穿。这种皇帝般的日子一直持续到这年冬天，同样是运用他的平移术搬家却酿成了大祸，房子在移动时突然散架，几个人被压在房子下，造成一死两伤的悲剧。发明家的形象瞬间崩塌，在拿出数万元赔偿款并被痛扁一顿后，发明家从此被村民打入另册，至今也难以翻身。

发明家来见孟三省，两人聊得很投机。孟三省还没来得及把拒绝使用货币的好处说一遍，就被发明家打断了。发明家说，我讨厌货币，我讨厌钱，钱使我像孙子一样，我的屁股后面总跟着两类动物，一类是狗——因为发明家喜欢露天大便，狗狗们摸着了这个规律，便整天跟在他后面，把发明家弄得不胜其烦。另一类就是人。确切地说是要账的人，他们像卫兵一样跟着发明家，更多的时间是守在他家逮他。发明家不敢回家，只能钻麦秸垛里过夜，但很多时候还是会被要账的人从麦秸垛里拽出来。发明家回忆自己经历的这些生活，眼泪止不住流下来。这是人过的日子吗？发明家说，都是钱，都是因为世上有了这可恶的钱，才使一个聪明绝顶的发明家沦为一个乞丐，甚至连乞丐都不如。所以说，我恨钱，我恨不得把世界上的钱都烧掉，就像烧掉垃圾一样，这样我才能翻身做主人。

两人的思想高度统一，但发明家的慷慨激昂很快就被无奈的叹息声所代替。发明家说，恨又怎么样，不恨又怎么样，这个世界被钱统治着，人们是它的奴隶，这点永远改变不了。孟三省知道该自己上场了，他说，我看倒未必，据我所知，现在有些国家（可能是未开化的民族）就不使用货币，他们仍然沿用以物易物的方法，没有贵贱，没有贫富，没有争斗，没有剥削，这都是不用货币的结果。将来一个国家或民族要想真正自由平等幸福，首先要丢掉货币。再从我国古代来说，不也有不用货币的时代吗？那时候人们生活得多么自由平等。孟三省接着又举了很多例子，有些是从书上看到的，更多的是他顺口编出来的。这些真假难辨的例子和所要表达的高深理论让发明家听得晕头转向，也佩服得五体投地。发明家说，我一辈子只佩服一个人，那就是你。孟三省的自尊心得到小小的满足，劲头更足，两人挑灯谈了一天一夜。孟三省把自己的目标说出来，他要建一个无货币区，首先要在芭马村实现无货币化，然后再向外扩展，直到实现全国的无货币化，乃至全世界的无货币化。发明家对孟三省的计划和目标钦佩有加，并深感自愧弗如，觉得自己那点小发明就是小儿科。作为佩服的一种表示，发明家第一个举手，表示坚决支持孟三省的宏伟目标和规划。

也是这天晚上，芭马村遭到了百年难遇的群贼袭击。据事后人们传言，这群来自邻省的小偷足有十人之多，他们专拣三省交界的村落下手，案发后迅速逃往邻省。发案这天晚上，就在孟三省和发明家畅谈之际，群贼鱼贯而入，他们毒死了村里所有的狗，然后按照事先划定的范围下手。结果是，几乎所有的小偷都不虚此行，唯独进入孟三省家的小偷，翻遍所有的东西也没有找到一分钱。最后遵从"不能空手而归"的祖训，把孟三省家早就坏了的破电视背走了。走了一段，实在难拿，又扔下了，最终哭着走了。第二天，各家盘点损失，大都是数千元，唯独孟三省家幸免于难。人们开始后悔没有像孟三省那样家里只存些粮食，那样小偷就无从下手了。这次群贼袭击事件，无意中给孟三省的无货币计划起到了广告宣传的作用，推动了孟三省无货币区建设的步伐。

3

孟三省再次从一个隐秘的墙旮旯里扒出藏在里面的二百元钱后，迟桂花近乎崩溃了，她毅然撂了挑子，说，孟三省你这个疯子，这个家以后我不管了，你去管吧。

迟桂花说到做到，从这一天开始，她只管地里的活儿，其他的家务事，像吃饭穿衣、购置东西等一概不管。孟三省毅然把这个重担接过来，从此，芭马村的人就看到孟三省来去匆匆的身影，但他的身影更多出现在附近的村庄，镇上和村上的卖货市场他是坚决不去的。油盐酱醋茶这些很平常的生活用品在孟三省家里成了禁区，这样的日子过了半个月，连孟三省也受不了了，走路都打飘，还差点得了厌食症。

起码得吃盐，孟三省对自己说。

他背着粮食找到芭马村开小卖部的柱子，换取要用的食盐。柱子吃惊地看着他说，为啥要脱裤子放屁——多这一道，你把粮食拿到街上直接卖了不就行了。孟三省说，我不用钱。柱子更吃惊，说，你不用钱？这不是给自己找麻烦吗？孟三省说，你不懂，你们看到的只是表层的东西，没有看透钱的本质。钱远不是你们想象的那样好、那样方便，它就跟一个蹲在黑暗里手持利刃的强盗一样，随时会跳出来取人性命。柱子摸着脑袋，仿佛脑袋已经被叫金钱的那个强盗给砍去了，说，没你说的那样可怕吧？孟三省说，这些年因为钱死的人还少？哪天没有？柱子摇着脑袋说，那些大道理咱弄不懂，咱就说现实的，你说这咋弄？孟三省说，比照市场价，一斤半麦子一斤盐。柱子说，看来只能这样了。用此方法，他又相继解决了油、酱、醋等其他生活用品的需求问题。

开局的胜利给了孟三省很大的信心。孟三省胸有成竹，还是学生的时候他就读过《鲁滨孙漂流记》，那种荒野生存的故事给了他很大的启发，更何况自己不是缺粮食，而只是想换一种交换方式而已。孟三省对前景做了规划，将生活必需品大致分为三类，并对应找出解决的办法。一类就是自己可以解决的，连交换都不用，像粮食、蔬菜之类的，种出来就直接可以食用。第二类需通过转换环节才能使用的，如麦子、稻谷等，需要机器磨成面，或脱粒后才能食用。如果要用机器，就难免要使用钱，孟三省的解决办法是，把以前磨面的器具重新装配起来。真是老天有眼，村子里原来用的磨盘和配套的小石磨都还在，自家养有牛，这就够了。总的原则是，能自力更生的，坚决自力更生，被纳入此类的还包括衣服的缝制。孟三省心里早有安排，他知道村里最老的三婆家还存有一个织布机，自己再做个纺车，棉花自己可以种，这样吃穿的问题就解决了。第三类是自己造不了的东西，像油盐酱醋这类东西，孟三省的解决办法是以物易物，用自家的农产品换取。孟三省将所有的环节理顺后，就开始行动了。

孟三省做的第一件事就是把芭马村三十年前被广泛使用但现在遗落在猪圈里的磨盘重新组装起来，他花了一个星期的时间进行清洗打扫、清理磨眼等。组装的时候很多人都来看稀奇，问孟三省不去收麦子在这儿干什么。孟三省把自己的想法说出来，大家却显得很茫然，好像无法理解孟三省为什么要这样做。但三爷对孟三省的做法表示支持，说现在机子磨的面越来越没味，还是以前磨盘磨的面好吃，并表示装成后他也来磨面吃。但大成说，三省装磨盘是为了不花钱，准备把钱都存起来，想到城里给自己的儿子买房子。孟三省对村民的理解很无奈，他纠正说，不是不花钱，而是，从今以后我不再使用钱了。说话的村民拍了拍脑袋，说，哦，是不用钱了？可你家里原来的那些钱咋办？孟三省挥了下胳膊，做个砍头的动作，说，我不再受钱的奴役了。三爷说，三省的脑子好使，是个有大智慧的人，跟南山上住的那些人一样。大成忙纠正说，三爷是说胡话了，南山上住的那些人都是疯子，咋能跟三省比。三爷吹起嘴边的胡子，说，年轻人见识短，人家那不叫疯子，叫隐士，懂不？都是有思想的人。大成受了训，心里仍不服，小声说，啥隐士，不就是疯子吗，没吃没喝待在山上不是疯子又是啥！

一个个难题迎刃而解，孟三省很高兴，想去找发明家聊聊。自从上次两人秉烛夜谈，到现在几乎小半年了，也没见过发明家的影子，也不知道他又在搞啥发明。孟三省揣着疑问进了发明家破落的院子，院子里堆满了乱七八糟的用来发明的原材料和半成品。发明家灰头土脸，正在自己的破三轮车上埋头苦干。孟三省凑过去看，发明家在农用三轮车的车厢里安装了一个抽风机，抽风机下伸出来一个管子，拖到地面上。孟三省说，你这搞的又是啥发明？发明家笑着不说话，开动抽风机，伸出的管子把地上的东西吸得干干净净，就像一个大号的吸尘器。发明家说，跟我走一趟你就明白了。

　　孟三省坐到发明家的三轮车上，二人往村外开去。道路两边麦浪滚滚，很多人还在地里收割。勤劳的人家早已把打好的麦子铺在公路上晒。孟三省就想到辛苦的迟桂花，自己只顾追求梦想，把家里所有的活计都丢给了妻子，觉得有些对不住她。他的怜悯之情还没有释放完毕，就被脚下泉水般涌出来的麦子给吓住了。他一时还有些反应不过来，左看右看，当他看到转动的风机时，心下似乎明白了。为了求证自己的猜测，他顺着管子伸下去的方向看，果然看到路上的麦子争先恐后钻进管子，管子路过的地方是干净的水泥路面。孟三省明白了，发明家这次发明的是个偷盗设备。他有些害怕，叫发明家快点把机器停下来，让人家看见了可不得了。在一个空地上，发明家把三轮车停下来，说，没事，都跑过几趟了，今年吃的问题解决了。孟三省出了一身冷汗，说，你还是住手，缺吃的了我给你弄点，这样做不对，让人家发现可不得了。

　　孟三省跟发明家聊了一阵儿，发明家慷慨激昂地陈述自己的发明规划，就跟孟三省的规划一样宏伟。按照发明家的说法，他已经研制出了最新版的航空母舰，配上自己研制的舰载机在芭马河进行了试航，结果很成功。他甚至要研制无级变速导弹，可以打到火星上的那种，而且很快就投入到了研究中，最后还是镇上来了干部，他才把自己的研究停下来，据说导弹的模型已经研制出来了。

新生活

从发明家家里出来，孟三省忍住想睡觉的欲望，去了李老根家。李老根是个鳏夫，一个人住在村子的西头，孤独得像只鹰。孟三省宣扬无货币计划时，他天天去听，表示出很大的兴趣。可孟三省怀疑他只是因为孤独，想找个人说说话，不管怎样，孟三省觉得不能打击人家的积极性。还有一个感兴趣的，是村里的王大庆。王大庆从小害过一场怪病，一看见钱就浑身哆嗦，听王大庆瞎了眼的老娘说是因为他从小受过刺激。那是三年困难时期，可怜又可怕的一个时代，他艳羡公社书记儿子吃肉的幸福和享受，就从会计那里偷拿了一毛钱，结果被发现了，小小年纪就和那些"右派"关在一起，"右派"游街他也得跟上。从那时起，他就不敢再见到钱，家里人也不能在他面前说到钱。但钱在生活里无处不在，这让他的日子过得非常痛苦，为了避免受刺激，他大半辈子都在屋里待着。由于缺乏阳光，他脸色苍白，看上去就像个透明人。当听说孟三省拒绝使用货币时，他仿佛看到了曙光，第一个拜访了孟三省。两人谈得很投机，一下子成了朋友。

到了王大庆家，王大庆说，我知道你要来，我给你介绍一个人。

孟三省这才注意到屋里还坐着一个人，衣饰华贵，但一脸悲戚，自始至终保持着这样的表情，就好像从娘胎里出来时就是这个样子。王大庆说，他叫任初九，网上认识的，我跟他说了你的事，他想见见你。那张悲戚的脸终于转向孟三省，话还没说出来，就哭了，一哭就是几个小时，哭得天昏地暗，鸟也噤了声。电灯亮了后，叫任初九的人终于止住了哭声，开始痛说家事。孟三省从他悲切的叙述中，听出了大概。情况大致是这样的：任初九一家自小贫困，但日子过得还算和睦，改革开放这些年，很有经商头脑的任初九借改革春风，潜身经商，很快就赚足了银子，成了社会上令人艳羡的富豪阶层。但他发现大把的银子并没有给他带来哪怕是一点的幸福，先是发现自己的小媳妇行踪可疑，经过多次跟踪，发现小媳妇竟养了一个小白脸，过着夜夜笙歌的腐化生活。任初九哭了，问媳妇为啥要这样做，我拼命在外打拼，你这样做对得起我吗？没想到媳妇说话的声调比他还高，比他还理直气壮。媳妇说，你只知道在外挣钱，把我一个人丢在家里，就跟丢一只小猫、一条小狗一样。我整天就是对着镜子看着容颜一天一天老去，看皱纹一层一层爬上来，我的心整天浸泡在辛酸、无聊和孤独这些毒药化成的溶液里，我能看见我的那颗心在逐渐枯萎、死去。我不想过这种日子，我不需要那么多钱，我只需要人陪着我。

任初九说到这里，擦了把眼泪，她要和我离婚，不要我的一分钱。她果然离开了我，她重新结了婚，虽然他们没有多少钱，但他们似乎过得很幸福。孟三省想对他的遭遇表达自己的同情，可被他摆手止住，他说，我的故事还没完呢，这还只是开始，下面该说到的是我的儿女。我有一儿一女，多好的孩子啊。说到这里任初九的目光温柔下来。我还记得他们小时候的样子，聪明伶俐，善良可爱，这些年他们跟着我做生意，可我感觉有些东西变了，是什么变了我一时说不清楚。直到有一天，他们争吵起来，我才知道是为了什么，为了家财。这种争吵在以后的日子成了家常便饭，规模也在不断扩大，女婿和儿媳妇以及双方的家人都加入了"战场"。我跟他们说我还没死，等我死了我会平分我的家业，但他们不相信我，总怀疑我会把家产给对方多分些。这个家已经变成一个战场、一座冰窟，他们之间的憎恨比敌人之间的憎恨还要深。我知道这样下去终究要出事，可这种用憎恨做燃料的列车已经非我的能力所能控制，我只能看着他们向深渊奔去却无力阻挡。直到有一天，我的儿子死了，是被车轧死的，事后证明这是伪装的车祸，而制造车祸的人就是我的女儿和女婿。他们因为杀人罪被逮捕，现在这个家就剩下我一个人了。我常常一个人坐在屋子里发呆，我在想究竟因为什么才发生这样的事，是钱！是那些充满罪恶的钱！它们把亲情变成仇恨，把生活变成杀场，使这个世界变得疯狂。那天，我把所有的钱取出来，真的很多啊，几乎要堆满一个房间了，这就是我这些年拼命换来的东西吗？我围着它们转，希望从它们身上发现与众不同的地方，发现为什么有那么多人为它疯狂。可我什么也没有发现，不就是一张张红色的纸头吗？是谁赋予它们如此神奇的力量，可以使天地变色，使人性扭曲？我想亲手把它们烧掉，可最终放弃了，我把它们全部捐给了一家基金会，身边一点都不留，我不想再见到它

　　　　　　　　　　　　　　　　村歌嘹亮

们。

　　任初九的话说完了，屋里静下来，可大家却觉得他说的那些话仍在屋里飘荡。孟三省咳嗽一声，连说了几个没想到。接下来大家想说些劝慰的话，可看着任初九已经变得超然的神情，便觉得说这些话已经没有实际意义了。孟三省问任初九现在的生活怎么过，如果有问题的话，可以到这里来。任初九说自己现在已回到老家了，他种了一点地，反正就他一个人，维持生计不成问题。孟三省把自己的想法和计划重新说一遍，也把自己正在开展工作的情况说了，就跟汇报工作似的。任初九说，这样好，自给自足，我说不定真有一天会来你们这里。这里不错，依山傍水，是个修身养性的好地方，也是个出思想的地方。听说那边不远就是南山，很多隐士在上面修炼。王大庆说，可不是，那山上我去过，见过那些人，他们住在山洞里，或自己搭个小茅屋，一天到晚就在那儿打坐，也不嫌苦。任初九说，他们的精神很富有，他们很快乐。

　　告别了任初九，孟三省更增添了工作的信心，他加快了工作的进程。到了8月底，孟三省的石磨已经开始工作了，织布机也组装好进行了试运行，状况良好。织布需要纺线，纺线需要纺车，弄这个孟三省费了些脑筋。原想到附近去找一个，可转了大半个月，连纺车的影子都没有见到。没办法，他只能循着记忆让自己回到三四十年前，重新制作了一个。在制作时孟三省在上面注入了很多现代元素，像把纺车做成可升降的，可以坐着纺，也可以站着纺，甚至是睡着纺，增加了舒适度。还听取了发明家的建议，在纺车上面增加了一个八音盒，只要纺车一转动，立即有优美的音乐传出来，让操作者不至于寂寞和无聊。这样，孟三省制作的纺车就像一个时髦的大姑娘，让操作者不胜欢喜。他想让迟桂花分享他的快乐，可迟桂花不为所动。迟桂花说，孟三省，你休想把老娘拴在这个破纺车上，我要忙地里的活儿，哪有时间坐在这里给你纺线。孟三省觉得迟桂花说的也是，就自己坐在上面，一直没有起来。

纺车和织布机都有了，还要解决原料问题，这个孟三省也早有规划。他今年计划种十亩地的棉花，至于布制作出来后的染色问题，孟三省也有计划。村子附近的山坡上多的是蓝靛草、大黄、苜蓿等，小时候他就跟大人学过如何用蓝靛草和其他可染色的草染布。现在，孟三省家的生活真正进入了女耕男织的状态，一种崭新的生活已在孟三省面前拉开帷幕，这让孟三省异常激动。现在剩下的唯一问题是如何说服迟桂花和自己肩并肩，同心合力，实现自己的宏伟计划。

可对于孟三省近乎疯狂的计划，迟桂花一直冷眼旁观。她最不能容忍的是孟三省不允许她拥有钱，这让她伤透了脑筋。她不得不把存下的钱从一个个隐秘的地方取出来，原本想着存到信用社，可孟三省曾警告过她，如果去信用社查到她有存款，就会把钱弄出来烧掉，迟桂花不得不打消了这个念头。她想到了朱十八，心头一亮。开始她也想，等他疯劲一过，就去把钱取出来。可没想到孟三省的疯劲越来越大，又是组装织布机，又是造纺车，听说还要自己建设一个小水电站，不再用政府的电，迟桂花意识到这个家从此将永无宁日。当她看到孟三省跟个猎狗似的在光秃秃的屋子里四处嗅时，实在忍无可忍了，说，你是不是在找钱？家里哪儿还有钱？你给家里挣过多少钱？

孟三省把伸出去的鼻子收回来，对迟桂花笑了笑，说，我不是在找钱，我是在找一个东西，我记得我把它塞在墙旮旯了。说着把手伸到一个洞开的墙缝里，一阵掏挖，挖出的是几只没长毛的小老鼠，还在吱吱叫。孟三省把小老鼠扔在地上，被几只鸡叨走了。孟三省说，你看，我真的不是在找钱。

迟桂花鼻子里哼一声，说，你就别装了，跟你睡了几十年了，还能不知道你那点心思，你翘翘尾巴我就知道你要拉啥屎！

孟三省不再假装，他又把自己的想法跟媳妇说了一遍，希望她能支持自己的工作，可话没说到一半，就被迟桂花硬生生掐断。迟桂花说，我不想听你这不着调的话，我只想过安生日子。你不用钱这日子咋过？儿子的学费咋交？下个月村主任接亲，你给人家送啥？还有闺女也打回来电话说，自己谈了朋友，哪样不要钱？你说你为啥要跟钱过不去？是脑子叫猪啃了，还是叫驴踢了！

孟三省知道再跟媳妇说下去已经没什么意义了，所谓道

新生活

不同不相为谋，从媳妇这儿争取支持的想法从此打断。但他还是坚定地给媳妇一个答复，村主任家结亲可去可不去，要去，背袋粮食也行。

迟桂花差点没昏过去，说，村主任家巴结都来不及，粮补、低保啥都在人家手里掌握着，你说你背袋粮食去算咋回事，丢人现眼的。

孟三省没有接迟桂花的话头，他想到另一个问题，说，今年的粮补取了没有，还有闺女在外边寄钱了没有？

迟桂花愣了愣，很快明白了孟三省的意思，说，还没到发的时候，闺女也没寄过钱。

孟三省怀疑地看着迟桂花，说，你不要骗我，我不要那些钱，这个家里不要钱。另外给闺女捎话，让她回来，咱不挣那些钱，我不信没钱这日子就过不了了。

迟桂花彻底爆发了，她吼着说，你一个人疯就够了，你还要家里人跟着你疯，我跟你说门儿都没有，除非我死了。

孟三省不是一个喜欢暴力的人，他一看媳妇那样，就知道她是真的急了。媳妇急了会闭气功，往地上一倒，不呼不吸，跟死了一样。年轻时，孟三省就领教过，把他吓得灵魂出窍，以后再也不敢做这样的尝试。但他也不想妥协，仍坚持要女儿回来，但语调已低了很多。

迟桂花不再跟孟三省说话，她同样觉得跟他说下去已经没有什么意义了。这次的争吵让她彻底断了念想，他竟然要闺女回来，为的就是不挣钱。村主任家接亲他还给人家送粮食，看看他还干了些啥，石磨、织布机、纺车，以后说不定还有很多莫名其妙的东西。迟桂花觉得自己受够了，她进屋，把孟三省的东西扔到院子里，两人分居了。

孟三省摇摇头，他知道干成一件事总要付出很多代价的，这样一想，心里多少宽慰了些。

<h1 style="text-align:center">4</h1>

这天，孟三省像往常一样吃过饭就往外走，现在他觉得自己有干不完的活儿。自从宣布建立无货币区，他的腿就像上了发条的机械，再也停不下来了。他有很多工作要做，譬如他要建一个小水电站（后来被任初九的风电站代替），这样就可以用不掏钱的电，就不用缴电费。发明家已经答应帮他做设备了。他去村后勘测，村后就有一个小水瀑，发明家勘测后，说，只用装一个小发电机，发出来的电一个村子都不完。再譬如，他要在芭马村前竖个牌子，上面写上无货币试验区，对，就应该叫试验区，让更多的人知道，让更多的人参与进来。但他刚走出门，就被迟桂花喊住，迟桂花指着脚下正在晒的麦子说，人家都在卖麦子，咱这麦子堆这儿咋办？孟三省说，啥咋办？咱家的麦子不能卖，都屯起来。迟桂花的火气又要发了，为收麦子她已积了一肚子的火。过去收麦都是用机器收，可今年孟三省不给人家钱，就只能自己割，而孟三省却很少下地，迟桂花在地里割了大半个月，累

个半死，才把麦子收完，想起来这火就呼呼地直往外蹿。但她隐忍着，说，这么多的麦子不卖放家里只能让老鼠吃，再说，这么多麦子往哪儿放？还有这秋季，玉米花生下来了咋办？总不能也存起来。孟三省说，存起来，都存起来！别看他们拿去卖，遇到天灾就叫他们哭爹叫娘了。迟桂花说，少给我找理由，不卖你说把它们存放在哪儿？干脆堆到你住的屋子里算了。迟桂花的话提醒了孟三省，确实，这么多东西，将来会越来越多，得有存放的地方，盖几间仓库是当前最重要的事。孟三省遂把安装小水电的事放到一边，开始筹划盖仓库的事。

迟桂花在明白了孟三省的新想法后，恨不得扇自己几个嘴巴。她试图找出不用盖仓库的理由，但都被孟三省否决了。孟三省认定的事谁也挡不住。他盖仓库不用砖，因为那要花钱，他没有钱。他脱坯，整整脱了两个月的坯，才脱了不到一万块。中间因为突下暴雨，散在地上的土坯没来得及上架，全部毁掉了。孟三省就从开头干，人都晒得跟非洲人一个色了，也瘦得不成样子了。半年后，五座圆顶仓库终于建成，仓库间还种满了紫槐和小白杨，很是漂亮。

这期间，孟三省的儿子孟大平和女儿孟小平回来了。两个人是被迟桂花十万火急的电话催回来的。迟桂花在电话里添油加醋把事情说得非常可怕，比患了绝症还要可怕。迟桂花说，你爹疯了，把家里的一点钱都烧了，他还要搞啥子无货币区，这以后的日子还咋过？迟桂花在电话里一半痛哭一

282

半控诉，把一年来所受的委屈全部倾泻出去。孟大平仔细评估了迟桂花说的话，以他对老娘的了解，知道事情似乎并没有那么糟糕，坚持进行完论文答辩，这才约了妹妹一起往家赶。回来第一眼就看见孟三省在奋勇脱坯，一看见父亲孟大平的眼泪就掉下来了。孟三省赤着上身，瘦成了衣裳架子，肋骨都要从皮肤里戳出来了，胡子大概有两个月没刮了，上面沾满了泥浆，比达豪集中营里的人还要可怕。孟大平边帮着父亲干活，边和他说话，几句话说过去，他已经知道父亲根本没事，父亲只是被崇高的理想所困。在比较完整地了解了父亲的理想后，他虽然不表示赞成，因为他是学金融的，刚答辩的论文还是"论货币在生产和流通中的作用"，几乎可以说是货币使用的坚定支持者。但他内心还是对父亲的宏伟理想心生敬佩。

孟大平为了让母亲能更好地照顾孟三省，就吓唬她说，这种病叫妄想症。迟桂花问啥叫妄想症。儿子说，精神病你知道不？妄想症往前再走一步就是精神病了，就是你说的疯子。迟桂花想起赤脚医生曾跟她说的话，又担忧起来，说，那咋办？儿子说，唯一的办法就是随他的意，他想干啥就干啥，你不要阻拦他，要支持他，让他心里畅快，就不会有事了。迟桂花又愤然起来，说，他要把这个家毁了，他要烧钱我能不管他，没了钱，你上学的费用咋办？儿子笑了，说，妈，我知道你有办法。迟桂花也笑了，看看左右没人，才拿了一把锄头，在茅坑边挖起来。几分钟后，挖出一个首饰盒，再打开里面的塑料袋，一沓百元大钞呈现在眼前。第二天，孟大平就揣着这些钱去硕博连读了。孟三省待在家里一直没有出来，迟桂花知道他在为没有钱给儿子而纠结。

半个月后，孟三省背了一袋麦子去看发明家。发明家不听孟三省的劝告，终究是出了事。那几天，所有沿路晒麦子的村民都会看到发明家驾驶着一辆奇怪的车在公路上跑来跑去，仿佛一个迷路的机器人。很快他们就发现自己铺在公路上的麦子在不断减少，开始以为是被人偷了，选了几个人沿路巡逻，晚上又派人专守，但几天过去，麦子就像是被施了魔法，还是在不断减少。几个脑壳清醒的人聚在一起商量一阵儿，就把目光锁定在这个不拉货只是闲转的车身上，他们开始查看车子走过后留下的痕迹，果然车子经过后铺在地上的麦子少了很多。气愤的村民找一个合适的时机把发明家的车子堵住，在车厢里发现了大半车厢的麦子以及正在工作的机器，村民又乘胜追击，在发明家的屋子里搜出几千斤赃物。人赃俱获，发明家对自己的罪行供认不讳。

孟三省把背来的麦子放下，去看躺在床上的发明家。发明家的头被打破了，胳膊也吊了起来，就像刚从战场上下来的伤兵。孟三省劝慰几句，发明家表示感谢，说孟三省是第一个也是唯一来看他的人。为了表示感谢，他要给孟三省一个惊喜。孟三省问是什么惊喜。发明家说，我要给你一个发明，这项发明会缩短你实现目标的时间。孟三省问是什么发明，发明家说到时候你就知道了。孟三省像古人一样双手抱拳，说，那我就先告辞了，我等着你的发明。

孟三省回来后，迟桂花告诉他村主任家的喜事就在今天，思忖了半天，孟三省还是决定去村主任家贺喜。他背了两袋粮食去了村主任庆来家。庆来家本来热闹着，看见孟三省来都愣住了，庆来更是摸不着头脑，他小心地问孟三省有啥事。孟三省说，听说侄子今天结婚，我来凑个份子。庆来又看了看码在脚下的两袋麦子，说，你这？孟三省说，我没有钱，就给你送两袋麦子。庆来的脑子经过几场风暴后终于明白了孟三省的意思，脸色就有些难看，他说，三省，你这不是寒碜我吗？孟三省摊开双手，说，你知道我不用钱的，只能这样给侄子贺喜了。两人说着话，很多不明就里的人都围上来，有的就直接劝孟三省，说今儿主任家办喜事，你这是干吗，有啥事等事办过后再说。这次轮到孟三省急了，他说，我就是来送个礼，我和庆来能有啥事。可很多人不听他的，还有人把他往外面拉，边拉边劝说，等他反应过来，已经到家了。

没过多久，他背去的两袋麦子也被送了回来。

孟三省知道事情弄麻烦了，他想去跟庆来解释，可庆来看见他转身就走，孟三省知道他把主任给得罪了。

迟桂花抓住机会想把孟三省那颗四处游荡的心拉回来，说，你不用钱，以为别人也不用钱？还是放弃你那些乱七八糟的想法吧！

孟三省说，别指望这个小事就会吓倒我。

5

迟桂花在暗地里哭了几场后终于认命，她明白，有些东西需要自己去争取，需要自己去战斗，放任自流只能加快悲剧的步伐。她开始坐到纺车前专心纺花织布，再去山上寻来靛蓝草、大黄等，放进大缸蒸煮，滤出自己需要的色素染布。一个月后，全家人穿上了用自织布做的衣服，引得全村人都来看。他们不但看衣服，更看纺车、织布机以及如何给布料染色，年轻人更是新奇得不得了，一定要迟桂花教他们做。岁数大的人则摸着织布做的衣服，赞叹说，还是自己做的好，绵软舒适，吸水性强，卖给我一些吧。迟桂花看着孟三省，然后说，不卖，你想要就拿东西换吧。孟三省看着媳妇，幸福地笑了。

当然，迟桂花认命，除了外来力量给她造成的巨大压力外，还有一个秘不可宣的原因。她渐渐发现，她织出的布可以以很高的价钱卖掉，这一发现让她欣喜若狂。她从不相信孟三省的啥无货币区，都是一群神经病聚在一起干些虚头巴脑的事，有钱才是硬道理。但这话不能跟孟三省说，她就偷偷做，她把大多数的布偷偷卖掉，把家里的粮食偷偷卖掉，反正孟三省也不知道。又悄悄去了镇上的信用社，把粮补、林补和老年补助（孟三省已经过了六十岁）一并领回来，存在朱十八那儿。而孟三省自从宣布不再使用钱后，这些和钱

村歌嘹亮

有关的东西都被排斥在他的意识之外，这给迟桂花"作案"提供了极大的方便。后来，她发现，现在她每月存在朱十八那儿的钱比以前多了几倍，这个数字吓了她一跳。她仔细分析，原因竟在孟三省不用钱上。可不是，原来干啥都要用钱，现在干啥都不用钱，这钱可不是越来越多吗！迟桂花乐得蹦了几个高，从此以后对孟三省好了很多，对他的计划由反对变为支持，孟三省以为终于感化了老婆，觉得很有成就感。

这一年，孟三省说过的话变成了现实，连续一年多的干旱，赤地千里，家家粮食告罄，唯独孟三省的仓库还是满的。粮价开始火箭似的往上蹿升，即使这样市场也很紧张。芭马村人开始称赞孟三省有眼光，都说如果把这些粮食卖出去，要赚多少钱啊。可孟三省说，他不会卖，村民需要的话可以来换，还是参照以前的市场价。村民们都赞叹孟三省，很多人家已经开始学习孟三省的样子，多筑仓，广积粮。经过这些日子的浸染，很多村民已渐渐习惯了以物易物这种原始的交换方式。

就连朱十八都对他以物易物的交换方式产生了兴趣，曾来请教这种交换方式的精髓。孟三省听说朱十八这段日子不好过，他的很多产品卖不出去，资金紧张，还发生过一次挤兑行为，但最后都过去了。孟三省什么都没说，他觉得他们是两条道上的火车，没有交集。但朱十八来向他请教问题，使他的虚荣心得到了极大的满足，也增添了他干事创业的信心。可让他烦恼的是，以物易物这种交换方式增加了交易的难度，而且由此带来的实物需要大量存放的地方，他不得不又增加了五个仓库，可仍盛不下家里越来越多的东西。这年闺女订婚，亲家在了解情况后，把礼钱全部折换成物品，包括粮食、家具、货物等，用三辆卡车拉过来，把孟三省的家都塞满了，一点缝隙都没有。还有一个问题，这么多粮食引来了老鼠大军，它们在仓库里肆无忌惮，无恶不作，吃罢睡睡罢吃，过着醉生梦死的生活。孟三省曾看见几只大如刺猬的老鼠躺在粮袋上，跷着二郎腿，一边吃一边谈笑风生。孟三省忍无可忍，只好养了十只猫，但仍难抵老鼠的进攻。他不得不去弄了几十条蛇，那些老鼠的嚣张气焰才被压下去。更让他揪心的是，很多东西因为无法保管，只能眼睁睁地看着它们坏掉，像腊肉，亲家几乎给他弄来了一头猪，他不得不转送给村里人。

除了货币，用什么东西来做一个中介物呢？他曾想到一个记账制的办法，有点像数字货币，把交换的双方物资全部记到账上，不用拿物品去交换，年终统一结算。但是谁来记账，如果不认账又咋办，一系列的问题让孟三省伤透了脑筋。他开始感觉到自己知识的匮乏，儿子的书他都翻烂了，他又让儿子给他寄回来一些货币学方面的书。他的想法很简单，要想打倒敌人，首先要了解敌人，要想建立无货币区，首先就要精通货币。发现真理的过程真是一个艰难的过程，但芭马村人命中注定就是为了追求真理而生。他又开始了当初挑灯夜读的习惯，每天晚上都会读书到深夜。迟桂花半夜常常会被小屋子里传出来的自言自语声给惊醒，她不得不起来，给他倒杯茶，顺便查看一下情况，她害怕他会突然疯掉。

6

发明家的发明终于露出了真面目。这天，他拿着一个精致的小盒子来到孟三省家。发明家小心地揭开小盒子，里面还是一个小盒子，就这样居然用了十分钟时间，揭开不下二十个套娃一样的小盒子，才发现躺在里面的一枚小小的纸片。发明家说，就是它了。孟三省接过纸头看，是一张冥币，上面写着一百万元的金额。孟三省把纸头扔到地上，生气地说，你给我看这冥币干啥？发明家把冥币捡起来，一本正经地说，这就是我的发明。孟三省很生气，说，这就是你的发明？这就是你给我的惊喜？发明家不急不躁地说，不要急，有些东西你想通了就明白是咋回事了。你要解决的是流通问题，是一种可以代替货币的东西，钱是啥？就是一个符号，也可以说是一种信任。人们信任它才有了价值，它承担的实际上是一种信任。像货币，那是因为人们信任国家。我们为啥不能用一种东西，在上面写上数字，用来流通呢？同来的任初九对发明家的说法表示赞同。孟三省也感觉豁然开朗，这么深奥的道理让发明家几句话就给说明白了，自己咋就没有想到呢。芭马村果然是卧虎藏龙之地。接下来，他们召集代表们开了会，对发行"货币"的可行性和细节进行了研究。譬如发行的这个东西，当然不能叫"货币"，因为他们本身是反货币的。最后大家采纳了任初九的建议，叫"代券"。又譬如发行多少，用什么做，最后商量的结果是发行二十万元，塑料的，耐用，面值和人民币一样，只在芭马村流通，一年通算一次。又确定了谁来负责和管理，自然是孟三省。到此，所有的事情全部确定下来。

开始，"代券"只在"会员"之间发行，很快就吸引了芭马村的其他人。他们对孟三省说的购买产生的税赋感到吃惊，作为对钱越来越贱的抗议，纷纷请求使用"代券"。经过开会商量，他们同意了部分村民的请求。从此，芭马村进入货币和"代券"混合流通的时代。随着时光的流逝，村民们发现，他们用钱的机会越来越少，因为他们大都使用石磨磨面，又用上了任初九的风力发电机，村里的很多女人开始纺花织布，缝制衣服，自己做鞋。芭马村一天到晚响着嗡嗡的纺花声，几乎要盖过鸟和牲畜的叫声。

芭马村的繁荣兴盛引来了更多的人，很多人把芭马村当成世外桃源，失意和不失意的人都想来感受一下这里的生活，当然也包括一些乞丐、骗子等。房子总是有限的，土地也是有限的，后来的就只能在空地上搭个棚子，开片荒地，就算是个家了。凡是新来的，孟三省都要过来帮忙，开始总要管他们几顿饭，送他们一些粮食，直到他们房子建成，生活进入常规。饭不是太丰盛，但一只鸡是少不了的，一个月没过去，迟桂花养的几十只鸡全部进了外来人的胃里，迟桂花想起来就心疼。

小心骗子！迟桂花说。

骗子不会来这里，因为这里的人根本不用钱。孟三省说。

他们不骗钱，也可以骗别的，譬如骗饭。你看那个人，他已经来咱家吃过十顿饭了。迟桂花指着一个刚吃过饭正在剔牙的人说。

孟三省虽然不赞同迟桂花的说法，但还是留了心，他发现，确实有些人吃了几顿饭就走了，从此再没踪影。还有几个人每隔一段时间会来几天，最后查明是流浪在此地的乞丐。其中有两个有把饭点安置在孟三省家的想法，但被迟桂花毫不客气地撵走了。但这并不影响更多人涌入，这股潮流一直持续到那场百年不遇的暴雨来临。人来得如此多，每天都有新的变化，村里的石磨就再也没有停止工作过。可怜孟三省家的那头老牛，本想着老了能享几天福，却被困在石磨上一天到晚地转悠，好几次累得瘫倒在地。而伴随着它的努力，孟三省的仓库一天一天瘦削下去，老鼠收拾行囊打道回府，准备下一个丰收年再来孟三省家叨扰。

新生活者的过度涌入，引起了村主任庆来的极大担忧。他多次找孟三省，一再向他申明人群聚集的危害，尤其是他们间的聚会更让他担忧。作为一个基层组织的负责人，他不能袖手旁观。在多次劝阻无效后，他掀起了一场反侵入的斗争，他做的第一件事就是把竖在村头的"无货币区"牌子拔掉。但接下来该做什么他也没了主意，他试图说服村里的人不要把房子和地租给这些外地人，但他的倡议并没有得到多少人的支持，因为村子里洋溢着一股浓浓的春意，在这暖暖春意的滋润下，他们已经接受了外来人的生活方式。庆来只好承认了自己的失败，就像几年后的某一天孟三省承认自己的失败一样。

这年夏天，正在读博士的儿子回来了，还带来一个漂亮的女孩。孟三省看着眼前的儿子，仿佛才意识到自己还有一个儿子，也才想起来自己根本没有给儿子寄过钱，就问儿子这几年是咋过的。儿子看了迟桂花一眼，说，我读书时兼了几份工，还有助学贷款，虽然艰难，书还是快读完了。

孟三省有些惭愧，自己这些年专注于自己的理想和事业，孩子的事几乎没有管过一次，就像他们是野生的，可一眨眼，竟然都长大成人了。仿佛为了弥补自己的过失，他开始滔滔不绝地给儿子介绍他做的一切，指着那些碉堡似的谷仓以及院子里堆得几乎下不去脚的各类有用和无用的、好的以及正在腐烂的东西，他异常自豪地说，现在我们也是富翁了。而且他创造的这一切，将来都会传给儿子。儿子虽然有些不屑，但还是对父亲表示了感谢。

和儿子的淡漠相比，儿子的女朋友小米对此表示了极大的兴趣，她是一个绿色环保主义者。她在接下来的几天里，对整个芭马村进行了实地考察，结果还是很吃惊。芭马村的居民保持着半原始的生活方式，生活中的物品大都自己解决，他们种粮食，但从不用化肥，他们自己织布、做衣服和鞋子，使用的电来自于风力发电机。他们的日子很悠闲，种植的粮食够吃就行，因为不需要挣钱，所以他们就不需要努力工作，只是维持很低的生活标准和要求。他们也很少到镇上或者其他的地方去，即使去了也不买东西，因为没有他们需要的东西。女人不再为男人挣不来钱而吵架。贪婪不再是人的本性，生活变得更纯粹。他们也不再是疯狂的掠夺者，不再向土地掠夺、向别人掠夺、向生存的这个世界掠夺，无欲、平等、自由成了生活的主要元素。

她还重点考察了很多在她看来只有电影或者电视里才能看到的东西，譬如石磨、纺车、织布机、风箱、拉车、犁耙等。芭马村向她展示的每一样东西都让她激动得浑身颤抖，她站在村后的半山上，听着村子里传来的纺车的嗡嗡声，对孟大平说，我发现宝藏了。孟大平的第一感觉是，这里的水土都饱含疯癫的因子，一个外来人可以在几天之内也变成一个神经不太正常的人，他开始后悔带女朋友回来了。

在接下来的这段时间里，他们又去了南山。南山对孟大平来说并不陌生，他小时候在山上砍过柴，但他从没有上到两千米以上过。这些年，南山成了隐士的聚集地，孟大平也曾怀疑是因为它和芭马村相距太近，但他无法说清到底是南山的水土还是芭马村的水土富含疯癫的因子，到底是谁污染了谁。

　　小米不赞成孟大平悲观的说法，她认为山上住的那些人不能被认为是疯子，他们都是些超智慧的人，是哲学家，你能说哲学家是疯子吗？当然包括你的父亲，他的行为能说成是疯子吗？显然不是的。他有自己明确的理想，有自己的目标，只是这些理想目标和一般人的不一样而已。小米在拜访了其中的两个隐士以后，更坚持自己的想法了。其中一个是教授，已经在山上居住五年了，每天早上五点开始在洞口打坐，一坐就是半天，其他时间看书，或者做些研究，他正在写一本书，书名叫《人的精神究竟该安放在哪里》。教授说他是在无法忍受城市的嘈杂和人与人之间的钩心斗角后才来到这个山上的，现在他的内心很平静。另一个人却始终无法弄清其身份，也许是他有意隐瞒自己的身份。他的头发和胡子一样长，不喜欢说话，他们陪他坐了一个小时，只说了不到十句话，但每一句话都像珍珠一样闪闪发光，越琢磨越深奥，能让人思考得发疯，让人自愧得要死。

7

　　朱十八是这样的一个人——他的身上凝聚了当前企业家的胆大、勇敢和不怕挫折的优良品质，从他的人生经历可以看出国内企业家成长的轨迹。由于家贫，他小学都没有上完就出来闯世界，捡过破烂，当过泥瓦工，走过私，跟着老大当过小弟，也养过鸡、养过鸭，猪马牛羊几乎让他养了个遍。开始那些年是养啥啥死，弄得那些猪马牛羊听了他的名字都哆嗦，生怕自己的命运跟朱十八联系在一起。这种可怕的生活一直持续到他四十岁，那年，他穷得连买内裤的钱都没有，整天和一群捡垃圾的混在一起。但不服输的精神使朱十八仍然相信，成功终究会属于自己。好运果然开始眷恋这个内心强大的人，他重新开始自己的创业生涯。他这次干的是人贩子的勾当，但有一个很好听的说法，叫海外用工中介。男的介绍到海外做劳工，女的介绍到海外做妓女，依靠下手早和心黑手毒的特质，他获取了人生的第一桶金。接下来，他开始结交权贵、银行，用银行的贷款低价购买国有资产，曾创造了一天购买或控股十八家企业的奇迹。简单说，十几年过去，他的生意已经覆盖农业、工业、商业流通、金融、房地产等，他设在芭马镇的农业园几乎占了镇上的一半土地。农业园里除了现代化的种植业，还有饲养业。他成立了多个研究所，包括转基因研究，然后把研究的技术用在饲料里。据说研究出来的饲料把鸡养得能拉犁，把牛养成拇指那么小，还有四条腿的鸭子、八条腿的羊等。有了钱的朱十八热心公益事业，关心全县人民的生活，他说要建十八所希望小学、十八个养老院、十八个文化大院。他最喜欢说的一句话是，要养活全县人民，手下人曾提醒他，这话应该是书记、县长才能说的。可朱十八不为所动，在他眼里，书记、县长算啥，他朱十八不高兴了，让企业都停工，县上的 GDP

（国内生产总值）和收入要下降一大半，要民怨沸腾，到时候书记、县长还是要求他。

朱十八的突访，让孟三省措手不及。他不知道朱十八为什么要来拜访他，这几年自己和朱十八没有过任何交集，他们就像两条道上的火车，各跑各的，一个赚钱，一个弃钱。如果实在要找个原因的话，不妨这样猜测，因为他孟三省弃钱，所以朱十八更容易赚钱了。这能算是理由吗？孟三省有些拿不准。

朱十八不是一个喜欢拐弯抹角的人，他一看见孟三省，就搂住他，亲热得就像是多年没见的兄弟，两年前的恶行似乎根本就没有发生过。孟三省任朱十八强暴似的搂抱，像一个木头人。朱十八说，我来是给你助威的。孟三省摸不着脑袋，说，助啥威？朱十八说，建立无货币区呀！我赞同你的主张，我也加入无货币区建设的队伍。孟三省仿佛听错了，看着朱十八，眼睛瞪得像玻璃弹子，几乎要掉出来。朱十八说，你不相信？然后接着说，你咋能不相信呢？我朱十八啥时候说过谎话，你问我这弟兄们，看我是不是说过谎话。跟在朱十八身后的几个黑衣人异口同声地说，朱爷从不说谎话！而且连说三遍。

孟三省感觉自己仍然踩在云上，不过，他确认了一点，朱十八不是来找事的，他就听朱十八说下去。朱十八说，我也烦钱了，钱是啥？钱是王八蛋，人活着就为这纸头，太他妈亏了。还是你老兄，高人，一下子就把这东西看透了。我要跟着你，不但是我，还要我的所有员工都拒绝使用钱，建立一个真正的无货币区，那时你的无货币区就不是芭马村这个小地方了，它要扩展到芭马镇，乃至全县、全国，那时，你孟哥可就有名气了。

朱十八的一席话把孟三省打动了，孟三省有些不自信地说，你真的要这样做？朱十八挥了下手，跟在后面的黑衣人立即说，朱爷从不说谎话！又是连说三遍。朱十八说，你就跟我这兄弟说说，这无货币区咋操作。听说你的无货币区使用一种新的东西，叫啥代券，是咋用的？回去我就开始落实。孟三省的神经彻底松弛下来，精神头也来了，又跟个碎嘴婆似的把自己建无货币区的思路以及途径办法等说了一通。朱十八插话说，不说这深奥的，他们听不懂，就说你那代券是咋用的。孟三省开始解释代券的用途及使用方法，一个打扮得跟个管家似的人一一记下来。朱十八说，好了，那就这样。然后带着人呼啸而去。

随后的几天里，孟三省都没有从朱十八给他制造的梦境里走出来，朱十八给他描绘的场景实在太辉煌、太诱人了。自己努力两年才建成芭马村这个小小的根据地，而朱十八只用一句话就能把根据地扩展到芭马镇，乃至全县。如果是那样，他孟三省的理想离实现就不远了。

孟三省在这种虚妄的幸福中过了几天，他觉得自己的幸福应该和别人分享，就想到了发明家，可还没动身，就接到发明家的电话，要孟三省去赎他。原来，一直潜心发明的发明家这天突然想到外面转转，就去了镇上，镇上的繁华出乎他的意料，他感觉像是进入了另一个星球，尤其是那些花枝招展的时尚女子简直让发明家魂不守舍。身体告诉他，他想女人了。他这才想起来，自从老婆离开后，他已经十年没有沾过女人了。过去，发明家沉浸在自己的发明里，对外部世界不闻不问，身体的欲望也被压抑在心底。但现在，他的欲望再次被勾起来，而且是如此强烈，以至于他看见每个从他身边经过的女人，都以为人家没穿衣服。他怪诞的眼神引得路上所有的女人对他横眉立目，他意识到，他必须通过某种方式来解决这个问题，否则就可能变成一个强奸犯。他像狗似的嗅着街上的每一寸地方、每一个从他身边经过的女人，直觉把他带到一个按摩店，接下来的问题就变得很简单了。但在结账时，他才发现，兜里除了几张代券外，一分钱都没有。他只好把代券拿出来，递给黄头发的小姐。

这是什么？女子把代券翻来覆去地看。

是我们的钱，可以在我们芭马村买到任何东西。发明家小心地说。

另一个女子过来看，开始她认定是假钱，然后又说是冥币。发明家只好纠正说，这叫代券。

代你娘个头啊！女子最终把代券扔到发明家的脸上，厉声说，我要的是钱，不是你这不管用的代券。

不是不管用，发明家纠正说，在我们芭马村能买到任何东西。

我要的是钱，女子再次强调说。

我身上没有钱，我们芭马村也不用钱。发明家说。

没钱还敢来这里，你是不是不想活了。几个女子使了下眼色，立马围拢来，把发明家摁在地上一顿痛扁。

孟三省觉得自己责无旁贷，但他明智地放弃了用粮食换取发明家的想法，转了几个圈子，才在小卖部借了二百元钱，匆忙来到镇上，把发明家赎回来。经这一闹，他分享的心情也没有了。

这一段儿，和孟三省一样忙碌的是村主任庆来。一直恪守职责的庆来在和孟三省的斗争中败下阵后，就把求助的目光投向上级部门。庆来紧盯孟三省不放，除了履行职责外，还因为坊间传出来消息说，下届村主任选举村民可能会选孟三省，虽然孟三省明确表示不会参加选举，但也令庆来非常担心。因为按照目前的民意，孟三省当选的可能性非常大。孟三省利用村主任的身份推行他的无货币区计划，似乎更方便。这样一想，庆来便觉得孟三省的表示有些可疑，更觉得自身的前途危如累卵。

庆来带着组织上派来的援兵找到了孟三省，孟三省认识其中的一个，是镇上管治安的老吴。老吴指着身边的陌生男人说，这是县金融局的，听说了你的事，就想过来看看。孟三省有些抵触地说，我犯法了吗？监管员是个好脾气，笑眯眯地说，听说你要建一个"无货币区"？孟三省没有说话。很有创意的一个想法，能不能说说为什么要这样做？监管员继续说。孟三省觉得没有什么见不得人的，就把自己的计划和进展说了一遍。那不用钱你们怎么生活？监管员说。我们全靠自给自足，用双手解决自己的生计问题。监管员点头，一种不错的生存方式。可他突然说，听说你们使用"代券"，是不是有这回事？孟三省点头。监管员说，国家不允许私自发行"代券"以及其他具有交换职能的中介物，说着拿出一个小册子，指给孟三省看。孟三省扫了一眼，说，我们不是发行，只是当成一种交换物。那也不行！监管员说着拿出几张他们使用的"代券"，你看，这上面注明了面值，完全符合货币的特征，应在取消之列，你们要把这些"代券"收回来，然后销毁。如果你们不执行，下次再来就要强制执行，还要罚款。临走时，老吴也说，你就不要搞这啥"无货币区"了，瞎整，来了这么多人，聚在一起，都是些啥人，你未必都清楚。将来如果出了什么事，你要担责任的。孟三省说，他们都是没钱的人，也是被钱伤害的人，他们拒绝使用钱，这有什么错吗？老吴摇摇头，走了。

8

半年前，芭马村一直处于失语状态的孙神算在闭嘴一年后开口说话了，他说出的话只有四个字——"要出事了！"那天，乌云当头，成群的蜻蜓和鸟儿在空中乱撞，不时发出惊悸的叫声。地上，数以千计的癞蛤蟆和蛇从河里地里爬出来，沿着堤坝浩浩荡荡朝村子涌来。当时，很多人围在孙神算家看打牌。孙神算已经九十九岁了，一辈子给人算命，依靠这个手艺给儿子挣下了大把家产，直到一年前不会说话。失语的孙神算也就失去了存在的价值，抹布似的被儿子丢在一边，每天就是坐在院子里看鸡跑来跑去，涎水顺着嘴角流下来，裤裆里整天湿漉漉的。玩乐的人已经习惯了孙神算待在一边，偶尔会有人回过头看一眼，提醒正在打牌的孙神算儿子，老爷子又尿了。大多数时间，儿子连看也懒得看一眼，说，出牌，快出牌，和了！

就在这时，孙神算说话了，而且声音异常清晰响亮，正在打牌的人都停下来，向这边看，脸上都露出惊异的表情。孙神算说过这句话后，脑袋重重垂下来，就像一棵熟透的向日葵，有人过去扶，发现孙神算已经死了。在场所有人的心都被揪住了，孙神算这种死亡的方式，更像一种仪式，让大家内心不安。会出什么大事呢？他们看了看天，这天已经下了半个月的雨了，庄稼都淹在雨水里，而且雨没有一点停止的迹象。芭马河水开始翻过堤岸，漫进村子。鱼虾也进入村民的院子里、屋子里，甚至跳入锅里，只需烧把火，就可做成一锅鲜美的鱼汤。

没人敢把孙神算的话不当一回事，但他们对危险的预判能力受制于知识和经验，他们只能从眼前看到的来判断"大事"是什么。首选的就该是这没完没了的雨，芭马村仅存的老人都没有经历过这么大的雨，似乎天塌了。是世界末日了吗？他们盯着墙角的几株绿色植物悲哀地想。由于阴雨不断，芭马村的屋子内长满了紫槐。这些曾被芭马村人引以为傲的绿色植物，开始把触角伸入到平时它们根本不敢涉足的屋内，借助雨水的滋润肆意繁殖。开始居民们还充满耐心地一株株拔掉，但第二天早上醒来，他们会惊奇地发现原来拔掉植物的地方又长出了更茂盛的植物，而且它们生长的速度远超过拔除的速度。人们逐渐意识到自己的力量已经无法战胜这些疯狂的植物，只好承认失败。现在，那些植物，有的已经长到一人多高，随时准备拱破屋顶钻出去。

孟三省家也被这些植物占据了，而且他这里的植物比其他家的更繁茂，因为他的谷仓似乎更适于这些植物的生长。它们疯狂的根系钻进泥墙里，很快就把土墙撕开一个个口子，雨水从缝隙里灌进来，孟三省一天到晚就在谷仓间跑来跑去，唯一的工作就是堵这些漏洞。他不能让雨水进来，他这些年的全部财产就是谷仓里的粮食，潮湿已经使它们发霉了，如果再进水，他将一无所有。他看出了危险，那些植物似乎也看出来了，它们以一种更猛烈的进攻来摧毁孟三省的抵挡，它们的进攻是全方位的。那些没来得及砍掉的植物已经戳破了仓顶，雨水灌了进来。植物根系也在扩大自己的战果，墙上的缝隙越来越大，大到最后连孟三省也认为封堵是一种徒劳了。他眼睁睁地看着他的谷仓一个个轰然倒塌，那些粮食中的一半变成了肥料，另一半以最快的速度生根发芽，很快就变成一片繁茂的森林，加入到侵略的大军中去，开始向芭马村其他家挺进。孟三省看着自己的心血、自己的财富变成一株株绿色植物，感觉内心有种东西轰然倒塌，迟桂花找到他时，他躺在一片绿色植物中，已经失去了知觉。

这场大雨持续了一个多月，芭马村变成了泽国。孟三省在家躺了一个月，一个月里，他看着芭马村诸多房屋坍塌，存储的财富化为乌有，一点痕迹都没留下。一股巨大的悲哀压过来，他再次陷入昏迷。

当太阳升起时，人们苍白着一张脸出来了，就像从洞里钻出来的小白鼠，不住地东张西望，对这个世界充满了好奇。这场暴雨给芭马村带来了巨大的破坏，近一半房子倒塌，公路被泥石流堵塞，芭马村成了一个孤岛，连电话信号都不通。更糟糕的是，政府那边传来的消息说，这种困境将可能持续两个月。好在，政府派来了直升机，空投了很多食物，又把那些愿意投亲靠友的人带到外面。他们中，有的过来跟孟三省告个别，有的连个面都没见就走了，孟三省看着他们一个个离去，内心充满了忧伤。

很长时间，芭马村都沉浸在一片愁云惨雾中，恢复生产生活成了最重要的事。由于道路被冲毁了，很多原料运不进来，建设家园都靠自力更生。好在芭马村的人大多都具备自力更生的生存本领，他们在孟三省的带领下，开始了一场新的自力更生运动。他们重新把房子建起来，把翻倒的石磨支起来，给每家安上织布机。孟三省也乘机把自己的私货塞进去，有些人家不满意孟三省的安排，但鉴于当前生活原料的奇缺，除了自己动手已经没有别的办法，只好同意。想起自己在这场暴雨中的损失，孟三省有些伤心，但暴雨给他带来的机会又让他深感欣慰。但这点欣慰，蒙眬中感觉更像临死前的回光返照。

生活又恢复了原来的样子，暴雨带来的惨痛渐渐在村民们的心底隐去，压在心底的私欲再次露出狰狞的面孔，巧取豪夺又成了生活的主要内容。这种消息更多地从朱十八那边传过来，这些天朱十八的消息鸟一样遮蔽了天空，先是暴雨给朱十八造成了惨痛的损失，他的厂子被冲得七零八落。芭马河几乎成了一个煮沸的大锅，里面盛满了朱十八养殖场那些长四条腿的鸭子、五条腿的猪和八条腿的羊，几乎堵塞了河道，政府不得不用炸药炸开堤坝。接下来发生了代券危机，朱十八把代券当工资发，这些代券在别的地方不能用，只能在他的公司消费，他的公司几乎囊括了各个行业，包括洗头房、按摩院和赌场。开始人们以为这样没什么不好，反正在朱十八这里什么都能买到，连女人都能买到。但很快发现朱十八这里的货物要贵得多，工人们不愿意了，他们要求朱十八重新给他们发货币。朱十八就安排了人，把挑事的人打残了，事情弄大，很多人到县、市、省政府和北京上访。还有消息传出来，朱十八的企业早已资不抵债，很多把钱存在朱十八的农户开始到企业要钱，但朱十八总以钱没到期为由，拒绝还钱，人们的心里更慌，一场挤兑风暴正在酝酿。

孟三省怀着满腹心事回了家，却看见庆来在他家里坐着。近段儿，庆来就跟个乌鸦似的跟在自己后面，每次都给他带来心烦的消息。这次庆来告诉他的更让他大吃一惊，庆来说，在芭马村的外来户中，警察发现有一个被通缉的贪官，并说出了他的名字，当然是假名字。孟三省依稀记得有这么个人，住在一间自搭的小屋里，遭暴雨后很多人回了家，他又坚持把小房子搭起来，孟三省还去帮了忙。外乡人的执着曾让孟三省感动，他想多和他交流交流，但很快就放弃了。这个人不喜和人交往，也不多说话，整天坐在门口也不知道是在想问题还是在发呆。孟三省记得有一天去看他，他正坐在门前发呆，身上穿的衣服大概从买来就没有洗过，发出难闻的味道。

他说，人呢！

庆来说，还在我家呢。

他跟着庆来去看这个贪官，警察正对疑犯进行身份确认和初审等程序。孟三省看着眼前这个化名刘林的人，刘林却一改往日的寡言少语，对孟三省笑了笑，说了句打扰了。孟三省不知道说啥好，闷了很久，才说了句，你真是个贪污犯？贪污犯说，我真是个贪污犯，给你添麻烦了。贪污犯的客气和阳光出乎孟三省的意料，他说，你看上去精神不错。贪污犯说，我不想再躲了，我躲了八年，我真的很累。孟三省说，你咋想到躲到这里的？这里可说不上是好的避难地。贪污犯说，我说了你不要笑话我，我真的恨金钱这种东西，是钱把我弄成这个样子的。说话间，贪污犯一再强调，他来这里并不是为了避难，更不是为了骗孟三省，他真的讨厌钱，他发誓一辈子不要再见到钱，所以才来了这里。孟三省还想再说几句，可警察说该走了。临走，警察要求老吴对芭马村所有外来人进行一次甄别，看是否还有潜伏的罪犯。老吴就看着庆来，庆来看着孟三省，孟三省说看我干啥？你们尽管查去。

看着警察远去，孟三省的内心有种不祥的感觉，而且这种感觉的力量是如此之大，几乎把他推个趔趄。

9

朱十八的企业破产了，朱十八破产缘于挤兑。有人说，朱十八欠的集资款有十八个亿。那段时间，朱十八各地的办公楼始终被人群堵着，但谁也看不到朱十八的身影。为了见到朱十八，把自己的钱拿回来，来自天南海北和四邻八乡的人把帐篷搭在办公楼前，在经历了多个不眠之夜后，这群人开始失去理智，他们冲进朱十八的办公室、厂子里，把所有能抵债的东西劫掠一空。讨债很快演变成一场充满暴力的劫掠，在愤怒的讨债人面前朱十八的那些小弟早逃之夭夭了。整整一个月，人们在朱十八所有的企业里进进出出，把所有能换钱的东西变卖一空，包括机器设备、产品、原料、半成品、家具，甚至连墙上挂的宣传页也不放过，把它们卖给收废品的可以卖五毛钱一斤。到了后来，他们累积的对朱十八的愤怒变成破坏的巨大动力，他们砸毁眼前的一切，如果不是警察制止，他们会把这些厂子变成火海。

但愤怒并不能解决钱的问题，他们把弄到手的东西算了算，连集资款的利息都不够，但朱十八跑掉了，没有人再见到他的身影，上哪里把自己的成百上千万的钱弄回来啊。这期间，有人最终承受不了压力选择自杀。其他活下来的人更是惶惶不可终日，他们一天到晚愁眉苦脸，商量要钱的办法。最终他们把朱十八的爹娘和媳妇、儿子绑架了，然后放出风，只要朱十八把钱拿出来，就把人放了。他们满怀信心，因为他们觉得，朱十八即使是一个畜生，也不会不顾养育之恩和舐犊之情。

朱十八跑路同样给芭马村人带来了巨大灾难，人们不由想起半年前孙神算的卜算，这才像是他预卜中的大事。芭马村有一大半的人把钱存在朱十八那儿，而且是倾其所有。朱十八跑了，芭马村从此陷入一片愁云惨雾中，每天都有哭声和厮打声在芭马村上空飘荡。前几个月的暴雨没有把芭马村击垮，而朱十八的跑掉却让芭马村陷入了万劫不复之地。孟三省在庆幸的同时，把工作的重点转移到劝慰和调解上，当他发现有一些女人有跳河的迹象时，他和任初九及发明家商量后，便轮流守在河边。在不到十天的时间内，他们劝回三个、救上来两个。那一段儿，他们曾发现顺水漂流下来几具死尸，肯定是附近村民因承受不了压力而投河自尽。他们内心再次把金钱的危害声讨了几遍，又为自己不使用货币避免了这次灾难而庆幸。

但这种庆幸没有维持多长时间，迟桂花在朱十八那儿存钱的事很快就传出来了。孟三省第一次听到这个消息还有些不相信，回家问迟桂花，迟桂花像是遭了烟枪打，只知道发愣。听了孟三省的问话，只是下意识应了一声。孟三省问多少钱，迟桂花说十万。孟三省的第一反应是，那么多钱！迟桂花哭了，她撑了大半个月，不但要忍受丢钱的压力，还要承受怕孟三省知道的压力。她觉得自己几乎要疯了，她抓住孟三省又是撕又是打，还把孟三省按在地上，自己坐在上面，一边捶孟三省的背一边失声痛哭。

双重的打击再次把孟三省逼进了小屋子，就像当初把自己关在小屋子里探求真理一样，他在小屋里待了半个月没有出门。半个月里，他对自己这些年的所有作为进行了梳理，结果是自己失败了，迟桂花竟然背着自己存钱，而且是那么大的一笔钱。他活着一辈子也没有见过那么多钱，他有些失落，就像身上的某样东西被人家拿走了，身体一下子空了。

迟桂花不得不把自己的伤心收拾起来，去敲孟三省的门，可孟三省不答应。迟桂花有些急了，隔着门说，我也不是有意瞒你的，这家里哪儿不需要钱，孩子上学不要钱？你只知道陷在邪道上，对这些事不管不问，我不管行吗？我总不能让大平辍学，看他要饭！迟桂花说得合情合理，声情并茂。小屋子在关了十五天后再次打开，出来的孟三省把迟桂花吓了一大跳。孟三省的头发和胡子一起变白了，飘飘洒洒，宛如仙翁下凡，他的眼神因过度的思考而有些困倦。迟桂花犹豫了好一阵子，来判断这是不是自己的男人，在得到确认后，才瑟缩着伸手去抓孟三省的胳膊，可被孟三省推开了。孟三省说，你忙你的，我没事。迟桂花看着孟三省在紫槐前坐下来，紫槐的花又开了，蜜蜂和蝴蝶在上面飞来飞去。偶尔有花落在地上，他会捡起来，放进嘴里。他的行为引起一只蜜蜂的不满，在他的眼前飞舞示威，但被他赶开了。

政府的经济秩序整治工作组很快成立，但面对朱十八欠下的一屁股债务也是一筹莫展。企业破产引发的恶果还在进一步发酵，那些被朱十八逼疯了的债务人迟迟得不到朱十八的丝毫消息，就走了极端，把他的孩子弄死了。他们甚至在报纸上登了一个认尸启事，想把朱十八引出来，但却招来了警察。警察查出了他们窝藏人质的地点，把绑架者一网打尽。可救出来的朱十八的母亲，因惊吓过度，没多少天就死掉了，朱十八的媳妇因儿子的死而变得神神经经，不久就成了疯子，只剩下朱十八八十多的老父亲每天坐在荒凉的老屋前，目光直直地看着前方，一坐就是一天，人们知道他是在等儿子回来。这样的生活维持了两年，无论刮风下雨，从不间断，直到两年后他坐在椅子上悄然死去。

政府的经济秩序整顿也涉及孟三省，就是要取缔"无货币区"。他们找孟三省谈话，严肃指出他的计划的荒唐，说这是和先进思想的对抗，他使用的代券已经严重违反了金融法律法规，是一种扰乱社会经济秩序的犯罪行为。与此同时，警察在对芭马村所有外来人甄别时，又发现了一个网上通缉的逃犯，一个拐卖妇女的骗子，还有一个小偷，据说就是那一年群贼袭击芭马村里面最倒霉的那个。只是他回去后，经过多番思考，认为自己没有偷到东西是上帝的意思，于是幡然悔悟，偷偷回来，成了其中的一员。甄别结束，没有什么问题的，联系他们的家属，在确认身份后劝他们回家。外来人再无立锥之地，除了离开他们已经没有别的选择了。他们和孟三省告别，一起回味这几年的生活，还是感觉很快活，就是不知道回去后是否能适应新的生活。他们问孟三省以后咋办，孟三省的目光一直看向南山的方向，他说，还能咋样！大家点头。通往外地的道路终于修通，外地人乘坐专车陆续出了芭马村。

最后来告别的是任初九。任初九打算出家，他已经不习惯躁乱的生活了，寺庙的清净似乎更适合他，他已经联系好了一家寺院，方丈已答应了他的请求，连法名都起好了，叫回头。孟三省和发明家送走最后一批人，孟三省对发明家说，你咋办？发明家看了看即将成熟的麦子，说要重出江湖，他指着已经生锈的"收麦机"，这粮食马上要上路了，我得先把我的口粮弄回来。孟三省说，人们都会防着你呢。发明家诡秘地笑了，悄声说，我发明了一项隐身功能，连美国的雷达都看不到我。

村歌嘹亮

孟三省去了南山。等到村里人知道这个消息，孟三省已经在南山上住了半年了。

孟三省突然消失，把迟桂花吓坏了。半年里，她带着儿子和女儿，还有芭马村的帮忙人，把芭马村翻了个遍，连蚂蚁洞都没放过。又弄来抽水机，几乎把河里的水都抽光，也没发现孟三省的踪影，孟三省就像朱十八一样消失了。迟桂花认为是自己存钱彻底伤了丈夫的心，每天晚上，她都会对着孟三省空空的屋子说，我不存钱了，你回来吧，我保证不存钱了，你还是回来吧！孩子们只能劝母亲，说再找找看，依他们看，以父亲的性格是绝不会走上他路，他可能是想出去散散心，或者找个清净的地方想些事情，也许有一天他把问题想清楚了，就回来了。芭马村历史上这样的事屡见不鲜，总有人突然消失不见，然后在几年甚至几十年后的某一天衣锦还乡，或是披着麻包片出现在村头的紫槐树下。

半年后，有村里人告诉迟桂花，他在南山采药时看见一个人，像是孟三省，让他们去看看。

孟三省的新居在一堵崖下，一间小茅屋，屋前有一片地，用来种些瓜果蔬菜。屋子里的设施很简陋，墙角干燥的地方用石块堆起来，上面铺着麦草，就是床铺。屋子中间一个小方桌，七扭八歪，勉强放着几样东西。迟桂花看着孟三省日渐消瘦的身子，哭了，说，还是回家吧，像你以前一样把门关起来，你想干啥就干啥，想研究啥就研究啥，我保证没人打扰你。孟三省摇头。迟桂花就踢了下女儿，女儿也跟着哭，把孟三省的眼泪也勾出来了，他抱着女儿，充满歉疚地说，这辈子爸爸不是个好爸爸，很少关心你们的事，是你妈把你们拉扯大的，以后要听妈妈的话。又说，你们放心，我会好好活着的，说不定哪一天，我就回去了。迟桂花见说什么都没用，只好先回家。

　　孟三省是个热爱生活的人，他除了思考、收拾那片小菜地外，就是把自己居住的茅屋收拾得干干净净、漂漂亮亮。他在门口种上了太阳花、鸡冠花以及漂亮的翠竹，并给自己的茅屋起了个名字叫南山草堂。在这个草堂里，孟三省花了一个月的时间对自己三年的探索进行回顾和总结，结果认为自己的思想并没有错，而且也取得了一定的成绩，最后之所以失败，主要在于建立无货币区缺乏理论支撑。他现在要解决的就是建立一套理论体系，然后以理论来指导实践。思路确定后，孟三省再次陷入读书的疯狂和沉思默想。一年时间过去了，他开始撰写一篇论文，题目叫《论金钱》，大致从以下几个方面对金钱进行了投匕似的批判，一是金钱是造成贫富差距的主要原因；二是金钱带来人性的贪婪。人类仅限于生活必需品是最快乐的，而欲望超过这个限度，所得越多，要求也就越多，困扰也就越多，幸福就越少（英国作家理查德·斯梯尔语）。三是金钱带来社会的不稳定。金钱带来贪婪，带来犯罪，社会上几乎所有的罪恶都和金钱联系在一起，贪污、盗窃、抢掠、贩毒、凶杀，乃至战争。国家之间的战争也是为了占有财富、占有金钱。四是金钱带来的商业活动严重污染生存环境。在罗列足够的论据后，提出建立无货币区的概念，并对自己的论点进行充分的可行性论证。孟三省觉得自己从没有写过这么流利的文章，简直是文思泉涌，下笔如有神。写好后，又改了不少于十八遍，才压到枕头底下，等自己出山时拿回去作为指导自己行动的纲领性文件。

孟三省的居士日子并不怎么苦，每月的生活用品都由媳妇给他送来，他的饭吃得很香，觉也睡得很甜。读书写作之外的时间就去拜访其他居士。他知道这座山上住满了高人，像佛学家、经济学家、天文学家等，他紧邻的一个居士整天研究天文，然后将天文研究和佛经、道藏进行对比研究，最后把研究成果刻在石头上。他跟这位居士闲聊，才知道南山的居士也分层次，像他们这在海拔两千米以下居住的，属于悟道层次较低的，居住越高的悟道层次越高，三千米以上的居士才是真正的世外高人。天文学家还答应带他去见一个人，这人有救世主耶稣的风范，上山不久，已成了山上的名人。

一个月后，他跟着天文学家开始往三千米以上的高峰攀登，走了大半天后，天文学家指着一个摇摇欲坠的草棚子说，到了。孟三省驻足看，棚子前蹲着一个人，正在火里烧栗子吃。那人听见脚步声，回过头来，孟三省的心抽搐了一下，这不是朱十八吗，他怎么会在这里？朱十八的眼神有些呆滞，盯着孟三省看，然后把目光挪开了。孟三省装作不认识的样子，跟朱十八打招呼。朱十八继续烧自己的栗子，同时和天文学家说话，孟三省就站在边上听，他们说的都是修行的话题，孟三省听不太懂。说了一会儿，天文学家要回去，孟三省说自己想再待一会儿，天文学家就先走了。茅屋前只剩下孟三省和朱十八。

孟三省说，十八，是你吗？

朱十八不再烧栗子，甩甩手，站起来。

孟三省说，你咋在这儿？

朱十八说，我没有钱，我没有钱！

孟三省说，我不是问你要钱的。

朱十八的眼睛亮了亮，说，那你找我做什么？

孟三省说，你家出大事了，你知道不？孟三省就把朱十八儿子被撕票以及父母去世的情况说了。朱十八放声大哭，一边哭一边扇自己的嘴巴，嘴巴都打出血了，孟三省急忙拦住他。

哭了一阵儿，朱十八终于停下来，孟三省从他断断续续的叙述中，知道他在出事后，根本就没离开芭马村周围，一直在附近徘徊，但却害怕被警察和债权人抓住，最后才上了南山。他在这里住了一年，已经无家可归了。

孟三省看着朱十八，朱十八彻底变了，由于营养不良，脸呈菜色，上面还沾满了泥土，胡子大概半年没刮，鼻涕挂在上面，然后晒干，就像一个小冰挂。身子骨仿佛失去了支撑，腰身塌陷下来，那顶黄金帽早已不见了踪影，只从他穿在身上勉强能看出颜色的白衣服，依稀还能看到朱十八过去的影子。孟三省问朱十八以后咋办，朱十八站起来，目视前方，用一种很铿锵的语气说，我朱十八会再站起来的，我说过要养活全县人民，朱十八说过的话就一定要实现！

以后，朱十八每次见到孟三省，都要把自己的誓言重复无数遍，但他眼神呆滞，行为怪诞，孟三省怀疑朱十八脑子出了问题。因为朱十八开始把自己门前的一小片地当作自己的领地，在上面建起了微型饲养厂、加工厂、房地产公司等。那些插在地上的木棍是他的工人，他每天指挥着他的"工人"辛勤劳作，最后换来一张张白纸，上面写着一万、十万、百万、千万，乃至亿万的数字。这些纸片很快就堆满了朱十八的茅屋，他拿着这些白纸做成的钞票对孟三省说，我有钱了，我有很多钱了，我要回家，我要兑现养活全县人民的承诺。朱十八说着风一样向山下卷去，在孟三省的目光中消失。直到一年后，孟三省在小屋前晒太阳，看见一个穿着被各种颜色涂抹得跟个画布似的人出现在眼前，并祈求给碗饭吃时，孟三省才发现他是朱十八。可朱十八已经不认识他了，拿着讨到的饭菜香喷喷地吃着，头上冒出了热气，那种样子看上去非常幸福。

孟三省在山上一待就是两年，每隔半个月迟桂花就会来看他。迟桂花明显老了，但老得生机勃勃，她跟孟三省说这些年村里发生的事、家里发生的事——路新修了，村里通公共汽车了，村里人的日子越过越好了。孟三省听这些，感觉像是听外星人的事，眼神僵直，脸上也没一点表情，跟患了痴呆症差不多。迟桂花摇着孟三省的胳膊，说，你这是咋了，是不是傻了？你说话呀！孟三省不说话，一丝涎水从嘴角流下来，胸前早已湿了一大片。

这一年冬天，孟三省病了，迟桂花得到消息赶上山，孟三省已经说不出话了，他歪在迟桂花的怀里，就像个婴儿。迟桂花说，三省，你醒醒，我知道你的心思，我告诉你，现在咱家有钱了！孟三省的眼睛里有一丝亮光闪过。迟桂花继续说，这都是你的功劳，你弄的那些石磨、纺车、织布机，儿子开了旅游公司，让城里人来体验，人多得不得了，生意火得不得了。芭马村家家户户开起了农家乐，钱都赚得花不完，大家都说托你的福，等你回去喝酒呢！

孟三省的头抬了抬，脸上出现了淡淡的笑容！

（原载《延安文学》2020 年第 2 期）

后记

　　小说集以"村歌嘹亮"命名，是想传递一个信息——这个集子属于农村题材，里面的五部小说都是从近年来发表在各文学刊物上的作品中精选而来，基本上写的都是乡村的人、乡村的事、乡村的情，乃至乡村不为人知的另一面。

　　我家在农村，我的小说大多脱离不了农村题材。现在我隔三岔五还回家看看，近距离观察农村的一些事。可以说，农村是我最熟悉的地方，有我最熟悉的生活。五部小说，五个故事，五种结局，有高兴，有无奈，也有忧伤，甚至愤懑，但无一例外的是，它们反映的都是现实的农村、真真实实的农村。

　　都说百无一用是书生，我甚至都不能算作一个"书生"，但我还是用手中的笔把农村发生的事记了下来，让世人去评判、去思考。如果可能的话，再加一条，去纠错，即使很难。

　　结集前，我对这五篇小说进行了修改，修改意味着重读。由于创作时间跨度近十年，现在回头重读以前的小说，感慨良多，有汗颜，有匠气，但也有惊艳的地方，譬如小说的结构、小说的想象力等。好庆幸，思维还灵动、欢腾，锐气尚存，温暖常在，感觉自己还可以写下去，给自己点个赞。修改主要是对原小说中的破绽与文句以及标点符号重新进行订正，乃至对个别角色行为进行必要的修改，使其更符合文本中的角色定位。金庸经常修改自己的小说，有的还修改过很多次，以至于前版后版的书有很多的不同。对此金庸坦言：一开始只想修改书中破绽与文句，然而看稿时，对一些角色的行为怎么都不能"认同"。比如袁承志怎么会爱上刁蛮任性的青青，却不爱楚楚可怜的阿九？他很自然地拿起笔改了起来。自觉无法和金大侠相提并论，但本意都是一样的。

莫言曾经说过，农村留给他的土地与河流、庄稼与树木、飞禽与走兽、神话与传说、妖魔与鬼怪、恩人与仇人是他小说的魂魄，也是他创作的源泉。当前，农村发生急剧裂变，延续上千年农耕社会的稳定结构在工业文明的冲击下支离破碎，农村生产和生活方式发生剧变，根植于农业文明的价值体系和社会秩序也面临重构。裂变和重构意味着重生，这个过程需要我们去记录、提醒、引导，乃至纠偏，这是写作者的义务，也是写作者的责任。

2020 年 3 月 18 日